군인, 지뢰 사고, 그리고… 새로운 삶, 국회의원

들어오지 마! 너가 나갈게!

이종명 **지음**

"지뢰 사고, 그리고 17년
해야할 일이 아직 많습니다"

도서
출판 **행복에너지**

들어오지 마!
내가
나갈게!

이종명 지음

도서
출판 행복에너지

• CONTENTS •

제1부

제2부

제3부

· PROLOGUE ·

"할비, 아파?"

세 살_{겨우 28개월} 된 손자가 눈이 동그래져서 묻습니다. 의족을 착용하던 손을 멈추고 무언가 대답을 해 줘야겠다고 생각하다가 그냥 맞장구만 쳐 주었습니다.

"그래, 할비 아파. 너 눈에도 이상해 보여?"

할아버지의 대답에는 관심이 없는 듯, 듣는 둥 마는 둥 하면서 5개월 된 동생을 돌보고 있는 엄마에게로 쪼르르 달려가 버립니다.

15년간 방치되었던 병상 일기가 먼지를 털고 세상 빛을 보게 되었습니다. 2년여 동안 병원에서 부상치료와 재활훈련을 하면서 그 날의 기억은 시간이 지날수록 점점 더 또렷해졌습니다. 하지만 엄청난 인내를 요구하는 병원생활 속에서 기억과 감정이 차츰 희미해질까 걱정되었습니다. 그래서 그 날의 고통, 병원생활의 인고, 고마운 사람들과 미안한 사람들에 대한 감정이 사라지기 전에 어설픈 기록이라도 남겨두어야겠다는 생각에 펜을 들었습니다.

그리고 먼 훗날, 두 아들과 태어나지도 않은 손주들에게 말로 다 설명할 수 없는 당장의 감정과 기억을 기록해두어야겠다는 의무감이 밀려왔습니다. 손주들이 너무 어릴 때는 설명을 해도 알아들을 수 없고, 알아들을 만할 때면 내가 자세히 설명할 수 없을지도 모른다는 생각도 들었습니다.

1부는 내 인생의 방향을 송두리째 바꿔버린 충격적인 사고 현장에서 보여준 부하들의 눈물겨운 충성심, 지금 생각해도 소름 끼칠 정도의 침착함을 발휘한 그 날의 아찔했던 기억, 이후 병원에서의 힘겨웠던 치료 과정, 재활훈련 과정에서 느낀 미안함, 고마움, 감사함, 안타까움을 시간의 흐름에 따라 최대한 사실대로 펼쳐 보았습니다.

2부는 약 2년간의 병원생활에서 느낀 갈등과 새로운 세계에 대한 적응, 새로운 삶을 위한 몸부림 등 새 삶에 대한 걸음마를 배워가는 과정에서 부딪혔던 소소한 이야기들입니다.

3부는 가지 않은 길로의 대 방향전환을 준비하는 마음을 가장 적나라하게 보여주려고 노력했습니다. 서툰 시 형식을 빌려 짧은 문장으로나마 나의 감정과 기대, 희망, 새로운 목표를 향해 품고 있던 나의 숨겨둔 내면을 모두 들여다볼 수 있는 부끄러운 부분이기도 합니다.

4부는 나와 가장 어울리지 않는 부분이라고 할 수 있습니다. 계획하지도, 예상하지도 않았기 때문에 시행착오를 겪으면서 좌충우돌하는 현재의 모습을 있는 그대로 과장이나 꾸밈없이 전개하였습니다.

하지만 정신적으로나 육체적으로나 지금까지의 그 어느 삶보다도 가장 많은 에너지를 쏟아부은 삶이고, 앞으로의 발전에 가장 큰 기여를 할 것이라 기대할 수 있는 삶의 일부분을 보여주고 있습니다. 비록 짧은 기간에 너무나 큰 일을 많이 겪었기에 거기에 따르는 갈등과 실망, 회의 속에서 쉽게 회복할 수 있으리라 장담하지는 못합니다. 그러나 내게 주어진 역할과 소명에 대해서는 무거운 책임감을 느끼기에 그 책임을 다하려 합니다.

사실 4부는 5부가 되어야 마땅합니다. 4부에 들어가야 할 이야기는 다시 군복을 입고 병원에서 퇴원하여 육군대학에 전입신고를 한 2002년 8월 26일부터 군인으로서 가장 자랑스러운 만기 전역을 한 2015년 9월 30일까지 13년간의 군 생활에 관한 이야기가 되어야 합니다. 2000년 6월 27일 DMZ 지뢰폭발 사고 이후 만 2년 만인 2002년 6월 27일에 공포된 '유공신체장애군인 현역계속복무 시행령'에 의해 내가 장애군인으로서 다시 일어설 수 있었던 그 이야기야말로 진정 내가 하고 싶었던 이야기 중 하나였습니다. 내 인생의 역사를 바꿔버린 17년 전 사고현장에서부터 국군병원까지 있었던 짧은 시간의 몇몇 일로 많은 군인과 국민의 마음을 사로잡았지만, 다시 현역군인으로 복귀한 후의 삶은 그보다 몇 배로 값진 삶이었다고 생각합니다. 13년간의 두 번째 군대 생활에 대한 내용은 이 책에 실려 있는 내용보다 훨씬 의미 있는 내용일 수 있습니다. 언젠가는 그 이야기도 세상에 빛을 보게 되기를 기대해 봅니다.

사고는 누구에게나 불행한 것이지만, 누구에게나 일어날 수 있는 사고가 아니었습니다. 누구나 할 수 있는 경험도 아니었습니다. 그저 삶의 극한 상황에 직면한 순간, 한 인간으로부터 번져 나온, 계산적이거나 의도적인 각색 없이 고스란히 노출된 반사적 행동이었습니다. 또한, 절망적일 수밖에 없는 상황에서 순응하며 자연스럽게 극복하는 과정들로 그려진 삶의 궤적들이었습니다. 이러한 작은 이야기가 몇몇 사람들로부터 긍정적인 반응을 얻어내는 것을 확인하게 되자 호기심과 흥미가 발동하게 되었습니다.

　그러면서 조금 욕심이 생기기 시작했습니다. 관심 있는 사람들이 갖는 호기심에 어떤 형태로든 응해주고도 싶고, 궁금증을 풀어주고도 싶었습니다. 그리고 조금은 정신적·육체적으로 비슷하게 아파하는 사람들과 한마음, 한 몸이 되어 함께 아파하고 싶기도 했습니다. 그들의 마음이 되고 그들의 시린 가슴을 다독여주고도 싶었습니다. 군인, 장애군인, 국회의원을 거쳐 온 이야기를 담은 이 글이 한마음 한 몸이 되어 다독이는 책이 될 수 있기를 기도해 봅니다.

　또, 책이 나오는 데 도움을 준 사람들에게 감사의 인사를 전하고 싶습니다. 특히 책이 나올 수 있도록 용기를 북돋아 준 아내의 격려가 절대적인 지지대였습니다. 책에도 가장 많이 등장한 이야기이고 어쩌면 아내야말로 이 책의 또 다른 주인공이기도 합니다. 아내에게 품고 있는 미안함, 고마움, 감사함의 감정을 다 표현하지 못한 짧은 필력이 원망스럽습니다. 그리고 늘 크게 잘 보이지도, 드러나지도 않지만, 그 능력은 무게나 분량으로 잴 수 없는 새벽기도처럼, 어머니의 사랑을 충분히 담아내지 못한 것이 못내 아쉽습니다. 서툴고 소박한 이야기를 진솔함으로 빛을 보게 해준 도서출판 행복에너지 권선복 대표님과 마지막 한 방울을 채워 넘치게 해준 의원실 보좌진들에 감사를 드립니다.

이종명

제 1 부

들어오지 마! 내가 나갈게

"꽝"

불과 몇 분 전 이곳을 아수라장으로 만들어버린 청천벽력 같은 굉음의 메아리가 꼬리를 물고 다시 한 번 천지를 뒤흔들었다. 순간적인 뜨거움과 아찔함 속에 몸은 몇 미터 튕겨 나가 아무렇게나 내동댕이쳐졌다. 엄습하는 두려움과 밀려오는 고통 속에서 어렴풋이 느껴졌다. 그러나 인정하고 싶지도, 믿고 싶지도 않았음에도, 꼭 해야만 한다는 듯 동물적 반사행동으로 현실을 확인하기 위해 통증의 진원지를 찾아 다리 아래쪽을 내려다보는 순간,

"아……!"

거기에는 정말 인정하고 싶지 않았지만 넝마처럼 너덜대는 여름

전투복 바지 속으로 두 개의 장딴지 허연 살이, 마치 벼락 맞아 중턱이 아무렇게나 부러져버린 대추나무 마냥 갈기갈기 찢겨 피투성이가 된 채 벌건 마사토 위에 늘어져 있었다. 군화 약이 다 벗겨져 반질반질한 가죽이 불그스레해졌지만 40개월 동안 애정이 듬뿍 담긴 흙 묻은 전투화는 더 이상 보이지 않았다. '나도…… 밟았구나!' 하는 생각이 드는 순간 팔꿈치로 애써 지탱하고 있던 나의 상체와 머리는 힘없이 떨어뜨리어지고 말았다. 어릴 적 알지 못할 이상한 소용돌이 속에 휘말려 밑으로 끝없이 떨어지는 꿈을 꾸는 것 같았다.

"어머니……. 금란씨……."

그 짧은 순간 뇌리를 스치고 지나가는 것은 조그만 체구에 주름진 얼굴로 안쓰럽게 쳐다보는 어머니의 얼굴과 싸구려 셔츠를 걸치고 걱정스럽게 쳐다보는 아내의 처진 눈이 파노라마처럼 떠올랐다가 이내 겹쳐져 희미해졌다. 고개를 늘어뜨리고 엎어진 채 '죄송합니다. 정말 죄송합니다.' 라는 생각을 하고 있을 때,

"대대장님! 대대장님! 괜찮습니까?"

라며 다급하게 나를 부르는 소리가 들렸다. 약 10여 미터나 떨어졌을까. 달려온 정보장교와 무전병이 놀란 눈으로 금방이라도 뛰어들어올 태세였다.

"안 돼! 들어오지 마⋯⋯! 위험해⋯⋯. 내가 나갈게⋯⋯."

엎어진 채 가까스로 고개만 쳐들고 피투성이가 된 손을 휘저으면서 소리를 질렀다.

"들어오지 마! 내가 나갈게⋯⋯. 나갈 수 있을 것 같⋯⋯. 포복으로 나갈게."

몰려드는 고통과 두려움 속에 짓누르는 방탄헬멧의 무게를 지탱하면서 겨우 고개를 들고 내가 나가야 할 길을 쳐다보았다. 군데군데 키 큰 나무들 사이로 허리 높이의 키 작은 나무들이 시커먼 부엽토 위로 아무렇게나 불쑥불쑥 튀어나온 것이 눈에 들어왔다. 자연스럽게 난 잡목과 잡초들이 조금 전에 내가 들어 왔던 평탄한 마사토 지역보다 훨씬 안전해 보였다. 포복으로 안전지대까지 나가기 위해서 두 손으로 땅을 짚고 상체를 들어 올리다가 나는 여지없이 머리를 땅에 처박고 말았다. 오른손에 힘을 줄 수 없는 것이었다. 가까스로 몸의 균형을 유지하고 왼쪽으로 비스듬히 누워 오른팔을 들어 보았다. 팔꿈치부터 피투성이가 된 오른손의 손가락들이 손바닥 쪽 껍질만 붙은 채 덜렁거리고 있었다. 관절 부위에 허연 뼈를 드러낸 채⋯. 왼팔도 마찬가지로 팔꿈치부터 피투성이였다.

옆에 떨어진 내 K-1소총을 왼손으로 겨우 끌어안고 할 수 없이 양

팔꿈치를 이용하여 높은 포복자세로 팔 힘에만 의지한 채 하체를 끌면서 기어 나왔다. 어디가 얼마나 아픈지, 얼마만큼 다쳤는지 모른 채 오로지 안전지대까지 빨리 나가야겠다는 생각만 들었다. 내가 조금이라도 지체하면 정보장교와 작전요원들이 뛰어 들어올 것만 같았다. 포복을 하기 위해 숙인 머리 위쪽으로 작전팀 요원들의 안타까워하는 시선들을 의식하면서 조금씩, 앞으로 나아갔다. 정보장교와 무전병, 기타 작전팀 요원들이 있는 그곳, 이곳 사지에서 채 10여 미터 남짓 될까 하는 그 생지까지의 거리가 왜 그리도 멀던지…….

내가 그들이 있는 안전지대까지 거의 나오자 정보장교가 엎어지듯이 내게 달려들어 내 소총을 무전병에게 넘겨주고는 나를 반듯하게 눕히면서 걱정스러운 얼굴로 물었다.

"대대장님! 괜찮으십니까?"
"그래, 괜찮은 것 같다……. 정보장교! 방금 내가 기어 나온 길 봤지? 그쪽은 안전할 거야. 그쪽으로 설 중령과 중대장을 구출해 나와. 조심해!"

나는 어디에 얼마나 다쳤는지 생각할 겨를도 없이 전신에 몰려오는 고통을 이를 악물고 참으면서 설 중령과 3중대장 구출 방법과 안전한 통로를 지시했다. 걱정스러운 마음으로 옆으로 비스듬히 누운 채 바라보니 작전요원들이 정보장교의 통제하에 포승줄을 풀어서 연결한 후 방금 내가 나온 곳으로 한 치의 오차도 없이 두 줄의 안전통로를 치는 모습이 눈에 들어왔다. 정보장교가 민첩하면서 침착하게 작전요원들을 지휘하는 모습을 보니 다소 안심이 되었다.

"다리에……. 지혈 좀 시켜 줘!"

나의 고통스러운 소리에 옆에 있던 병사가 얼른 자기 요대를 풀어 내 허벅지 부위를 단단하게 졸라매는 느낌이 들었다.

"요대 하나 더 풀어!"

하는 정보장교의 재촉하는 목소리가 또 들렸다.

"급조…. 들것을 만들어라. 주위 나무와 전투복 상의를 벗어서…."

내 말이 떨어지기가 무섭게 순식간에 허리에 차고 있던 작전용 정글도를 가지고 들것 봉을 만들고 누구 먼저랄 것 없이 전투복 상의 두 벌을 벗어 들것이 만들어졌다. 피투성이가 된 내 몸을 여러 명의 병사들이 급조 들것 위로 옮기는 동안 나는 다시 지시했다.

"긴급 헬기 요청한 것…. 다시 한번 확인하고…. 411호_{수색대대 구급차 차량번호}는 GP로 들어가지 말고…. 추진철책 소통문 앞으로 오라고 해!"

그러는 동안 설 중령과 3중대장도 두 줄의 포승줄 사이 안전 통로를 따라 현장으로 들어간 소대장 등 작전요원들에 의해 안전지대까지 구출된 것 같았다. DMZ 밖으로 후송하기 위해 나를 올려놓은 급조 들것을 병사들이 들어 올리는 순간 들것 앞쪽 손잡이 부분이 부러졌다. 그러자 그 병사는 양손으로 그 안쪽을 움켜잡고는 됐다면서 가자고 했다. '불편하고 힘들 텐데.' 라는 생각이 들었으나 이내 엄습하는 고통 속으로 묻혀버렸다. 온몸에서 참을 수 없는 고통이 느껴졌지만 엉성하게 만들어진 급조 들것 앞뒤로 내 잘린 다리 무릎 아랫부분과 방탄모를 쓴 머리가 축 늘어져 불편하고 힘들었지만, 그냥 참기로 했다. 어디 아프고 불편한 곳이 그곳뿐인가! 들것이 움직이는 것을 느끼면서 잠시 정신이 몽롱해지는 것 같았다.

얼마나 지났을까?

몸이 심하게 흔들리는가 싶으면서 복이 몹시 아프다는 생각이 들었다. 어렴풋이 정신이 들면서 전신에서 고통이 느껴졌지만, 특히 다리 쪽은 더 심하다는 생각이 들었다. 무엇엔가 실려서 어디론가 가고 있다는 것을 느낄 수 있었다. 가만히 눈을 뜨는 순간 연한 참나무 이파리 사이로 눈부시게 강렬한 햇빛이 화염찌꺼기와 흙투성이가 된 찌그러진 내 안경을 통해 비쳐들었다 가렸다 했다.

호국보훈의 달 기념 특별 사진展 〈국군을 보다〉 전시작 2017. 6. 12

시선을 돌려보니 전투복 상의를 벗어젖힌 채 국방색 러닝셔츠 차림의 기라성 같은 병사들이 숨을 가쁘게 몰아쉬면서 들것을 두 손으로 꾹 움켜잡고 힘차게 수풀을 헤쳐 나가고 있었다. 방탄헬멧을 쓴 채 내 목이 전투복으로 만든 야전 급조 들것 밖으로 삐쳐 나와 목젖이 하늘을 향해 완전히 젖혀진 채 병사들이 발걸음을 옮길 때마다 흔들거리고 출렁이며 뒷목에 압박을 가하고 있었다. 그제야 가까스로 방탄헬멧 턱 끈을 풀고 헬멧을 벗어 가슴 위에 감싸 안고는 고개에 애써 힘을 주어 겨우 쳐들었다. 조금 나은 듯싶었으나 도저히 계속 그렇게 갈 수는 없었다. 할 수 없이 옆에 따라가는 병사에게 부탁했다.

"내 머리 좀……. 받쳐 줘!"

내 말이 채 떨어지기도 전에 그 병사가 달려와 내 머리를 두 손으로 감싸듯이 받쳐 안고는 걱정스러운 얼굴로 나를 내려다보며 조용히 떨리는 목소리로 안심시키듯이 물었다.

"괜찮으십니까? 대대장님!"
"그래, 훨씬 좋다……. 괜찮은 것 같다……. 고마워."

그 병사는 자신의 두 다리 사이로 내 머리를 두 손으로 조심스럽게 감싸 받치고는 내 머리가 조금이라도 덜 흔들리고, 조금이라도 덜 아프도록 들것에 매달리듯이 바짝 따라붙었다. 길도 없는 거친 야지에서 나뭇가지에 걸리고 수풀에 미끄러져 다리가 꼬이더라도 내 머리를 받치고 있는 손은 흔들리지 않도록 애쓰는 것이 느껴졌다. '병사들이 정말 나에게 정성을 다하는구나!' 하는 생각이 들어 무척 고마웠다. 그때는 어쩐 일인지 신기하게도 통증도 거의 느껴지지 않았다. 그러나 수풀을 헤치고 앞으로 나아갈 때마다 넝마처럼 찢어지고 갈라진 다리 상처 부위가 수풀과 나뭇가지에 스치면서 깜짝깜짝 놀랄 정도로 아파서 다리를 움찔움찔했다.

나뭇가지나 굵은 억새풀이 스칠 때마다 몸을 비틀면서 고통을 참고 참다가 찢어진 살점을 예리한 칼로 한 점 한 점 도려내는 것 같은 순간들이 계속 반복되자 도저히 참을 수 없어서 들것 방향을 바꾸자고 병사들에게 부탁했다. 다리가 진행방향 쪽으로 있다가 머리를 진행방향에 두고 나아가니 나뭇가지나 수풀을 헤치고 지나가도 상처 부위를 직접 자극하지 않고 비껴 스치니까 훨씬 덜 아팠다. 가끔 앞에 관목 더미가 나타나면 병사들은 들것을 아예 어깨 위로 높이 쳐들어서 지나가기도 했다. 내 머리를 두 손으로 받치고 가는 병사는 거의 옆걸음 내지 뒷걸음으로 가야 하기 때문에 훨씬 더 힘들었겠지만, 끝까지 한 번도 내 머리를 놓치지 않고 소중하게 받쳐 주었다. 들것을 들고 길도 없는 곳을 나뭇가지에 걸리고 어제 내린 비로 인해 물기를 잔뜩 머금은 수풀에 미끄러지면서 쉬지도 않고 부지런히 앞만 보면서 조금이라도 빨리 가려는 병사들의 가쁜 숨소리가 귓전에 생생하게 들려왔다.

그렇게 얼마쯤 가다가 갑자기 앞쪽에서 들것을 들고 가던 병사 한 명이 발을 헛디뎠는지 넘어지면서 나는 능선 아래 4, 5미터 밑으로 몇 바퀴 구르면서 내동댕이쳐졌다. 그런데 이상하게도 별로 아프다는 생각이 들지 않았다. '병사들이 힘들겠구나.' 하는 생각만 들었다.

"나를 좀 편평한 곳에 눕혀 줘. 힘들지? 좀 쉬었다 가자. 내 방탄헬멧이 저기 굴러떨어졌으니까 주워다 줘!"

그 순간 당황하면서 어쩔 줄 몰라 하는 병사들은 내 입에서 나오는 엉뚱한 말에 모두 말문이 닫힌 것 같았다. 두 다리가 잘리고 양손에 골절상을 입고 얼굴과 팔에 피투성이가 되어 생사의 갈림길에 있을 것 같은 중상자의 입에서 나오는 너무나 태연한 말에 모두 입을 벌리고 서로의 얼굴만 쳐다보고 있었다. 시원한 그늘 편평한 곳에 잠시 누워 있으니까 열악한 급조 들것에 매달리다시피 태워져 오던 피로가 금방 가시는 듯했다. 정신도 맑아지는 것 같았다. 그러면서 '죽지는 않겠구나!' 하는 생각이 머리를 빠르게 스치고 지나갔다. 채 1분쯤이나 지났을까. 참나무 그늘 땅바닥에 등이 좀 시원해지는가 싶은데 아직 숨도 제대로 고르지도 못한 병사들이 누구 먼저랄 것도 없이

"가자! 빨리 가자! 힘내자!"

라고 서로를 격려하면서 서둘러 들것을 들고 다시 수풀을 헤쳐 나가기 시작했다. 좀 더 쉬어야 할 것 같은데 생사를 예측할 수 없는 부상당한 대대장을 빨리 후송해야겠다는 충성심에 힘든 줄도, 지칠 줄도 모르는 것 같았다. 병사들의 가쁜 숨소리만 내 가슴 가득히 안겨올 뿐 누구 한 명 불평이나 힘든 표시를 내는 병사가 없었다. 정말 고마웠다. 부하들이 자랑스럽기도 하고 대견스럽기도 하면서 가슴 뿌듯한 무엇이 깊은 곳에서부터 밀려오는 것 같았다. 다시 자세를 잡고 수색로를 역순으로 빠져나가는 길은 오히려 편안한 느낌이 들었다. 의식을 잃어서는 안 된다는 생각을 하면서도 애써 눈을 부릅뜨고 있기가 힘들어서 가만히 눈을 감았다.

눈을 감아도 들것 위에서 앞뒤 높이의 경사도나 좌우로 돌아가는 느낌만으로도 '아, 지금쯤 어디를 통과하고 있구나!' 하는 감이 느껴

졌다. 이 수색로는 작년에 위험을 무릅쓰고 병사들과 직접 개척한 후 조기에 익숙해지기 위해 대여섯 번은 동반 작전을 했던 코스이기 때문에 눈을 감아도 손바닥 보듯이 훤히 알 수 있었다. 뒤쪽이 떠들썩한 것으로 미루어 보아 설 중령과 중대장을 후송하기 위한 들것조도 바짝 다가붙은 것 같았다. 갑자기 머리가 있는 들것 앞쪽이 높이 들려서 계속되는 것으로 봐서 오르막을 오르는 것을 알 수 있었다. '이 오르막길만 오르면 분견대가 있는 곳이다.' 라는 생각이 들었다. 분견대와 합류하면 추진 철책 소통문까지는 거의 평지에 가까운 능선이고 거리도 얼마 되지 않는다. 분견대와 만나서 들것 운반조가 서로 교대를 하면서 걸음걸이가 제법 빨라지는가 싶더니 갑자기 앞쪽이 시끌시끌했다. 긴급연락을 받고 출동한 대대 경호팀과 구급차가 추진철책 소통문에 도착하고 구조대가 들어온 것이다.

'아니, 이렇게 빨리 왔는가!' 하고 생각하고 있는데 구조대와 함께 의무대 들것이 들어와 급조 들것에서 의무대 들것으로 내 몸이 옮겨졌다. '이렇게 편할 수가!' 의무대 들것은 널찍하고 길이도 충분하여 마치 커다란 평상 위에 올라탄 것 같았다. 비좁은 급조 들것에서 앞뒤로 늘어졌던 찢긴 다리와 머리를 받쳐주고도 충분히 여유가 남았다. 내 숙소의 침대 위에 누운 것보다도 훨씬 넓고 편안했다. 같이 들어온 군의관 김 중위가 침착하게 물어왔다.

"대대장님! 괜찮으십니까? 제가 누군지 알아보시겠습니까?"

"응, 군의관…… 수고 많아…… 빨리 왔구나."

반가웠다. 그리고 이제 어느 정도 안전지대로 나온 것 같아서 안심되었다. 그 끔찍한 지옥에서 빠져나온 것 같았다. 갑자기 햇볕이 더욱 따가워졌다. 눈을 뜰 수가 없었다. 큰 나무가 별로 없는 능선 위로 올라온 것이다. 이제 곧 소통문이다. 다 나왔구나. 한숨 돌릴 수 있었다. 눈을 지그시 감고 다소 긴장을 풀었다. 그때부터 내게는 아주 귀찮은 일이 따라붙었다.

"대대장님! 자지 마십시오. 대대장님! 대대장님!"

의무병인 듯한 병사 한 명이 내 머리맡에 따라붙어서 애타게 나를 불렀다. 그리고는 아주 일차원적인 단순한 질문을 계속 반복했다. 혹시 잠들면 의식을 잃을까 봐 군의관이 시킨 것 같았다.

"대대장님! 자지 마십시오. 잠들면 안 됩니다. 대대장님! 자제분 있습니까?"
"응."
"몇 명입니까?"
"둘."
"아들입니까? 딸입니까?"
"아들."

"둘 다 아들입니까?"

"응."

"큰아들 이름이 뭡니까?"

"승태."

형사가 범인을 취조하듯 간단한 질문이 집요하게 이어졌고, 나도 자포자기한 범인 마냥 귀찮은 듯이, 그러나 충실히 단답형으로 대답했다.

"큰아들이 몇 살입니까?"

대수롭지 않은 질문에 갑자기 당황스러웠다. 승태가 몇 학년인지는 알지만 몇 살인지 나이는 금방 생각이 나지 않았다. 아버지가 아들 나이도 잘 모른다고 생각하니 좀 창피한 생각이 들었다. 잠시 망설이면서 얼른 나이를 따져 보았다.

"열……. 다섯 살."

대답이 좀 늦었다는 생각이 들었으나 의무병은 별다른 표정 없이 질문을 계속했다.

"몇 학년입니까?"

"중학교 2학년."

질문이 끝났는가 싶었다. 질문을 주고받는 동안 의식은 물론이고 온몸에서 쏟아져 오던 고통도 별로 느끼지 못한 것 같다는 생각을 하고 있는데 의무병의 질문이 다시 이어졌다.

"둘째 아들 이름은 뭡니까?"
"승기."
"몇 살입니까?"

이번에는 자신이 있었다. 두 놈이 세 살 차이니까.

"열두 살."

망설임 없이 자신 있게 대답을 했으나 의무병의 표정은 여전히 별 차이가 없었다.

"몇 학년입니까?"
"초등학교 5학년."

한 차례 유치한 질문이 끝나는가 싶더니 아까보다도 더 시끌벅적한 소리가 들렸다.

"대대장님, 자지 마십시오. 소통문 빠져나왔습니다."

안심시키려는 듯한 말이 들렸지만, 내 머릿속에는 다른 생각으로 꽉 차 있었다. 지금까지 잊고 있었던 것을 조금 전 의무병이 지루한 질문을 하면서 나에게 일깨워 주었던 것이다. 아들 생각이 났다. 내가 지뢰를 밟고 쓰러지는 순간 어머니와 아내의 생각은 났었는데……. '아이들에게 뭐라고 하지? 아이들이 얼마나 놀랄까?' 하는 생각이 들면서 다시 머릿속이 복잡해지는 것 같았다. '아…….'

차 엔진 소리가 들려왔다. 매일같이 함께 작전을 하면서 들어왔던 5/4톤 트럭소리인 것으로 미루어 보아 대대 구급차인 줄 금방 알 수 있었다. 운전병이 출발 준비를 하는지 괜히 가속페달을 밟아 '부릉부릉'하면서 공회전시키는 시끄러운 소리가 오히려 반갑게 들렸다. 들것을 들고 오던 병사들이 마지막 힘을 쏟아 구급차에 올리는지 갑자기 몸이 부웅 위로 치솟았다.

"대대장님! 조금만 참으십시오. 출발합니다."

그 의무병은 여전히 내 옆에 앉아서 내가 잠들지 않도록 말을 시키고 있었다. 이제 따갑게 내리쬐던 햇볕은 차단이 되었지만, 눈은 뜨고 싶지 않아 가만히 눈을 감고 의무병의 집요한 질문에 나도 의식적으로 열심히 대답했다. 추진철책 후방의 측방도로엔 한동안 차량 통행이 없어 여기저기 물구덩이가 생기고 장맛비에 작은 고랑이 이곳저곳에 패여 있었는지, 빠져나가는 구급차가 이리저리 흔들릴 때마다 내 몸도 같이 이쪽저쪽으로 쏠렸다. 동시에 상처 부위가 차량 난간에 부딪혀서 쓰라리고 아파 왔지만 이를 악물고 꾹 참았다. 이제 곧 DMZ를 빠져나가 GOP 철책 통문에 도달할 것으로 생각했다. 소통문에서 GOP 통문까지 나오는데도 몇 개의 능선과 계곡을 지나야 했다. 가파른 경사 길은 군데군데 시멘트 포장을 해 놓은 곳도 있었다.

구급차가 데후를 넣고 굉음을 내면서 앞쪽이 높아져서 몸이 차량 뒤쪽으로 쏠리면서 한참을 가더니 어느덧 다시 몸이 차량 앞쪽으로 쏠리면서 계곡을 향해 내려가고 있었다. 차량의 쏠림과 흔들림만으로도 차가 어디쯤 가고 있는지 짐작이 갔다. 사하지점을 지나고, GP의 생명인 심정 옆을 지나고, 다시 덜컹하면서 데후를 넣는 느낌이 들었다. '마사토 급경사 지역을 올라가려는 구나.' 하는 순간 운전병들 특유의 습관인 오르막 올라가기 전 가속페달을 밟아 두세 번 공회전 시키는 '부우웅 부 부웅' 하는 소리가 들리고, 구급차 내 모든 사람과 물건들이 뒤쪽으로 쏠리면서 차량 앞쪽이 갑자기 높아졌다. 힘겹게 기어 1단, 2단을 몇 번 반복하면서 가속페달을 바닥에 닿을 때까지 밟는 소리가 들리는가 싶더니 차량이 '덜컹'하고 균형을 잡았다. 아픈 다리와 팔로 간신히 들것에 힘을 주어 잔뜩 긴장하다가 안정이 되었다. '이제 내려가기만 하면 GOP 통문이다.'라고 생각할 즈음,

"대대장님! 괜찮습니까? 다 왔습니다."

의무병도 덜컹거리는 차 안에서 이리저리 흔들리면서 겨우 균형을 잡고 오다가 가까스로 정신을 차리고 그 기계적인 목소리로 내가 의식을 잃지는 않았는지 확인했다.

"응, 괜찮아."

하고, 나도 형식적인 대답만 하고 있었다. 내리막길을 다 내려오고 GOP 통문이 있는 방벽 쪽으로 작은 언덕을 오르는가 싶은 순간,

"전진!"

하는 GOP 통문 초소병의 경례 구호소리가 들렸다. 통문을 통과하자마자 아까보다 훨씬 더 시끄럽고 분주한 소리가 들려왔다.

"수색대대장! 괜찮아?"

하는 귀에 익은 소리도 들렸다. '사단 의무대장인가⋯⋯?' 라고 목소리의 주인공이 누구인지 잠시 생각하고 있는데 내가 실려 온 구급차에 몇 명이 뛰어오르는 것 같았다. 그리고는 상처 부위에 무언가 쏟아붓는 느낌이 들더니 굉장히 시원하면서 통증도 다소 줄어드는 것 같았다.

"수색대대장! 이제 안심해……. 괜찮아. 헬기도 곧 도착할 거야."

누군가 나를 안심시켜 주기 위해 얘기하는 것을 눈을 감고 가만히 듣고 있었다. '사단 의무대장이 어느새 통문까지 와서 후송을 지휘하고 있었구나.'라는 확신이 들었다.

"운전병! 수색 3중대 헬기장으로 이동해!"

라고 다급하게 소리치는 것이 들렸다.

'아! 3중대 헬기장.'

수색 3중대는 GOP 대대 후방 CP와 같은 지역에 있는데 그 일대에 헬기장이 없었다. 민통선 내라서 평시엔 헬기가 못 들어오지만, DMZ 및 GOP 지역이 위험한 지역이라 긴급 시에는 꼭 필요한 시설이었다. 그래서 작년에 사단에서 중장비와 시멘트를 지원받아 수색 3중대 병력들이 야간작업을 하면서 헬기장을 신설했다. 수색 3중대 진입로 입구에 쓰레기장과 오물장, 재활용품 수집소 등 지저분한 것들이 쌓여 있고, 주위에는 잡초와 잡목들이 아무렇게나 있어 항상 지저분한 곳이었다. 이 지역을 불도저로 깨끗하게 정리하고 위에는 마사토로 덮은 후, 패드 위치에는 콘크리트를 튼튼하게 쳐서 산뜻하게 헬기장을 만들었다.

처음엔 UH-1H용으로 만들었으나, UH-60도 이용할 수 있는 훌륭한 헬기장이 만들어졌다. 사단장님께서 GOP 현장지도차 오셨을 때 새로 생긴 헬기장을 보고 매우 흡족해하시면서 칭찬해 주셨다. 그러면서 콘크리트로 되어있는 헬기장 패드 외부 마사토 지역에는 시간 나는 대로 클로버를 심으면 좋겠다고 하셨다. 잔디를 깔면 더 좋겠지만, 그 넓은 지역을 잔디로 하기는 무리일 테고, 클로버는 아무 데나 지천으로 있고 번식력도 좋으니 시간 날 때마다 조금씩 심어 나가면 그다지 힘들지 않을 것이라고 하셨다. 보통 잔디연병장이나 잔디밭에서는 클로버 때문에 골치를 앓으며 클로버 제거작전에 장사병 할 것 없이 동원하여 가끔 불평의 소지가 되기도 한다. 그런데 이런 곳에는 주위에 흔하고 병사들도 크게 힘들지 않게 환경을 조성할 수 있

GP현장지도

는 클로버를 심으면 좋겠다는 사단장님의 고착되지 않은 아이디어에 내심 감탄했었다.

그렇게 만든 헬기장을 지금의 3중대장과 내가 가장 먼저 이렇게 생사를 좌우할 만큼 긴요하게 사용할 줄 그 당시에는 꿈엔들 생각이나 했겠는가? 수색 3중대 헬기장으로 이동하면서도 의무병의 집요한 질문은 계속되었다.

나의 의식을 잃지 않게 하려고 계속 말을 시키는 의무병의 정성이 고마워서 나도 정말 재미없는 답변을 성실하게 계속했다. 수색 3중대 헬기장까지 가는 길이 꽤나 멀게 느껴졌다. GOP 통문에서 약 5분 남짓 걸리는 거리이지만, 차가 엉뚱한 데로 돌아서 가는 것이 아닌가 생각이 들 정도로 멀게만 느껴졌다. 돌아가려야 돌아갈 수도 없는 외길인 줄 알면서도. 그때까지도 의무병의 똑같은 질문은 계속 되었다.

"대대장님, 큰아들이 몇 학년⋯⋯."
"의무병! 나 괜찮아⋯⋯. 이제 그만⋯⋯. 나⋯⋯. 괜찮아. 잠 안 잘게."

수색 3중대가 예상했던 것보다 훨씬 멀게만 느껴지자 의무병의 기특한 질문이 오히려 귀찮아져서 의무병에게 이제 그만하자고 했다. 그러면서 '절대 자지 않고 깨어 있어야지.'라고 굳게 마음속으로 다짐했다.

헬기장에 거의 가까워진 것 같았지만, 헬기 소리는 들리지 않았다. 벌써 도착해 있을 줄 알았는데……. 상황발생 후 상당한 시간이 흘렀기 때문에 헬기가 도착해서 우리를 기다리고 있을 줄 알았다. 헬기장 한쪽 옆으로 구급차를 대고 내리는 순간 강렬한 햇빛과 후끈한 열기가 덮쳐와 감은 눈을 다시 질끈 더 감게 했다.

"수색대대장! 나 작전부사단장이야. 괜찮아? ……. 걱정하지 마라……. 헬기……. 금방 도착할 거야. 군단에서 출발했어."

먼저 헬기장에 도착해 있던 부사단장님께서 나를 보고 안심시켰다. 순간 반가움과 죄책감이 한꺼번에 왈칵 몰려왔다.

"부사단장님……. 죄송합니다."
"아냐, 아냐. 괜찮아."
"죄송합니다. 군 전투지휘 검열 중인데……."
"괜찮아. 그런 걱정하지 마. 걱정하지 마라. 그만하길 다행이다."

땅바닥에 들것이 내려지고 사단 의무대장, 군의관, 의무병 등이 부산하게 움직이면서 아까 상처 부위를 시원하게 해 주었던 액체를 다시 다리에 부어 주었다. 정말 시원했다.

"수색대대장! 괜찮아? 부연대장이야. 헬기 금방 도착할 거야. 설 중령과 박 대위도 도착했어. 둘 다 괜찮아. 걱정하지 마라."

내가 누운 채 고개를 돌려 무언가를 찾는 듯하니까 연대 작전과장을 할 때 모셨던 눈치 빠른 부연대장님이 나를 안심시키면서 가까이 다가왔다.

"아! 부연대장님……. 설 중령 괜찮습니까?"

나는 내가 내내 속으로 궁금하고 걱정스러웠던 말을 내뱉었다. 사실 아까부터 '나는 죽지는 않겠구나.'라는 생각이 들 때부터 현장에서 먼저 지뢰를 밟고 거의 정신을 못 차리고 있던 설 중령이 제일 궁금했다. 얼마나 다쳤는지, 의식은 있는지, 정말 괜찮은지 궁금했다. 부연대장님의 얘기를 듣자 다소 안도감이 들었다. 그러자 다리의 통증이 다시 엄습해 왔다. 의무병에게 부탁했다.

"아까 다리에 부었던 게 뭐냐? 물이냐? 소독약이냐? 그것 다시 좀 더 부어 줘!"

그 얼음물같이 시원한 것을 다리에 붓자 이제 눈이 따가웠다. 눈을 감고 있어도 햇빛이 워낙 강렬해서 눈이 부시고 뜨거웠다. 다시 의무병에게 부탁했다.

"햇빛 좀 가려 줘!"

내 말이 채 떨어지기도 전에 아까부터 내 옆에서 끈질기게 질문을 하며 내가 잠들지 않도록 하던 그 의무병이 내 머리 쪽으로 와서 엎어지듯 꿇어앉아 양손으로 땅을 짚고 상체를 굽혀서 자기 몸으로 그늘을 만들어 주었다. 정말 고마웠다. 조금 있으니까 어디서 구해 왔는지 비닐 차광막을 가져와서 두 명이 양쪽에서 들고 나를 가려 주는 것 같았다.

"두두두두두두두……."
"헬기 온다……. 이 중령! 헬기 온다. 이제 조금만 참아라."

희미하게 UH-1H인 듯한 헬기 프로펠러 돌아가는 소리가 들리더니 곧 세찬 모래바람이 몰아쳐 왔다. '이제야 오는구나.'라는 생각이 들며, 헬기장에 먼저 도착하여 참기 어려운 고통을 참아가며 기다렸던 시간이 꽤나 길게 느껴졌다. 나중에 안 사실이지만 최초 현장에서의 상황 보고와 거의 동일 시간대에 대대-사단 상황실 보고 후 상급 부대 보고와 헬기 출동 지시가 내려졌으며 신속하게 출동했다고 한다. 눈을 감고 있었지만, 헬기가 도착하고 머리 위로나 내 몸통 위로 바람을 일으키는 느낌만으로도 군의관, 간호장교 등 구조반의 부산한 움직임이 금방 느껴졌다. 눈을 살짝 떠보니 흰 가운이 스쳐 지나가는 것이 언뜻 보였다. 안도의 숨을 내쉬고 다시 눈을 감았다.

"대대장님! 조금만 참으세요."

하는 간호장교인 듯한 목소리가 들려왔다. 상처 부위를 다시 소독한 후 지혈 상태를 다시 점검하고 보완하는 것 같았다. 곧 수혈 주삿바늘이 팔뚝에 꽂혔는지 다시 주위가 부산해졌다.

"그쪽도 준비 다 됐어? 태워!"

하는 소리와 함께 들것을 올리는 것 같았다. '이제 헬기에 타는구나.' 하는 생각이 드는 순간, 군 전투 지휘검열을 수검 중인 사단장님의 근심스러운 얼굴이 나를 바라보는 듯한 느낌을 받았다. 나는 즉시 부사단장님을 찾았다.

"부사단장님! 부사단장님 어디 계셔?"

나는 눈을 감은 채 들것으로 옮겨지면서 옆에 있는 아무에게나 물었다. 그때까지 줄곧 내 옆에 있다가 나를 옮기는 것을 확인한 후 설중령 쪽으로 가고 있던 부사단장님께서 다시 돌아오셨다.

"왜 그래, 수색대대장? 나 여기 있어."
"부사단장님 죄송합니다. 지휘검열 중인데……. 사단장님께 죄송하다고 꼭 좀 전해……."

정말 꼭 하고 싶은 말을 목이 메어 더 잇지를 못했다. 정말 죄송스러운 마음뿐이었다. 통상 전투 지휘검열은 조용하게 평소에 쌓고 연마했던 그 부대의 전투력을 보여 주는 것인데, 조그만 안전사고라도 나면 수검 결과에 치명적인 영향을 초래하는 것은 당연했다. 그런데 이런 엄청난 사고를 냈으니……. 진심으로 죄송한 마음이었다.

"그런 걱정하지 마라. 수색대대장! 내 꼭 사단장님께 말씀드릴게. 걱정하지 마라."

부사단장님은 나를 격려해 주었지만, 헬기에 태워지면서도 죄송스러운 마음뿐이었다. UH-1H헬기 내부에 내 들것이 끈으로 고정되어 매어지고 곧 설 중령 들것이 들어왔다. 내 처지도 보통 아니지만 그래도 궁금하던 차에 반가웠다. 조종석 바로 뒤에 횡으로 고정된 들것 위에서 고개만 겨우 돌려서 설 중령을 보았다. 설 중령은 머리에도 흰 붕대가 칭칭 감겨 있었다. 언뜻 보기에도 나보다 훨씬 더 심한 줄 알 수 있었다. 두 눈을 질끈 감고 이마를 찌푸리며 몰려오는 고통을 겨우 감당해 내는 듯 신음을 목구멍으로 삼키고 있었다. 설 중령의 들것도 고정되고 수혈 중인 혈액 봉지도 헬기 천장에 매달렸다. 의무병 한 명이 나와 설 중령 사이 좁은 공간에 엉거주춤 구부려서는 혈액 수혈 속도를 조절하고 있었다.

"설 중령!! 나야. 이 중령이야! 내 말 들려?"

가까스로 겨우 설 중령을 불러 보았다. 순간 설 중령의 머리가 조금 이쪽으로 돌려지는가 싶더니 눈두덩이 주위가 움칠하고는 다시 고개가 원래 위치로 돌아갔다. 다행히 의식은 있어 내 말을 알아들은 것 같았지만, 심하게 고통스러운 것 같았다.

"미안해…… 설 중령! …… 조금만 더 참자."

나도 머리를 돌리면서 무심코 설 중령의 수혈 혈액 봉지를 보았을 때 혈액방울이 떨어지지 않는 것 같아 의무병에게 알려 다시 조정하는 것을 확인한 후 나도 편하게 다시 자세를 고쳐 잡았다. 어디랄 것도 없이 온몸에서 통증이 쑤셔 왔지만 이를 악다물고 참았다. 헬기가 정상고도에 올라 균형을 잡는 느낌이 들자 '약 30분 후면 도착하겠지. 그때까지만 참자.' 라고 생각하니 좀 편안해지는 것 같았다. 더 이상 상처의 고통도 별로 느껴지지 않았다. 그러자 어젯밤 정보장교의 전화 목소리가 까닭 없이 다시 떠올랐다.

내가 들어가겠다

"대대장님! 정보장교입니다. 부대 이상 없습니다."

2중대장이 건네준 송수화기 저편에서 정보장교의 그 침착한 목소리가 들려왔다. 직접 대면할 때나 전화 목소리로 들을 때나 정보장교를 대할 때는 항상 편안한 느낌이 들었다.

"응, 그래. 무슨 일이야?"

사단 전체가 수검 받는 군 전투 지휘검열 첫날인 어제저녁부터 비가 억수같이 쏟아졌다. 부대 간부식당에서 대대 간부들이 재미 삼아 키우던 BOQ 뒤 텃밭의 상추, 쑥갓을 뜯어 참모들과 저녁 식사를 마치고 숙소로 가려다가 생각보다 많은 비가 내려 예하 중대로 순찰을 한 바퀴 돌기로 마음을 먹고 차를 대기시키라고 했다. 먼저 지휘통

제실에 들러 각 GP 이상 유무와 우천 시 및 낙뢰 시 조치사항을 다시 한 번 확인시킨 후 우의를 입고 1중대를 향해 대대장 차에 올랐다. 1, 3중대는 비가 웬만히 와도 특별히 피해를 볼 것은 없지만, 전투 지휘 검열을 준비하느라 수고하는 중대장과 병사들을 격려도 할 겸, 전 중대를 돌아볼 생각으로 억수같이 쏟아지는 캄캄한 비포장도로를 달려 1중대를 들렀다가 2중대에 도착했다.

2중대는 비가 많이 올 경우, 지하 보일러실이 침수될 수도 있고 중대 건물 뒤 깎여진 산 쪽 옹벽이 붕괴할 위험도 있어 비가 조금만 와도 항상 신경 쓰이는 곳이었다. 차에서 내리자마자 대기하고 있던 중대장과 곧장 중대 뒤편으로 가서 보일러실을 점검하고 붕괴 예방을 위해 옹벽 위에 덮어두었던 비닐을 확인하고는 중대 앞 배수로 쪽으로 갔다. 작년 여름 내내 전 중대원이 힘들게 산을 깎고 흙을 갖다 부어 겨우 족구 정도 할 수 있었던 것을 제법 미니 축구도 할 수 있을 정도로 넓혀 놓은 연병장이 산에서 쏟아지는 계곡물에 휩쓸릴까 봐 중대에서 벌써 흙 마대와 비닐로 물길을 돌려놓은 상태였다. 막사 외부에 이상이 없는 것을 확인한 후 중대 내무반에 있는 병사들을 한 번 둘러보고 중대장실에서 수건으로 목덜미와 머리의 물기를 닦고 있는데 전화벨이 울렸다. 벌써 시간은 9시를 넘어가고 있었다.

"내일 계획되어 있는 DMZ 수색작전은 어떻게 하시겠습니까?"
"왜?"

정보장교가 물어오는 의도가 무엇인지 짐작을 하면서 되물었다.

"비가 너무 많이 오기 때문에 내일 실시하기가 어렵지 않겠습니까……. 사단에 취소 건의합니까?"

"그래, 비가 계속 오면 힘들겠지……. 내일 기상은 언제?"

"내일은 맑겠다고 합니다. 비 올 확률은 30퍼센트 이하입니다."

"그러면 어차피 DMZ 작전 실시 여부는 사단에서 결정하는 것이니까 내일 아침까지 기다려 보자."

호국보훈의 달 기념 특별 사진展 〈국군을 보다〉 전시작 2017. 6. 12

의도와는 어긋나게 정보장교도 충분히 알고 있는 원론적인 말, 그렇지만 가장 원칙적인 말로 지시를 했다. 더욱이 지금은 군 전투 지휘검열 수검 중인데 웬만한 악천후에도 DMZ 작전은 시행해야 하고 미리부터 취소하자고 건의하는 것은 별로 좋은 인상을 주지 못할 것이라는 생각이 들었다.

"예, 알겠습니다."

"우천으로 인한 GP나 예하 중대에서 피해 상황 접수된 것은 없지?"

"예."

"그래, 수고해!"

3중대 순찰 시에는 내일 있을 DMZ 작전과 관련해서 중대장과 잠시 얘기를 나눴다.

"지난번 작전 시 수풀과 나무가 많이 우거져 있어 통로 찾기가 힘들었습니다. 내일 작전 시 잘 보이는 곳에 표식을 보완하겠습니다."

3중대장이 지난 작전 시 통로를 찾기가 어려웠다는 보고를 받고 나서, 그 코스를 직접 계획하고 그동안 작전수행도 더 많이 했다. 그러다 보니 작전수행방법과 통로의 특성을 잘 알고 있었고, 그러한 요소를 더 잘 알고 있는 선임 대대장으로서 후임 대대장에게 인수인계도 할 겸 내일 작전 시 동반해서 들어가기로 했다. 3중대장은 그것이 미안한지 먼저 얘기를 꺼냈다.

"그래, 표식도 표식이지만 중대장이나 작전팀장을 해야 하는 간부들이 주위 지형지물과 잘 연계시켜서 표시하고 머릿속에 사진 찍

듯이 기억해 둬야 해! 들어가면서
나올 때의 모습도 연상해 가면서
기억해 둬야 돼!"

전진부대 수색대대장 취임

내 나름대로 터득한 지형숙지
요령도 알려줬다.

"대대장님 재임기간 마지막 DMZ 동반 수색작전인 만큼 철저히
준비하겠습니다."

믿음직스러운 3중대장의 말을 뒤로하고 숙소에 돌아왔다. 지휘통
제실에 전화로 다시 한 번 이상 유무를 확인한 후 샤워하러 들어가
면서 무심코 둘러본 방안이 꽤 어색하게 느껴졌다. 지난 40개월 동안
민통선 안에서 혼자 살았던 살림도 꽤 되었던지, 엊그제 주말에 아내
와 아이들이 들어왔다가 열흘 후면 있을 이취임식에 대비하여 미리
대충 챙겨 가지고 간 자리가 제법 썰렁해 보였다.

언제 비가 왔었느냐는 듯이 아침부터 햇볕이 따가웠다. 숙소의 개
나리 울타리를 넘어올 때 손끝에 스치면서 떨어지는 시원한 물방울
들이 아니었으면 어젯밤에 그렇게 폭우가 쏟아졌다는 것을 나도
모를 뻔했다. 비 온 뒤의 하늘은 더욱 맑았고 불어오는 바람도 더욱
싱그러운 냄새를 물씬 풍기고 있었다. 간부식당에서 아침식사를 평

소보다 좀 더 든든하게 먹었다. BOQ 생활하는 총각 간부들까지도 대부분 아침식사를 잘 하지 않지만 나는 반 공기라도 꼭 식사를 챙겨 먹었다. 혼자 생활하다 보면 자칫 소홀해지기 쉬운 건강과 체력관리를 위해 규칙적인 식사와 축구, 테니스 등 주기적인 운동을 비교적 꾸준히 해 왔다.

DMZ 동반 작전이 있는 날은 특히 아침 식사를 더 든든히 했다. 무더운 여름날 가만히 있어도 땀이 줄줄 흐르는데 얼굴엔 끈적거리는 위장크림을 바르고 무거운 방탄복을 소매 내린 전투복 위에 걸쳐 입은 후 소총과 방탄헬멧, 각종 실탄 등으로 완전무장을 한 채 대항군이 아닌 실존의 북괴군과 대치하며 긴장 속에 DMZ 작전을 수행하노라면 웬만한 체력으로는 버티기 힘들었다. DMZ 작전을 마치고 부대로 돌아와서 보면 방탄복 속의 내의는 물론 전투복까지 물속에 푹 빠졌다가 나온 것 같이 몽땅 땀에 젖어 있어서 샤워 후 완전히 새 옷으로 갈아입어야 했다.

어쩌다 한 번 아침 식사를 거른 채 작전에 투입된 적이 있었는데 철수할 쯤에는 허기에 지쳐 다리가 후들거리고 하늘이 노랗게 된 경험도 있었다. 그래서 그 뒤로는 DMZ 작전이 있는 날은 반드시 아침 식사를 든든히 했다. 아침 상황보고 시 DMZ 작전과 관련해서 사단으로부터 아무런 변동사항이 없다는 정보장교의 보고를 받고 작전 준비를 했다. DMZ 작전을 위한 안면위장도 이번이 마지막이 될지도 모른다는 생각이 들어 위장크림으로 안면위장을 평소보다 더 정성스럽게 했다. 방탄복을 입고 방탄헬멧 턱 끈을 졸라맨 뒤 소총 실탄과 권총 실탄을 탄입대에서 확인한 후 나의 애마, 지프에 올랐다.

지프 뒷좌석에는 설 중령과 무전병이 긴장된 표정으로 앉아서 기다리고 있었다. 설 중령은 이미 대대장 인수인계차 사단 내 운용하고 있는 전 GP에 최소 1박 2일 이상 동숙근무를 하면서 GP 전방 적 지역의 지형과 민경초소 현황을 익히고 군사분계선의 위치, DMZ 내의 지형, 우리 GP의 현황과 운용에 대한 업무를 모두 파악했다. 우리가 시행하고 있는 DMZ 수색 지역도 오늘 이제 마지막 남은 이 코스만 실시하면 전 코스를 모두 동반해서 익히게 되었다. 오늘 작전만 마치면 내가 인계를 해 주어야 할 게 더 이상 없다는 것을 설 중령도 알고 있는 듯했다. GOP 통문으로 이동하면서 설 중령은 아쉬운 듯 마음속에 자리 잡고 있던 한마디를 했다.

"이 중령님! 이제 슬슬 긴장되는데요. 더 이상 저한테 가르쳐 줄 것도 없지 않습니까? 거의 한 달 동안 GP와 DMZ 작전, 적에 대해 가르쳐 주셨는데 뭐가 뭔지 알 듯하면서도 막 헛갈립니다."

"처음엔 다 그래. 이 GP가 저 GP 같고 적 지역, 수색코스, 지형 등 복잡하게 얽히고설켜서 복잡하고 혼란스럽지."

"그런데 이 중령님은 하나도 헛갈리지 않고 정확하게 다 구분해서 가르쳐 줬지 않습니까? 어떻게 하면 빠르고 쉽게 알 수 있습니까?"

"나도 잘 몰라. 약 6개월쯤 지나니까 좀 알겠던데……. 처음에는 무조건 GP에 부식차가 들어갈 때마다 같이 들어가서 적 지형 관찰과 전 병사들을 열심히 찾아다니면서 이야기하고 DMZ 수색작전 시는 항상 동반해서 같이 땀을 흘리고 CP에 있을 때는 시간 날 때마다 항공사진, 지도, 실 지형 사진을 비교해서 쳐다보니 조금 알 것 같더라. 현장 위주로 부지런히 쫓아다니다 보니 어느 날, DMZ 좌측 끝에서 부터 우측 끝까지 파노라마 사진같이 쭉 그려지더라고. 그때는 정말 기분 좋더라. 그 뒤로는 세부적으로 들어갔지."

"저는 언제 그렇게 되지요?"

나에게 물어보는 것인지, 스스로에 대한 물음인지 구분되지 않는 말을 던지면서 지프 밖을 내다보는 설 중령의 얼굴에는 벌써 '나도 곧, 아니 이 중령님보다 더 빠른 기간 내에 할 수 있어요.'라는 자신감과 의지가 넘쳐 보였다.

GOP 통문 앞에는 정보장교가 먼저 와서 이미 오늘 작전에 대한 착안사항을 팀장과 작전요원들로부터 점검을 마치고 3중대장과 함께 우리를 기다리고 있었다. 늘 하던 대로 가장 원칙적인 규정에 따라 DMZ 출입절차를 마치고 막 DMZ 내로 들어서고 있을 때였다.

"수색대대장님! 마지막 DMZ 작전 잘 다녀오십시오."

「전진할 땅은 있어도 물러설 땅은 없다.」라는 표어가 붙어 있는 육중한 철제 통문 앞에 도열해 있던 통문장의 의미 있는 목소리를 뒤로 하고 선두와 후미에 경호차량을 세우고 GP 보급로에 들어섰다. GP를 향해 가는 중 도로 가에 있는 GP 심정 옆 전봇대에는 「우리는 지금도 싸우고 있다.」라는 표어가 어젯밤 내린 빗물에 젖어 더욱 선명하게 보였다. GOP 대대와 우리 수색대대는 지금이 전쟁이 끝난 상태라고 생각해 본 적이 한 번도 없다. 전쟁 도중 잠시 휴식하는 동안 언제 다시 올지 모르는 적을 감시하고 있다고 생각하고 있다. GP에 도착하자마자 GP장이 조금은 피곤하고 긴장된 얼굴로 다가와서는 굵고 낮은 목소리로 보고했다.

"GP 이상 없습니다. 적 활동 특이사항 없습니다."
"그래, 수고 많지? 병사들은 별일 없나?"

DMZ 동반수색정찰

습관적으로 부하들의 이상 유무를 확인한 후 바로 금일 작전 시 착안사항에 관한 확인 점검에 들어갔다.

"오늘 작전 코스는 적 민경초소 측후방으로 깊숙이 들어가는 곳인 만큼 적 활동 감시를 철저히 해야 돼. 그리고 적의 움직임에 사소한 이상이라도 있으면 즉각 우리 작전팀에게 알려 줘야 해!"

"잘 알겠습니다."

GP장과 오늘 작전에 관해 이야기하는 동안 중대장이 GP 상황실에 갔다 와서 작전 준비 상태를 보고했다.

"작전 준비상태 모두 확인했습니다."
"그래, 그럼 가자!"

GP에서부터는 은폐된 통로를 따라 전술대형으로 도보 이동을 했다. 추진철책 소통문을 통과하면서 '오늘도 병사들 이상 없이 작전 성공하고 돌아올 수 있도록 보살펴 주시옵소서.'라는 기도를 잊지 않았다. 나는 150여 회의 DMZ 동반 수색작전을 하는 동안 한 번도 이 기도를 잊은 적이 없었다. 그리고 그 위험하고 불확실한 곳에서 지금까지 한 건의 안전사고 없이 성공적으로 잘해 왔다. 작전 중 MDL 부근에서 적과 조우 시에도, 적과 대치 시에도, 매설된 지뢰를 발견했을 때도 아무 문제없이 잘해 왔었다. 소통문을 통과 후 돌아보니 비온 뒤 6월의 염천 아래 누군지 알아볼 수 없이 잘 위장된 병사들의 얼굴에는 벌써 땀으로 범벅이 되었지만 빛나는 눈동자와 실탄이 장전된 소총의 방아쇠 위 오른 손가락에는 한 치의 빈틈도 보이지 않았다. 언제 보아도 믿음직스러운 모습들이었다.

DMZ작전

겨우 우리만 알 수 있게 표시해 둔 수색로를 따라 수풀을 헤치고 나아갔다. 어젯밤에 내려 수풀에 맺힌 빗방울로 허리 아래 전투복은 온통 젖어 묵직했다. 먼저 계획대로 1지역의 두 개 군사분계선 푯말을 확인하고 돌아왔다. 그리고 계속해서 2지역으로 연결된 종격실 능선으로 이동했다. 본대의 측방을 방호하고 본대를 엄호할 분견대를 남겨두는 것을 잊지 않았다. 구체적인 말과 설명이 필요 없이 팀장 이 중위의 완수신호에 따라 부소대장을 조장으로 하는 분견대가 분진점에서 민첩하게 사주방어 태세로 들어가는 모습들이 눈에 들어왔다. 익숙해진 모습들이었다. 이 지역은 군사분계선 가까이 가면 적 민경초소의 측후방이 나뭇가지들 사이로 훤히 보인다. 우리 GP에서 보면 적 대공초소와 초소 앞쪽만 보이는데 이곳 수색로에서는 적 민경초소의 구조와 경계태세, 주요 시설들에 대한 중요한 자료가 될 수 있는 것들이 잘 보인다.

군사분계선

　지난번 작전 시에 들어와서 사진을 촬영했었는데 거리가 너무 멀고 기상이 좋지 않아서 잘 나오지 않았다. 오늘은 정보장교가 1,000밀리 렌즈가 장착된 카메라를 가지고 들어왔다. 군사분계선에 점점 가까워질수록 팀장의 완수신호는 더욱 힘이 들어갔고 병사들의 눈

DMZ에서 북녘땅을 바라보며

초리는 더욱 빛났다. 이미 방탄복까지 흠뻑 젖었고 방탄헬멧 아래로 땀줄기가 위장크림이 칠해져 새까만 얼굴 위로 흘러내렸지만 지금 이 순간순간은 더위도 땀도 모두 잊은 채 눈과 귀는 전방과 측방의 조그만 소리와 조그만 나뭇가지의 흔들림에 온 신경이 집중되어 있었다.

　군사분계선에 거의 접근하게 되자 약 50여 미터 전방에서 팀장의 완수신호에 의해 전원 사주경계로 들어가며 전방을 엄호할 태세로 돌입했다. 말 한마디 없이 로봇에 의해 한 개 한 개 옮겨지는 반도체 칩처럼 팀장의 손끝이 가리키는 위치에 기계적으로 정확하게 한 명 한 명 배치되어 지향사격 자세를 취했다. 작전팀 요원들이 안전지대에서 취하고 있는 엄호 및 지원태세를 확인한 후 소총을 지향사격 자세로 하여 나와 설 중령, 3중대장, 정보장교 그리고 지뢰탐지병과 통신병은 20여 미터 앞으로 더 나아갔다. 먼저 적 민경초소 측후방이 잘 보이는 위치에서 사진촬영 준비를 했다.

정보장교가 카메라로 초점을 맞추는 동안 나는 앞에 가려지는 나뭇가지를 옆으로 휘어잡으며 적 민경초소 전체 사진과 각 시설물 및 초소에 대해 한 장씩 찍으라고 지시했다. 정보장교와 필요한 사진을 찍는 동안 설 중령과 3중대장이 전방 정찰을 위해서인지 앞으로 나가는 것이 보였다. 정보장교는 필요한 사진을 몇 장 더 찍겠다고 해서 그 자리에 남겨두고 실탄이 장전된 소총 방아쇠 위에 손가락을 올리고 설 중령과 3중대장이 있는 군사분계선 쪽으로 나아갔다. 약 20여 미터나 나갔을까? 군사분계선 가까이에서 적 민경초소와 추진초

DMZ작전

소 쪽을 바라보며 낮은 소리로 얘기하는 설 중령과 3중대장이 보였다. 그들에게 다가가서 말했다.

"군사분계선에 너무 근접하는 것은 위험해! 적에게 노출될 수도 있으니 그만 나가자."

먼저 들어왔던 설 중령과 3중대장은 적과 지형에 대한 정찰이 거의 끝난 것 같아 순순히 내 말에 따라서 뒤돌아섰다. 설 중령이 맨 앞에 그다음에 3중대장, 내가 맨 뒤에서 몰아내듯이 방금 들어왔던 쪽을 향해 역으로 겨우 몇 발자국 옮겼을까?

"꽝!"

천지가 진동하는 듯 땅이 흔들리며 무쇠 깨어지는 듯 쇳소리 섞인 굉음이 울리고 물기에 젖은 붉은 마사토와 거무튀튀한 부엽토가 뒤섞여 튀어 올랐다. 그리고 시커먼 연기가 피어오르면서 매캐한 화약 냄새가 코를 찔렀다. 앞서 나가던 설 중령과 3중대장이 퉁기듯이 나동그라지며 비명을 질렀다.

"으윽!"
"악!"

나도 순간적으로 덮쳐오는 압력에 밀려 뒤로 나동그라졌다. 반사적으로 튀어 일어난 나는 눈앞에 벌어진 상상하지도 못한 끔찍한 광경이 도저히 믿어지지 않았다. 꿈속 같은 아찔함 속에서 설 중령은 두 다리가 처참하게 잘린 채 쓰러져 고통을 호소하고 있고, 3중대장은 얼마나 다쳤는지 털썩 주저앉아 머리를 푹 숙이고 신음하고 있었다. 주위에는 설 중령의 방탄헬멧과 소총이 아무렇게나 흩어져 있었다. 흙덩이와 시커먼 연기가 올랐던 자리에는 커다란 구덩이가 움푹 패고 새하얀 연기가 파르스름하게 모락모락 피어오르고 있었다. 얼떨결에 순간적으로 일어났지만 나 자신은 얼마나 다쳤는지 몰랐다. 대충 다리 쪽으로 내려다보니 무릎 아래쪽 전투복에 시커먼 화염이 묻어있고 군데군데 찢어진 전투복 사이로 핏자국이 번져 있었다. 그러나 아무런 통증도 없었고 일어나 움직이는 데는 전혀 지장이 없었다.

"설 중령! 3중대장! 괜찮나? 잠깐만 기다려!"

설 중령과 3중대장이 의식은 잃지 않고 있다는 것을 확인한 후 주위에 흩어진 방탄헬멧과 소총을 주섬주섬 챙겨서 병력이 있는 쪽으로 뛰어나갔다. 이 모든 것이 거의 동시에 순간적으로 일어났다. 뛰쳐나가다가 폭발음 소리에 놀라 뛰어 오고 있는 정보장교와 팀장 이 중위 등 몇 명과 마주쳤다.

"대대장님! 괜찮습니까? 어떻게 된 겁니까?"

소총과 방탄헬멧을 옆에 있는 누군가에게 던지듯이 넘겨주면서 소리쳤다.

"설 중령과 중대장이 다쳤다! 긴급헬기를 요청해라!"

내 말이 떨어지기도 전에 옆에 있던 대대장 무전병이 상대방을 호출하고 있는 다급한 목소리가 들렸다. 놀란 토끼 마냥 허리를 세우고 머리만 돌려 이쪽을 보며 팀장의 명령만 기다리고 있는 병사들이 금방이라도 뛰어올 태세였다. 정보장교와 이 중위가 벌써 설 중령과 3중대장이 있는 쪽으로 몇 발자국 옮기고 있었다.

"위험해! 들어가는 길을 내가 알고 있다. 내가 들어가겠다. 너희는 여기 대기해라. 이 중위는 병력을 잘 통제해서 사주경계를 철저히 해라!"
"대대장님!"
"대대장님, 저희가……."

덮치듯이 현장으로 뛰어들려는 정보장교와 이 중위를 제지하고 현 위치에서 혹 있을 수 있는 병력의 동요와 적의 반응에 대해 예의 주시하면서 현장 통제를 당부하고 다시 폭발현장으로 들어가는 나를 보고 두 장교는 입을 다물지 못했다. 얼굴에는 긴장감과 함께 어쩔 줄 몰라 하는 난처함이 역력했다. 나는 혹시나 해서 실탄이 장전된 내 K-1소총으로 지향사격 자세를 취한 후 금방이라도 방아쇠를 당길 수 있도록 방아쇠울에 손가락을 넣은 채 뛰어들어갔다.

그때까지도 내 귀에는 조금 전 터진 폭발음의 여운이 가시지 않고 멍한 상태에서 계속 연속적인 폭발음이 들려오는 것 같았다. 설 중령과 3중대장이 쓰러져서 이를 악물고 고통을 참으면서 낮은 신음만 겨우 뱉어내고 있었다. 3중대장은 외상이 눈에 보이지 않아서 두 다리가 잘린 설 중령부터 먼저 업고 나와야겠다고 생각했다. 추가적인 위험성에 대한 별다른 의심 없이 조금 전 내가 뛰어나왔던 곳으로 설 중령에게 뛰어갔다. 설 중령이 힐끗 나를 쳐다봤다.

"이 중령님⋯⋯. 죄송합니다⋯⋯. 죄송합니다."

원망스러운 것인지 미안스러운 것인지 모를 묘한 눈빛과 얼굴로 나에게 죄송하다는 말만 되풀이했다. 눈물이 왈칵 쏟아지는 것만 같았다. 그러나 그것도 잠시 빨리 업고 나가야겠다는 생각이 번쩍 들었다.

"미안해, 설 중령! 조금만 참아. 조금만⋯⋯"

설 중령 쪽으로 한 발 더 다가가 허리를 구부려 설 중령의 한쪽 팔을 양손으로 잡았다. 업기 위해 옆으로 쓰러진 설 중령의 상체를 세우려고 당겨 보았지만 잘 끌리지 않았다. 자세를 더 낮추고 두 다리를 모은 후 다시 설 중령을 힘껏 끌어당기는 순간,

"꽝!"

　고막을 찢는 듯한 두 번째 굉음이 아직도 아까 폭음소리로 윙윙거리는 나의 모든 청각을 아예 무감각 상태로 만들어 버리고 설 중령에게서 떨어진 나는 몇 미터 퉁겨져 떡갈나무 수풀 위로 팽개쳐지고 말았다.

호국보훈의 달 기념 특별 사진展 〈국군을 보다〉 전시작 2017. 6. 12

이제 걱정하지 말아요, 잘 될 거예요

그 순간의 몸서리치는 생각에 소름이 끼쳐 헬기 안 들것 위에 묶여있는 몸이 부르르 떨렸다. 설 중령의 고통을 삼키는 듯한 낮은 신음이 옆에서 들려왔다. '3중대장은 얼마나 다쳤을까? 더 이상 다친 사람은 없을까?' 하는 생각이 불현듯 떠올랐다. 어렴풋이 설 중령과 내가 탄 헬기가 이륙할 때 다른 헬기소리를 들었던 것 같은데⋯⋯.

비 온 후의 무더운 여름날씨였는데 높고 빠르게 날아서인지, 방탄복을 벗고 땀과 소독약에 의해 젖어서인지 헬기 안으로 추위가 몰려왔다. 웅크리고 참다가 의무병에게 춥다고 하니 배에만 덮어놓았던 모포를 어깨 위에까지 덮어 주었다.

한참을 날은 것 같은데 헬기는 고도를 낮출 기미가 보이지 않았다. 한 시간도 더 날아온 것 같았다. '수통^{국군수도통합병원}이 서울 등촌동에 있으니까 한 시간이 채 안 걸릴 텐데…….' 하는 생각이 들었다. '혹시나 헬기 조종사가 항로를 잘못 잡은 것은 아닌가?'하는 생각도 들었다. 사실 그때 나는 시간 개념이란 게 없었다. 지금이 몇 시쯤이나 되었는지, 사고 현장에서 소통문까지 나오는 데 얼마나 걸렸고, 소통문에서 GOP 통문까지, GOP 통문에서 헬기장까지, 헬기장에서 지체한 시간은, 그리고 헬기가 우리를 태우고 비행한 시간은 얼마나 되는지 전혀 감각이 없었다. 참기 어려운 고통과 혼란 속에서 정신이 오락가락하여 순간순간 필름이 끊어지는 상태이기 때문에 시간 개념을 전혀 예측할 수가 없었다.

하여튼 헬기가 우리를 태우고 이륙한 지 몇 시간은 족히 지난 것 같았다. 도대체 이 헬기가 어디로 날아가고 있단 말인가? 요란하게 돌아가는 프로펠러 소리와 상처 부위로부터 몰려오는 고통, 헬기가 가고 있는 방향에 대한 의구심 등으로 인한 혼란과 불안감에 사로잡혀 있을 때 '다 왔습니다.'라고 누군가 말하는 소리가 들리면서 헬기가 수직으로 하강하는 느낌이 들었다. '수통에 도착했구나.'라고 생각하는데 몸이 심하게 흔들리면서 강렬한 햇빛이 느껴지고 왁자지껄했다. 헬기에서 들것 채 내려지고 심하게 흔들리더니 구급차로 옮겨지는 것 같았다. 눈을 감고 있어도 느낄 수 있을 만큼 능숙한 솜씨로 구급차에 태우더니 곧바로 출발했다.

"급커브니까 꽉 잡으십시오!"

누군가가 얘기하는 순간 몸이 한쪽으로 휙 쏠렸다. 가까스로 팔꿈치와 엉덩이에 힘을 줘 봤지만 마찬가지였다. 옆에서 누군가 내 몸을 잡는가 하더니 차는 내리막길을 달렸다. 몇 번 이리저리 쏠리더니 응급실에 도착한 것 같았다. 서늘한 느낌이 한순간에 느껴져 왔다. 웅성웅성하고 바쁘게 움직이는 듯 '또각또각'거리는 발자국 소리가 이곳저곳에서 들려왔다. 잠시 후 '가위로 잘라.'하는 소리가 발치에서 들리더니 전투복 바지부터 무릎, 허벅지 위로 쓱쓱 잘리는 느낌이 들었다. 발가벗겨진다는 것을 느낌으로 알 수 있었다. '상처는 괜찮은데요?'라는 소리도 들렸다. 다시 상처 부위에 소독을 하고 응급치료를 하는 것 같은데 별로 아픈 느낌은 없었다.

누운 채 소독하고 치료한 뒤 갑자기 흔들리면서 이동하는 느낌이 들었다. 실오라기 하나 걸치지 않은 채 모포 하나만 달랑 덮더니 어디론가 이동을 하고 형광등의 밝은 불빛이 머리 위에서 다리 끝으로 여러 개가 지나가는 것을 알 수 있었다. 드디어 이동을 멈추고 차례를 기다리는 듯 한참을 줄 서서 기다린다는 느낌이 들었다. 그러는 동안 다시 추위가 몰려왔다. 춥다고 하니까 옆에 나를 지키고 있던 누군가가 담요를 배 위로 덮어 주었다. 그러고도 한참을 기다리고 있는데 아까 헬기 속에서부터 느꼈던 대변욕구가 다시 느껴졌다. 엉덩이에 힘을 주고 참을 수 있을 때까지 참다가 도저히 더 이상 참을 수가 없어서 옆에 누가 있는지도 모른 채 말했다.

"대변이 마려워요."

아무런 반응이 없었다. 바로 옆에 아무도 없어서인지 아니면 그래도 창피한 마음에서 너무 작은 소리로 말해서 아무도 듣지를 못했는지 조용했다. 다시 망설여졌지만, 도저히 참을 수가 없었다.

"대변이 나오려고 해요. 어떻게 해요?"

아무런 인기척이 없어서 좀 더 큰 소리로 말했다. 왠지 눈을 뜨려야 뜰 수가 없었다. 아니 밝은 불빛의 천장이 느껴졌지만 누가 있는지 보려고 고개를 돌리려야 돌릴 수가 없었다.

"그냥 누세요."
그제야 누군가가 옆에서 아무렇지도 않은 듯이 말했다.
"……."
"괜찮아요. 그냥 누세요."
"괜찮아요?"

좀 창피하기도 하고 침대 위에 누운 채 해도 되는지 망설여졌지만 급한 마음에 그냥 일을 봤다. 답답하기도 하고 안절부절못했던 마음이 차분히 가라앉으며 시원했다. 아주 편안했다. 그리고 나서도 꽤 시간이 지난 것 같았다.

"이제 걱정하지 말아요. 잘 될 거예요."

아주 편안하고 부드러운 목소리가 배를 덮은 담요 위를 손으로 살짝살짝 두드리면서 함께 들려왔다. 그리고는 더 이상 아무런 소리도 들리지 않고 조용했다. 아득한 느낌만이 있었다.

호국보훈의 달 기념 특별 사진展 〈국군을 보다〉 전시작 2017. 6. 12

제가 해야 할 다른 일이 있나 봅니다

깜깜했다. 꿈을 꾸고 있는 것은 아닐까?

겨우 눈을 뜨려다가 너무나 강력한 불빛에 눈을 뜨는 것을 포기하고 눈꺼풀에 주었던 힘을 풀었다. 규칙적이고 일정한 높이로 돌아가는 강력한 전동모터 소리가 들려오고 거기에 섞여 도란도란거리는 이야기 소리와 가벼운 신발 끄는 소리가 이따금 들려온다.

여기가 어딜까? 누구일까? 무슨 얘기들을 하는 것일까? 신경을 곤두세우고 소리가 나는 쪽으로 몸을 돌리려다가 온몸이 꽁꽁 묶여 있는 듯 전혀 움직일 수 없다는 것을 깨달았다. 양손, 양다리에 묵직한 것으로 눌러 놓은 것 같은 느낌이었다. 움찔할 때마다 섬뜩할 정도로 쑤시는 통증이 아래쪽으로부터 전해져 왔다. 움직이는 것을 포기하고 통증이 가라앉을 때까지 가만히 기다렸다.

"이 중령님……. 이 중령님? 정신이 드세요?"

조금 전에 들었던 가벼운 신발 끄는 소리가 가까이 들리더니 누군가 옆에 다가와 내 얼굴을 내려다보며 나를 부르는 듯 부드러운 소리와 함께 말할 때 나오는 입김이 얼굴에 와 닿았다 그쳤다 했다.

누구일까? 여기가 어디일까? 궁금해서 다시 눈을 뜨기 위해 눈꺼풀을 바르르 떨다가 가늘게 실눈을 뜨고 눈동자만 겨우 돌려 가만히 주위를 살펴보았다. 강력한 불빛 주위엔 온통 하얀 세상뿐이었다. 여기가 어디일까? 하늘나라인가? 내가 왜 여기에 왔지? 내가 꿈을 꾸고 있는 것인가? 내가 무슨 소리를 들었을까? 어리둥절해 있는데 옆에서 맑고 부드러운 소리가 다시 들려왔다.

"정신이 드세요? 이 중령님!"

소리 나는 쪽으로 고개만 돌려보았다. 밝은 빛에 조금 적응이 되는지 고개만 돌려서 본 그곳에는 파르스름할 정도로 새하얀 옷을 입은 사람이 허리를 굽히고 가만히 나를 내려다보고 있었다. 누굴까? 천사일까? 모든 것이 궁금해서 대답도 못 하고 멍하게 있었다.

"이 중령님……. 안심하세요. 수술 잘 되었대요……. 안 추우세요?"

가슴 위에 덮여 있는 시트를 하얀 손으로 턱밑에까지 소리 없이 끌어 올려서는 가만히 눌러 주면서 조용히 말했다.

'수술? 아!'

그제야 헬기를 타고 병원으로 날아왔던 기억이 어렴풋이 떠올랐다. 그러나 그 기억도 순간적으로 잠깐 스치고 지나갈 뿐이었다. 어릴 적 낮잠을 자다가 저녁 무렵에 깨어나서는 아침인지 저녁인지 구분하지 못하고 '밥 먹고 학교 갈 준비해야지.' 라고 하던 식구들의 장난에 어리둥절했던 것처럼 지금이 아침인지 저녁인지, 며칠이 지났는지, 지금이 몇 시인지 도무지 감을 잡을 수가 없었다.

"좀 더 주무세요……. 좀 있다가 깨울게요."

호국보훈의 달 기념 특별 사진展 〈국군을 보다〉 전시작 2017. 6. 12

라는 소리에 최면에 걸린 사람처럼 아무 생각 없이 다시 눈을 감았다. 아무런 생각도 나지 않았다. 꾸었던 꿈을 계속 꾸는 것 같았다.

얼마나 지났을까? 또 다른 꿈을 꾸는 것 같았다.

지하실같이 낯선 공간에서 내 주위를 저승사자들 같은 시커먼 사람들이 둘러서서 나를 물끄러미 내려다보고 있었다. 그들 바로 옆에 가만히 앉아 있는 아내를 보고 반가우면서 조금은 안심이 되었다. 아내의 얼굴에는 핏기 하나 없었고 초췌해진 모습으로 앉아서 말없이 내 눈만 바라보고 있었다. 화장기 하나 없이 항상 반듯했던 머리카락은 귀 옆으로 흘러내려져 있고 넋을 잃은 듯 애처롭게 바라보는 충혈되고 부어오른 듯한 눈이 평소보다 더 처져 보였다.

"……."

살짝 건드리기만 하거나 뭐라고 한마디 말만 걸어도 금방 터져 버리거나 허물어져 내려버릴 것만 같아서 아무 말도 하지 않았다. 넘칠 듯 그렁그렁 맺혀있는 눈물이 한 번만 깜박거려도 굴러떨어질 것 같았다. 다시 눈을 돌려 주위에 시커멓게 둘러서 있는 사람들을 경계하듯이 쳐다보았다.

"이 중령……."

대대장 나가기 전 작전과장을 하면서 연대장으로 모셨던 조 대령님께서 나를 불러 놓고는 말을 잇지 못했다. 유난히 정이 많고 소탈했던 그분의 눈가에 이슬이 맺히고 안 그래도 마르고 길쭉한 얼굴엔 수심만 가득했다.

"연대장님……."

갑자기 왈칵 쏟아지는 눈물을 숨길 틈도 없이 양쪽 위쪽으로 줄줄 흘러내렸다. 순간적으로 북받치는 알 수 없는 감정에 흘러내리는 눈물을 닦을 겨를이 없었다. 아니 닦을 수도 없었다. 옆으로 눈을 조금 돌려보니 그 당시 대대장이었던 김 중령님과 박 중령님이 침통한 얼굴로 눈 주위만 벌겋게 되어 말없이 내려다보고 있었다. 박 중령님은 내가 대대장님으로 모셨던 분이기도 했다. 육군본부에 근무하시는 연대장님께서 같이 근무하던 두 대대장과 함께 상황계통으로 속보를 듣고 달려오신 것 같았다.

두 분도 마찬가지로 말을 더 이어가지 못했다. 나는 감정을 추스르려고 아무 말 없이 눈만 끔벅거리며 가만히 쳐다보기만 했다. 아내도 소리 없이 눈물을 목구멍으로 애써 삼키며 가만히 내 얼굴만 하염없이 바라보고 있었다.

웬만한 위기나 당황스러운 상황에서도 예상치 못한 유머로 어색한 분위기를 한순간에 편안하고 부드러운 상황으로 바꾸던 연대장님이지만 처참한 나의 모습에는 말문이 막히는 것 같았다.

"연대장님……. 괜찮습니다. 제가 해야 할 다른 일이 있나 봅니다."

사실 그때까지도 내가 얼마나 다쳤는지, 내 상황이 어떤지 잘 몰랐다. 두 다리가 절단될 정도로 다쳐서 병원 침대에 누워 있다는 것은 알겠는데 그것이 얼마나 심각한지 별로 생각해 보지도 않았다. 분명 두 다리가 잘렸기 때문에 걸을 수 없으리라는 것은 알고 있었다. 그런데 그러한 순간에도 절망감이라든가 낙심같은 비관적인 생각은 전혀 들지 않았다. 이상하리만큼 내 마음은 가벼웠고 너무나 심각한 표정을 짓고 있는 연대장님과 두 대대장님이 오히려 이상해 보였다. 그러면서 머릿속에는 '내가 해야 할 다른 일이 나를 기다리고 있다.' 는 생각이 꽉 차 있었다. 진녹색 옷을 걸친 저승사자들이 아스라이 사라져 가는 것을 느끼면서 다시 잠 속으로 빠져들었다.

눈부시게 새하얀 옷과 연한 하늘색 옷을 입은 천사들이 조용조용히 서로 눈빛으로만 이야기하는 듯 가끔 고개도 끄덕이고 미소도 주고받으며 말없이 왔다 갔다 하는 것이 희미하게 보였다. 내 옆으로 와서도 머리맡에 걸려있는 듯한 무엇인가를 말없이 살펴보거나 만져보고 가만히 내 얼굴도 내려봤다가 가슴 위에 덮여 있는 시트를 부드럽게 만져 보기도 하고는 저쪽으로 가는 듯 발소리가 멀어졌다. 한 가롭고 조용한 분위기 속에서도 전동모터가 돌아가는 소리는 여전히 윙윙거리고 있었다.

여기가 어딜까? 왜 자꾸 이렇게 이상한 꿈들만 꾸고 있을까?

어제는 아내와 연대장님, 대대장님들이 보이더니……. 꿈속에서 몇 번인가 본 듯한 새하얀 옷을 입은 천사가 언제 왔는지 소리 없이 내 옆으로 다가와서 조용히 내 얼굴을 내려다보는 것 같았다.

"이 중령님! 깨셨어요? 음……. 식사하세요."

천사가 내게 식사하라고 했다. 당황해서 몸을 일으키려 해 보았지만, 꼼짝도 하지 않았다.

"가만히 계세요."

천사가 내 어깨를 살짝 누르고는 발 쪽으로 가더니 발치 아래에서 무엇인가 돌리는 소리가 '끼르륵 끼르륵' 들리면서 내 상체가 비스듬히 세워졌다. 그러자 지금까지 누워있기만 하여 보지 못했던 것들이 한꺼번에 시야에 막 들어왔다. 한 칸 건너 앞 침대에는 한 사람이 머리와 온몸에 붕대를 감고 꿈쩍도 하지 않은 채 누워 있었고 여러 가닥의 가는 비닐 호스가 연결되어 있었다. 흰색, 붉은색, 누런색 등의 호스가. 그의 머리맡에는 가습기에서 뿜어져 나오는 수증기가 하얗게 각종 구름 모양을 만들다가 사라졌다.

옆 침대에는 다리에 온통 붕대를 감고 시트는 허리까지 내린 채 상체에는 아무것도 걸치지 않고 있는 사람이 어딘가를 멍하게 바라보고 있었다. 그의 몸에도 링거 줄이 연결되어 있었다. 보이지는 않았지만, 머리 뒤쪽에서도 가습기에서 수증기 뿜어져 나오는 소리가 '쉬이이' 하고 낮게 들렸다. 왼쪽 옆 몇 발자국 떨어진 곳에는 흰옷과 푸른 옷의 천사들이 고개를 숙이고 무엇인가 열심히 하고 있었다. 당황하고 신기해하는 얼굴로 이쪽저쪽을 돌아보며 어리둥절해하고 있는데 옆에 있는 천사가 친절하게 말했다.

"중환자실이에요. 이 중령님이 들어오신 지 이틀 됐어요."

그제야 어렴풋이 꿈 생각이 났다. 그것이 꿈이 아니었단 말인가?

천사를 향해 고개만 겨우 돌려보니 예쁜 아가씨가 가만히 웃고 있었다. 흘러내린 시트를 끌어올리려고 보니 내 상체도 벌거벗고 있었다. 묵직한 손을 겨우 들어보니 팔꿈치까지 온통 붕대로 칭칭 감겨져 있었다. 양쪽 팔 둘 다 그랬다. 감긴 붕대 사이로 엄지손가락만 자라목처럼 꼼지락거리고 있었다. 붕대가 감긴 팔뚝 위쪽으로 주삿바늘

이 꽂혀져 맑은 링거호스와 연결되어 있었다. 벙어리장갑을 낀 것같이 엄지손가락과 붕대로 감겨 뭉뚱그려진 손으로 겨우 시트 끝자락을 잡고 끌어올리려고 애쓰고 있는데, 옆에 있는 아가씨가 웃으며 끌어올려 주었다.

시트를 올려주고 나서는 시트 속에 있던 여러 개의 호스들을 정리했다. 그때까지는 내게도 여러 개의 호스가 달려 있었다는 것을 몰랐는데 많은 호스를 보고 새삼 놀랐다. 조금만 움직여도 덮쳐오는 고통으로 인해 아래쪽에 있는 호스에 대한 감각도 없었을 뿐만 아니라, 침대 이쪽저쪽으로 늘어져 있는 붉은 호스와 노란 호스 끝에 작은 주머니가 달려 있는 것도 그때 알았다. 양다리는 아예 움직일 수도 없었고, 두 발에는 치수가 작은 새 전투화를 힘들게 끼어 신은 듯했다. 전투화 위로는 겨울철 조경수에 월동대책으로 감아 놓은 새끼줄 마냥 굵은 밧줄로 꽁꽁 묶어 놓은 것 같은 압박감과 통증이 때를 가리지 않고 전해져 왔다.

"이 중령님! 배고프시죠? 가스도 나왔으니 식사하셔야죠?"

무슨 말인지 이해하지도 못했으면서도 배고프다는 생각은 들었다. 신음 비슷한 대답과 함께 고개를 끄덕이니까 아가씨가 침대에 붙어있는 테이블을 올리고 흰색, 푸른색 옷을 입은 아가씨들이 고개를 숙이고 뭔가를 하고 있던 저쪽에서 식판을 가져다가 그 위에 올려놓고 플라스틱 의자를 옆에서 끌어다 앉았다. '물부터 드세요.' 하면서 스테인리스 컵으로 미지근한 물을 입에 갖다 대어 주었다. 물이 목구멍, 식도, 위쪽으로 내려가는 것이 눈에 보일 듯이 느껴졌다. 아가씨가 컵을 떼려는 것을 목을 빼며 따라가면서 몇 모금 벌컥벌컥 마셨다. 시원한 느낌이 들면서 정신도 좀 맑아지는 것 같았다. 아가씨가 숟가락에다 밥을 조금 떠서 그 위에 반찬을 올리고는 '아-' 하면서 내 입으로 가져왔다. 엄마가 어린아이에게 밥을 떠먹여 주는 것과 다를 바가 없었다. 좀 망설이면서 아가씨를 쳐다보니 '드세요.' 하면서 웃기만 했다. 첫술만 좀 망설였지 그다음은 엄마 말 잘 듣는 착한 아이처럼 잘 받아먹었다. 얼마 만에 먹는 밥인지 모르지만, 반찬이 싱거운 듯 별 맛은 없었다. 몇 번 받아먹다가 '그만.' 하고 고개를 좌우로 흔들었다.

"그만하실래요? 처음엔 조금만 드세요. 물 드세요. 다음부터는 이것 다 드셔야 해요? 많이 드셔야 회복이 빨리 돼요."

아가씨가 식판을 가져왔던 쪽으로 치우고는 다시 하얀 치약이 적당히 묻어 있는 칫솔과 물, 컵 그리고 활처럼 길쭉한 물받이 그릇을 가져왔다.

"양치질 해 드릴게요."

어색해하는 나를 아랑곳하지 않고 옆으로 와서 한 팔을 내 목 뒤로 돌려 어깨를 가만히 잡고는 조심조심 이빨을 닦아주었다. 요리조리 구석구석 다 닦고 입 속을 씻어낸 물을 뱉을 때는 물이 흘러내리지 않도록 물받이 그릇을 턱밑에 바짝 받쳐 주었다.

"수고했어요, 이 중령님. 뒤로 기대어 좀 쉬세요. 필요하면 언제든지 저를 부르세요."

양치질을 마치자 시트를 내 가슴까지 끌어올려 살짝 눌러주고 칫솔, 물 컵, 내가 뱉어낸 양칫물이 담긴 물받이 그릇을 들고 가는 아가씨의 모습을 보며 천사들의 모습이 저 모습일 거라고 혼자서 생각했다. 이렇게 아름답고 고맙고 친절한 사람은 분명 천사일 것이라는 생

호국보훈의 달 기념 특별 사진展 〈국군을 보다〉 전시작 2017. 6. 12

각이 들었다. 침대에 기대어 두 눈을 지그시 감고 한참동안 이 아름다운 천사 아가씨 생각을 하다가 나도 모르게 또 잠에 빠져들었다.

"이 중령님, 힘드시겠지만 몸을 이리저리 가끔 뒤척거리세요. 냉방이 잘 되지만 날씨가 워낙 더워서 누워 가만히 계시면 엉덩이와 등에 욕창이 생겨요."

지금이 염천의 한여름 6월이지만 이곳은 전혀 더운 줄 모르고 오히려 가끔 좀 춥다는 느낌이 드는데 천사 아가씨가 욕창이 생기지 않도록 몸을 움직여 주라고 했다. 욕창이 무엇인지 모르겠지만, 어렴풋이 부스럼이나 곪는 것이라 생각했다. 그런 귀찮고 성가신 것들이 생기지 않도록 몸을 움직여 보기로 마음먹었다. 어쩌면 꼼짝없이 온몸이 짓눌린 듯 누워 있는 것이 움직이는 것보다 훨씬 더 힘든 것 같았다. 불과 며칠 전까지만 해도 GP로, DMZ로, 훈련장으로 잠시도 쉴 새 없이 돌아다니거나 운동을 하던 몸이 며칠째 꼼짝없이 누워 있으니 아픈 것보다도 온몸 구석구석이 쑤셔 오고 저리는 것 같았다.

그래서 하루 세 번 아침, 점심, 저녁 각각 20분씩의 면회 시간과 밥 먹는 시간을 제외하고는 이리저리 몸을 굴려 보았다. 손과 발을 쓸 수도 없어 어깨와 엉덩이에만 힘을 주어 반동을 주어 가면서 몸을 옆으로 돌려보았다. 덮여 있는 시트와 몸 구석구석에 연결된 호스에 걸리고 엉켜서 그것도 쉬운 일이 아니었다. 움직일 때마다 손끝, 발끝에서 전해오는 통증이 고통스럽지만 일단 옆으로 몸을 돌리기만 하면 목, 어깨, 등, 허리, 엉덩이까지 아주 시원했다. 다시 반대쪽으로 돌아누우려면 손과 발은 가만히 두고 링거 호스, 소변 호스, 다리 상처 부위에 연결된 피맺힌 호스 등을 감으로 피해 가면서 굼벵이가 꿈틀거리듯이 한참동안 애를 써야 했다. 힘들고 지치는 일이지만 가만히 누워 있는 것보다 움직이는 것이 훨씬 좋았다. 특히 옆으로 몸을 세울 때 전해져 오는 그 시원함, 거기에다가 새로운 것들이 눈에 들어와서 따분함과 지루함도 벗어날 수 있는 것이 좋았다.

가만히 누워 있으면 눈부신 형광등 불빛 때문에 어쩔 수 없이 눈을 감거나 실눈을 뜨고 주위의 움직임에 귀만 쫑긋해서 곁에서 벌어지고 있는 일을 감으로만 느끼고 있었는데, 어렴풋이나마 눈으로 확인할 수도 있었다. 그래서 잠에서 깨어나면 가만히 있지를 않았다. 한참 이리저리 뒤척거리다 보면 덮어놓았던 시트가 흘러내리고 온몸에 실오라기 하나 걸치지 않은 채 주요 부위에만 A-4 용지 한 장 크기만 한 넓적하고 두툼한 거즈천 하나만 달랑 덮어놓고 팔다리에는 붕대, 각종 호스가 복잡하게 연결된 몸이 고스란히 드러났다. 그럴 때면 어디서 나타나는지 천사 아가씨가 항상 다가와 시트를 다시 덮어 주고 각 호스가 꼬이지 않았는지 연결 상태는 어떤지 살펴 주었다.

"이 중령님! 답답하시죠? 잘 움직이시네요? 많이 움직여 주는 것이 좋아요. 몸을 완전히 뒤집어서 엎드려 있으면 더 좋아요."

힘들게 애쓰며 꿈틀거리고 있는 나를 보고 천사 아가씨가 격려도 해 주고 칭찬도 해 주었다. 면회 시간, 식사시간, 잠자는 시간을 제외하고는 꿈틀거리는 것이 나의 주된 일이 되었다. 한참을 꿈틀거리다 겨우 몸을 완전히 뒤집어 보았다. 허리부터 온몸으로 시원함이 전해져 왔다. 그런데 다리 밑에 호스가 꼬이고 끼어서 빠지지 않았다.

"아가씨……. 간호원!"

마침 천사 아가씨가 옆 환자의 링거액 투여 속도를 조절해 주고 저만치 돌아가고 있어서 조금 망설이다가 용기를 내어 불렀다. 지금까지는 내게 무슨 조그만 일이라도 있으면 천사 아가씨들이 먼저 알고 와서 모든 일을 해결해 주었기 때문에 내가 먼저 그녀들을 부를 일이 없었다. 내가 먼저 불러 보기는 처음이었다.

"이 중령니-임! 왜 그러세요-오!!"

천사 아가씨가 어이없다는 듯, 나무라는 듯 묘한 발음으로 대답하며 다가왔다.

"밑에 호스가 꼬여서……."

지금까지 스스로 알아서 잘해 주던 천사 아가씨들의 예기치 않은 반응을 눈치채고 내가 먼저 말하면 안 되는 것인지, 말 안 해도 알아서 해 줄 텐데 미리부터 보채는 것인지, 무엇을 잘못했는지 몰라 조금은 당황하고 있는데 내 시트 밑에 꼬여 있는 호스를 다 정리하고 나더니 천사 아가씨가 내게 바짝 다가와서는 따지듯이 다그쳤다. 표정을 보니 심각한 것은 아닌 듯 장난기 어린 미소를 띠고 있어 조금은 안심했다.

"이 중령님! 좀 전에 뭐라고 불렀어요?"

그때까지도 내가 무엇을 잘못했는지 몰랐다.

"왜 그래요?"
"좀 전에 저를 부를 때 뭐라고 불렀어요?"
"아가…씨….."

아직도 나는 뭘 잘못했는지는 몰랐지만 뭔가 잘못되었다는 생각이 들어서 조그만 소리로 대답했다.

"아이참! 이 중령니-임!! 아가씨가 뭐예요, 아가씨가! 여기 있는 저희 전부 간호장교들이에요. 저는 박 중위고요, 저기 예쁜 간호장교 있지요? 황 대위예요. 키가 좀 큰 간호장교는 금 소위예요."

사실 나는 그제야 이 천사 아가씨들이 간호장교인 줄 알았다. 지금 내 옆에서 장난기 섞어서 억울하다는 듯이 자세하게 설명해 주는 간호장교는 '웃는 모습이 인기 탤런트 송○○와 닮았다.'고 늘 생각했었다. 다들 잘해 주었지만 특히 박 중위가 다른 환자들 보다 내게 더 신경을 쏟는 것 같았다. 순전히 나 혼자만의 생각이었지만. '웬만한 연예인 뺨칠 만큼 미인이다.'라고 생각했던 황 대위는 남편이 육사를 나온, 결혼한 대위라고 했고, 아직 뺨에 여드름이 한두 개 보이지만 '웃는 모습이 참 예쁘고 맑다.'고 생각했던 장교가 금 소위인 것 같았다.

"그래요? 모두 간호장교들이라고요? 간호장교들이 직접 해요?"

나는 놀라서 눈이 휘둥그레졌다. 나는 지금까지 신체검사할 때나 헌혈차가 왔을 때, 가끔 GP에 의무지원 나왔을 때, 새하얀 간호복을 입고 항상 예쁘게 웃는 모습으로 조용조용히 얘기하고, 절대 흐트러지지 않는 자세로 간혹 주사만 놔 주는 그런 간호장교들만 봤었다. 나같이 이렇게 흉악한 몰골을 하고 있는 환자들의 대소변을 받아내고 밥을 먹여주고 양치질을 해 주고 더러운 침을 받아내고 고통을 참지 못해 괴롭게 호소하거나 신경질을 내는 모든 것을 직접 다 받아주고 처리하는 줄은 정말 몰랐다.

"그럼요. 간호장교들이 직접 다 해요. 그런데 간호장교들에게 아가씨가 뭐예요? 아가씨가?"

"그럼 뭐라고 불러요?"

"그냥 '간호장교!'라고 불러요. '박 중위!'라고 하시든가. 밖에서는 '간호원'이라고도 안 해요. '간호사'라고 하지."

"그래요? 미안해요. 정말 몰랐어요. 박 중위라고?"

"네. '박 중위!'라고 부르세요……. 불편한 건 없으시죠?"

"예, 없어요."

"그럼, 쉬세요. 운동 열심히 하시고요."

나는 간호장교 박 중위에게 단단히 혼이 났지만 한 가지 고민이 해결됐다. 그동안 그 천사 아가씨들을 뭐라고 불러야 하는지 궁금했고, 아까 용기를 내어서 부를 때도 한참을 망설였는데……. 그리고 간호장교들이 이런 궂은일을 직접 다 한다는 것을 이제야 알았다. 분주히 왔다 갔다 하는 흰색, 하늘색 간호복을 입고 있는 간호장교들이 다시 한번 존경스러웠다. 천사가 따로 없었다. 이들이 바로 천사들 아닌가? 꿈속에서 보았던 그 천사 아가씨들이 정말 천사였다. 간호장교들을 '백의의 천사'라고 하는 이유를 피부로 느낄 수 있었다.

수술, 또 수술. 다시 해야 한다면 해야지

수술 경과도 좋아졌고 내가 놀라울 정도로 빠르게 심리적 안정과 운동 적응능력을 보이자 담당 군의관이 입원 4일 만에 중환자실에서 일반병실로 옮겨도 좋겠다고 했다. 보호자와 하루 세 번 각 20분씩 면회만 하기보다 24시간 보호자의 간병을 직접 받을 수 있도록 배려하고, 환자가 갑갑한 중환자실에 계속 있기보다 바깥 경치도 볼 수 있는 곳으로 옮겨 기분 전환도 하는 것이 회복 속도를 빠르게 할 수 있어서 일반병실로 옮기는 것이 낫겠다고 했다. 병동의 병실정리 및 조정여건을 고려하여 입원 5일 만에 중환자실에서 일반병실로 옮겼다.

24시간 형광등 불빛을 밝혀놓고 특유의 그 인공적인 병원냄새와 간호장교들의 똑같은 복장, 똑같은 얼굴들만 보면서 식사와 면회시간이 아니면 밤낮을 구분할 수조차 없는 것은 물론이고, 시간까지도 정지해 버린 듯한 중환자실에서 나오는 것만으로도 꿈에서 깨어나는 것 같았다. 병원에서 특별히 배려한 1인용 병실은 창밖으로 멀리 나지막한 산들이 첩첩이 보이고 가까이로는 병원 울타리 너머 푸른 숲이 시원스럽고 파아란 하늘을 마음껏 볼 수 있는 전망 좋은 위치에 있어서 한결 마음을 가볍게 해 주었다. 무엇보다도 아내가 항상 내 침대 옆에서 나를 지켜 주고 있어서 아주 편안했다. 좀 빠르다 싶었지만, 중환자실에서 나오길 잘했다 싶었다.

그러나 이것이 어쩌면 큰 실수가 되었을지도 모르겠다.

나는 중환자실에 있을 때는 어느 정도 상태가 좋았으나 일반병실로 오자마자 거의 쉴 시간도 없이 계속 사람들과 만나 똑같은 말을 되풀이해야 했으니 탈이 나지 않을 수가 없었을 것이다. 그 날 밤부터 온몸에서 열이 나기 시작했다. 체온이 40도를 오르내리는 것이었다. 중환자실에서 나올 때만 해도 정상 체온, 정상 혈압에 정신도 맑았었는데…….

병동 간호장교들에게 비상이 걸렸다. 담당 군의관도 달려왔다. 체온과 혈압이 기록된 차트를 번갈아 보고는 체온을 내릴 수 있도록 얼음찜질을 해야 했다. 팔뚝에는 링거주사 줄, 아래에는 소변 줄과 상처 부위에 연결된 가는 비닐 호스가 복잡하게 얽힌 채 양팔, 양다리에 붕대를 감고 나 스스로는 아무것도 못하면서 얼음찜질이 시작되었다. 벌거벗은 상체 양쪽 겨드랑이에 얼음주머니 한 개씩, 머리를 식히기 위해 베개 대용으로 한 개를 수건으로 감싸서 머리 밑에 베었다.

　여러 간호장교 중 혈관을 잘 찾아 한두 번에 주사를 놓는 이 중위에게 이번에도 잘 해주라는 바람이 섞인 말로 '항상 고맙고 안심이된다.'고 하면 이 중위도 '저도 잘 못하는데 이 중령님한테는 이상하게 잘 되네요.'라고 하면서 한 번에 쓰윽 해치우곤 했다. 주사를 맞는 것이든 혈관을 찾는 것이든 서로 신뢰감과 마음에서 우러나오는 관심이 있으면 고통도 줄어드는 것 같았다. 고통은 고열과 수면 부족, 주사, 주삿바늘 교체만 있는 것이 아니었다. 수시로 혈액검사를 한다면서 채혈을 해 가기도 했다. 이때도 마찬가지로 혈관 찾기도 힘들고 겨우 찾아서 굵은 주사기로 빼내려면 혈액이 주사기로 빨아 들여지질 않아서 이쪽저쪽 팔에 꽂았다 뺐다 반복하다가 한 차례 식은땀만 흘리고 아픔만 주고서 포기하고는 몇 시간 후 다시 뽑기를 시도하여 겨우 뽑아가기도 했다.

　휴식과 안정을 취하는 시간이 좀 길어지자 열이 내리기 시작했다. 아무튼, 3, 4일 동안은 그야말로 고열과의 전쟁이었다. 군의관과 간호장교들, 아내, 내가 한 편이 되어 고열과의 밤낮 없는 전쟁에서 우리도 거의 탈진할 정도의 상태가 되어서야 겨우 힘겹게 이길 수 있었다. 하루 이틀만 더 지속되었더라면 다시 중환자실로 내려갔어야만 하는 상황에서 우리가 이겼던 것이다. 열이 내리자 상처 부위의 통증이 다시 엄습해 왔다. 통증도 통증이지만 그 무더운 7월 초의 여름날

씨에 사지를 붕대로 꽁꽁 감아 놓았기 때문에 찜찜하고 갑갑했다. 특히 탄력 있는 압박붕대로 감긴 양손에는 피가 잘 통하지 않는 듯 저리고 근질거리는 것이 곤욕이었다.

한바탕 홍역을 치른 후 며칠 만에 체온과 혈압이 정상으로 돌아오자 처음으로 상처 부위에 드레싱을 한다고 했다. 간호장교들이 이동식으로 된 카트에다 소독된 각종 치료기구와 약품 세트를 담아서 먼저 들어오고 이어서 그동안 몇 번 보아서 낯이 익은 정형외과 담당 군의관인 염 대위와 김 소령이 함께 병실로 들어와서 양쪽 다리부터 치료했다. 상처 부위의 살점과 치료 약품이 묻은 거즈, 그 위에 감아 놓은 붕대가 번져 나온 피와 약품에 엉겨 붙어 있어서 붕대와 거즈를 떼어 낼 때의 고통은 정말 참기 힘들었지만, 그동안 공기와 차단되어 갑갑하게 압박하고 있던 붕대를 풀 때, 그 시원함은 모든 고통을 상쇄하고도 남았다.

그러나 치료하는 동안 수술 부위의 예민한 곳을 치료 도구로 건드리기도 하고 살짝살짝 비집기도 하는 것을 눈으로 보지 않아도 충분히 느낄 수 있었다. 그럴 때마다 전해져 오는 고통 때문에 순간순간 깜짝 놀라 다리를 움찔거리기도 했지만, 이를 악물고 붕대가 감긴 팔로 외면한 얼굴을 가린 채 고통을 참았다. 소리를 참느라고 악물은 이빨 사이로 어쩔 수 없이 새어 나오는 낮은 신음을 군의관들도 들었을 것 같은데 자신들의 임무에 충실한 듯 아랑곳하지 않고 자기들끼리만 알아들을 수 있는 의학 용어를 섞어 가면서 무어라 주고받으며 계속 치료를 했다. 가끔 '조금만 참으세요. 다 됐어요.'라고 했지만, 환자의 고통을 이해하는 듯한 감정이라고는 전혀 섞여 있지 않은 형식적인 말이어서 고통을 이겨내는 데는 전혀 도움이 되지 않았다.

치료가 끝난 듯 자기들끼리만 알아들을 수 있는 몇 마디를 주고받더니 상처 부위에 거즈를 대고 압박 붕대를 감기 시작했다. 나는 다른 무엇보다 붕대를 풀었을 때의 그 시원함을 좀 더 누리고 싶은 마음에 붕대를 좀 더 있다가 감으면 안 되겠느냐고 얘기하려다 목구멍으로 그 말을 삼키고 다시 그 갑갑하고 근질거림에 대한 마음의 준비를 했다. 그들은 내일 오전에 드레싱을 다시 하겠다는 말을 무표정한 얼굴로 남기고는 무엇에 쫓기듯이 바쁜 걸음으로 병실을 나갔다.

잠시 후에 소독된 천에 쌓인 새 치료기구가 담긴 그 카트를 밀면서 간호장교들과 성형외과 군의관 김 대위가 들어왔다. 팔에 감긴 압박 붕대가 한 겹씩 벗겨질 때마다 전해지는 그 시원함이 더운 여름날 차가운 강원도 계곡물에 손을 담그는 듯한 느낌이었다. 상처가 다 나은 것 같은 느낌이었다. 그때까지는 몰랐는데 셋째 손가락부터 넷째, 다섯째까지 손가락 세 개에는 철사 굵기의 철심이 꽂혀 있고 손가락 끝 1센티미터 정도 밖으로 튀어나와 있었다. 세 손가락 관절부위가 모두 골절된 상태라서 손톱 밑에서부터 손바닥 연결부위까지 철심을 꽂아 고정해 놓았다고 했다. 다행스러운 것은 신기하게도 가장 중요한 첫째, 둘째손가락은 겉에 찰과상만 약간 입고 전혀 다치지 않았다. 나머지 세 손가락은 철심이 꽂힌 채 외상도 굉장히 심했다. 새끼손가락은 살점이 떨어져 나가 지금도 뼈가 허옇게 보인다고 했다.

  친절하게도 정형외과 군의관과는 달리 성형외과 군의관은 상처 부위에 소독약을 조금씩 부어가면서 달라붙은 붕대와 치료 거즈를 조심조심 떼어 내어서 전혀 아프지 않았다. 치료도구로 상처 부위를 건드릴 때도 아주 조심스럽게 해서 굉장히 고마웠다. 왼손도 엄지손가락은 가벼운 파편 흔적만 있어서 마찬가지로 붕대 밖에서 꼼지락거릴 수 있었다. 나머지 네 손가락과 손등은 갈가리 찢겼고 온통 파편 투성이였다. 특히 둘째손가락은 손등 쪽 첫째 마디가 여러 조각으로 골절이 되어 짧은 철심을 박아서 X자로 고정해 놓은 상태였다. 그 둘째손가락과 넷째 손가락은 끝마디가 손톱의 절반쯤 잘려 날아가고 없었다. 가운뎃손가락은 손톱이 없었다. 치료가 끝나자 군의관은 양손 수술이 잘 되었고 경과도 좋다고 얘기해 주며 이틀 후에 다시 드레싱을 하겠다는 말을 남기고 돌아갔다. 갑갑한 붕대를 풀 때의 그 시원함 때문에 손 치료도 다리처럼 매일 해 달라고 하고 싶은 말이 목구멍까지 올라왔지만 '그렇게 해 주지 못하는 무슨 사정이 있겠지.'라고 혼자 생각하고는 아무 말도 하지 않았다.

상처 부위 드레싱을 하고 나니 기분이 한결 좋아졌다. 상처에 눌어붙은 붕대와 거즈를 떼어내고 상처 부위를 치료할 때는 고통스러웠지만, 붕대를 풀 때의 그 시원함과 치료 후 상쾌함으로 인해 드레싱 하는 시간이 내게는 기다려지는 시간이 되었다. 병실에서 드레싱을 하면서 점차 안정도 되어 본격적인 병원생활이 시작되었다.

처음 드레싱을 하고 난 다음 날 오전에 담당군의관 염 대위와 김 소령이 간호장교들과 같이 들어왔다. 전날과 마찬가지로 붕대를 풀어나갈 때의 그 시원함은 이 시간을 기다렸던 만큼 충분히 만족스러웠다. 오늘따라 왼쪽 다리는 금방 치료가 끝났다. 하지만 오른쪽 다리 치료는 한참 걸렸다. 군의관 두 명이 특유의 그 자기들만이 알아들을 수 있는 말들을 주고받으며 즉석 토의도 하는 듯 의견을 물어보기도 하는 것 같았다. 그러다가 간호장교로부터 메스를 포함한 몇 가지 치료도구를 주거니 받거니 하면서 치료부위를 이리저리 건드리거나 비집어 보는 것 같았다. 그때마다 나는 깜짝깜짝 놀랄 만큼 통증이 느껴졌으나 꾹 참았다. 내심 '뭔가 잘못되고 있는 것은 아닐까?' 하는 불안한 생각에 고통을 참고 있던 얼굴은 더욱 굳어지고 있다는 것이 피부로 느껴졌다. 한참동안 군의관과 간호장교들이 수군수군하다가 약을 바르고 붕대를 감았다. 담당군의관이 별 표정 변화 없이 얘기했다.

"저어······. 오른쪽 상처 부위가 좀 안 좋습니다. 일부분 괴사가 진행되고 있습니다. 바로 수술에 들어가도록 조치하겠습니다."

조금 전 치료할 때 그들이 주고받던 말과 지금 군의관의 말과 표정으로 추측컨대 심각한 것 같았다.

"왜 그래요? 심해요?"
"처음부터 좀 안 좋았는데 감염된 것 같아요. 오후에 바로 할 수 있도록 수술실과 맞춰 선생님께 알아볼게요."

걱정스러웠지만 딱히 내가 할 수 있는 다른 어떤 방법도 없다는 것을 나는 금방 받아들이고 태연한 척했다. 인정하기에는 아직도 너무나 끔찍한 나의 절단 상처를 차마 볼 수가 없어서 치료 중에는 밖에서 애를 졸이며 기다리고 있던 아내가 군의관들이 지나가면서 주고받는 이야기를 듣고 눈이 동그래져서 뛰어 들어왔다.

"어떻게 된 거야? 왜 재수술을 한다고 해?"
"상처 부위가 좀 감염이 됐다나 봐. 걱정하지 마. 괜찮을 거야."

나는 숨겨지지도 않는 걱정스러운 표정을 애써 감추려고 노력하며 대수롭지 않은 듯 말했다. 재수술에 대한 조치는 금방 이루어져 오후에 수술 들어간다고 간호장교가 알려왔다. 그러면서 점심식사는 물론 일체의 음식물 취식을 금지하라고 단단히 당부하는 것을 잊지 않았다. 걱정스러운 마음에 아내와 나는 점심을 먹으라고 해도 못 먹었을 것이다.

두 번째 수술이 그렇게 해서 시작되었다.

실오라기 하나 걸치지 않고 아랫부분만 그 두껍고 넓은 거즈로 가리고 얇은 시트만 한 장 덮은 채 환자 이송 침대에 눕혀져 링거병과 소변 주머니, 환부에 연결된 주머니를 배 위에 올리고 간호장교에게 밀려 수술실로 내려갔다. 병실을 나가 간호장교들이 있는 스테이션을 지나 엘리베이터를 타고 2층으로 내려가니 바로 중환자실 앞에 수술실이 있었다. 수술 대기실에 들어가니 온통 녹색 가운과 녹색 모자, 녹색 마스크로 온몸을 가린 채 눈만 반짝이는 간호장교가 다가오면서 나를 맞아 주었다. 무척이나 반가운 듯한 느낌을 치켜 올라간 눈초리에서 읽을 수 있었다.

"이 중령님! 안녕하세요. 또 오셨네요?"

내가 내려오는 것을 벌써 연락을 받은 듯 기다렸다는 것처럼 말했다. 목소리도 전혀 생소한 간호장교가 나를 굉장히 잘 아는 듯이 하는데 놀라 오히려 내가 어리둥절해서 알아보지 못해 난처한 표정을 짓자 그 간호장교가 마스크를 살짝 내렸다 올리고는 웃으면서 말했다. 누군지 알아볼 수 없기는 마찬가지였다.

"저, 모르시죠? 이 대위예요. 이 중령님께서 처음 헬기 타고 오셨을 때, 그때 수술 준비를 제가 다 했어요."
"아, 그래요? 몰랐어요. 고마워요. 그때 고생 많았죠?"

그때는 정말 거의 무의식중에 고통과 싸우며 참느라고 정신이 없던 때라 옆에 누가 있었는지 얼굴이든 목소리든 기억할 수 없었던 것이 당연했다. 그 간호장교 이 대위와 이야기를 주고받는 동안 수술실로 이동하라는 연락이 온 것 같았다.

"이 중령님! 다음에 또 얘기해요. 수술 걱정은 하지 마세요. 마취는 척추마취를 해요."

척추마취란 말에 잘못되면 하반신 마비가 될 수 있다는 소리를 들은 적이 있어 걱정스럽게 확인하듯이 되물었다.

"척추마취를 해요?"
"예, 하반신만 해요. 마취과장님이 굉장히 베테랑이에요. 전혀 아프지 않게 하세요."

다시 옮겨 태워진 수술실용 이동침대를 밀고 가면서 간호장교가 안심시키듯 말했다. 몇 개의 코너를 이리저리 돌아서자 TV에서나 볼 수 있었던 휘황찬란한 수술실 라이트가 강렬하게 비치며 눈앞으로 다가와서 눈을 제대로 뜰 수가 없었다. 이동침대 담요 위에 뉘어진 채 간호장교들이 양쪽에서 담요만 들고 같은 높이에 있는 수술대 위로 능숙한 솜씨로 호흡을 맞춰 평행이동을 시켜 옮겼다. 그리고는 몸을 이쪽저쪽으로 뒤척이며 한 장 남은 담요마저 빼내자 끈적끈적한 수술대 비닐 시트 위에 여러 개의 호스만 구석구석 매단 채 알몸만 덩그렇게 남겨졌다.

　"좋습니다. 그대로 잠깐 계세요. 조금 따끔할 겁니다. 아프면 아프다고 하세요."

　다시 한번 군의관이 마취를 시작한다는 신호라도 하듯이 친절하게 말했다. 허리 위쪽 등뼈 부분을 손으로 몇 번 만지는가 싶더니 따끔한 건지 아닌지 분간하기 어려울 정도로 거의 아프지 않게 그 순간이 지나고 잠시 후, 손으로 다시 등뼈를 조금 누르는 듯했다. 천천히 바로 누웠지만 등 쪽에 뭔가 가느다란 줄이 눌리는 듯한 느낌만 오고 아프거나 찔리지는 않았다. 마취군의관과 옆에 기다리면서 보고 있던 내 수술담당 군의관이 서로 몇 마디 주고받는 것 같았지만 알아들을 수는 없었다. 잠시 기다렸다가 마취군의관이 간호장교에게 알코올 솜을 달라고 하는 것 같았다. 알코올이 흠뻑 묻은 솜을 내 옆구리와 수술할 오른쪽 다리의 허벅지에 쓱쓱 문지르며 물었다. 마취 진행 상태를 알아보기 위해 비교해 보는 것이라는 것을 감으로 알 수 있었다.

아주 무더운 여름날 장난으로 얼음조각을 목덜미에 집어넣었을 때처럼 순간적으로 깜짝 놀랐으면서도 곧 시원해졌다. 두어 번 되풀이하면서 마침내 허벅지에 알코올을 문지르는 것에 대해 느낌이 없어지자 마취군의관이 수술담당 군의관에게 뭐라고 얘기하고는 나가는 듯했다.

간호장교들이 갑자기 분주해지기 시작했다.

하반신만 마취를 시켰기 때문에 커튼 저쪽에서 진행되고 있는 작업이 거의 느껴지는 듯했지만 전혀 아프지는 않았다. 이쪽 간호장교와 꽤 한참 동안 말을 주고받았지만 신경은 온통 커튼 저편에 가 있었다. 다만 저쪽 작업이 순조롭게 진행되고 있다는 느낌은 들었다. 그러다 갑자기 '위이잉' 하고 그라인더 돌아가는 소리가 나더니 오른 다리 쪽이 갈려지는 듯한 느낌이 들었고, 이어서 '쿵' 하고 둔탁한 소리가 들리면서 다리에 묵직한 충격파가 전해져 왔다.

'마루타가 따로 없구나.' 하는 생각이 문득 들었다. 커튼 저쪽의 모습을 상상해 보고는 내 존재가 참 우습게 느껴졌다. 마치 실험실의 청개구리처럼. 1밀리미터도 되지 않는 커튼 한 장을 사이에 두고 이쪽저쪽의 세상이 지옥과 천당처럼 느껴졌다. 커튼 저쪽에서는 어떤

사내의 벌거벗은 하반신만 가운데에 두고 피를 튀기면서 자르고 갈고 두드리면서 다듬고 붙이고 깁고 있는데 커튼 너머 그 하반신의 나머지 반쪽은 저쪽에서 벌어지고 있는 일을 아는지 모르는지 간호장교와 잡담이나 나누고 있는 광경이 그려졌다. 묘한 상상이 교차하고 지나갔다.

옆에 앉아 있는 간호장교가 내 눈치를 보더니 겸연쩍은 듯 아무 말 없이 살짝 웃는 모습이 녹색 모자와 마스크로 가려지고 유일하게 남은 눈의 속눈썹이 가늘게 떨리는 것으로 짐작할 수 있었다. 불과 커튼 한 장 너머 저쪽의 대작업이 굉장히 먼 나라 일처럼 내게는 아무런 아픔도, 아무런 느낌도 없이 거의 끝나 가는 것 같았다. '잘했겠지.'라고만 생각하고 별일 없이 수술이 끝났다는데 안도의 숨을 내쉬었다. 군의관이 능숙한 솜씨로 압박붕대를 상처 부위에 감고는 이쪽으로 왔다.

"괴사부분을 제거했어요. 일단 상처 부위는 열어 놨으니까 이틀 후에 다시 봐야겠어요."

아니! 또? 수술이 어떻게 되었는지보다 군의관의 그 말에 온통 신경이 쓰였지만 아무 말도 하지 않았다. '열어 놨다니? 뭘 열어 놨다는 말이야? 아니 내 몸이 무슨 물건이야? 마음대로 열어 놓고 닫아 놓게?' 재수술로 인해 고생을 시키고 있다는 생각이 들고 미안한 마음이 생겨 고맙다는 말을 하려다가 사람 몸을 무슨 물건 취급하는 듯한 군의관의 말투에 그만 다시 기분이 상하고 말았다. 병실에 올라와서 조금 있으니 마취가 깨는지 다시 아프기 시작했다.

간호장교들이 다시 부산하게 바빠졌다. 수술을 하고 나면 하루 또는 이틀이 제일 고비였다. 마취에서 깨어나면서부터 후유증이 나타나거나 지독한 통증이 땅거미 몰려오듯이 덮쳐 온다. 고열이 날 수도 있고 수혈에 대한 부작용이 생길 수도 있어 간호장교들은 신경을 날카롭게 곤두세우고 혈압과 체온을 재고 항생제 주사를 놓기도 했다. 어김없이 굵은 주삿바늘을 정맥 깊숙이 찔러 주사기 가득 혈액을 빼가기도 했다.

"이 중령님, 많이 아프시면 얘기하세요. 진통제를 놔 드릴게요."

간호장교가 괴로워하는 내가 안타까운지 친절하게 얘기해 주었지만 나는 참겠다고 했다. 간호장교가 습관적으로 맞으면 안 되더라도 많이 아프면 무조건 참는 것보다 일시적으로 진통제를 맞고 이겨내는 것이 낫다고 했지만 진통제를 맞으면 상처가 아물거나 회복하는데 지연이 된다는 얘기를 들은 기억이 나서 나는 진통제를 맞지 않고 참겠다고 한 것이었다. 근거 없는 이야기를 믿었으니 미련한 짓이었는지 모르겠다. 그러나 어차피 수술 직후에 다소 심해진 고통은 하루만 참으면 된다는 생각에 나는 진통제를 맞지 않고 버텨냈다.

이틀 동안 체온과 혈압 체크, 항생제 주사, 채혈, 링거주사로 인한 수면방해와의 한바탕 전투 후에 군의관의 상처주위 괴사 진행상태 확인이 있었다. 붕대를 풀어헤친 후 열어 놓았던 오른 다리 상처 부위를 내가 고통스러워하는 것은 전혀 아랑곳하지 않고 이리저리 비집어 보며 서로 주고받는 이야기가 심상치가 않았다. 서둘러 붕대를 다시 감고는 수술을 다시 해야겠다고 하는 것 같았다. 군의관과 간호장교가 병실을 나간 뒤 잠시 후에 아내가 심각한 얼굴로 들어와서는 더듬거리며 말을 제대로 잇지를 못했다.

"여보, 어떻게 해……. 수술 다시 해야 한다고 사인하라고 하는데……."
"어떡하긴, 다시 해야 한다면 해야지. 사인해 줘!"

나는 별로 대수롭지 않게 간단히 말했다. 사실 그 고통스러운 수술을 또 해야 하는가 하는 생각도 들었지만 어쩔 수 없는 일이라고 생각했다.

아내는 뭔가를 숨기는 건지, 차마 말을 못하겠는지 말을 하려다가 눈만 끔벅거렸다. 충혈된 커다란 눈에는 금방이라도 눈물이 주르륵 흘러 떨어질 것만 같았다. 나는 두 번의 큰 수술을 하는 동안 수술을 마칠 때마다 그 고통스러웠던 때 내가 안 돼 보여서 그러는 줄 알고 괜찮다고 했다.

"그게 아니고……. 다리를……. 더…….."

하다가 다시 말을 멈추고는 원망스러운 듯, 애처로운 듯 나를 쳐다보았다.

"……."

그제야 아내가 말을 하려다 채 잇지 못하는 것이 무엇을 의미하는지 알아차리고는 잠시 머뭇거리다 아무 일 아닌 듯 애써 태연한 척하면서 말했다.

"괜찮아. 더 잘라야 한다면 자르면 되지 뭐."
"무슨 말을 그렇게 쉽게 해! 무릎을 잘라 내야 한다는데……."

아내는 애가 타서 어떻게 해야 할지 몰라 혼란스럽고 누구든 붙들고 애원이라도 하고 싶은데, 정작 내가 남의 말을 하듯이 하니 야속했을 것이다.

아내는 안타까운지 울먹이면서 발을 동동 굴렀다. 정말 어떻게 해야 할지 몰라서라기보다 수술을 해야만 한다는 것 외에 어떻게 할 수 있는 방도가 없는 무기력감이 안타까웠을 것이다. 그때까지만 해도 무릎이 있는 것과 없는 것에 대한 차이를 나는 알지 못했다. 설사 부상 치료가 끝난 후 재활훈련을 통하여 걷는 데 천양지차가 난다는 것을 그때 알았더라도 별수 없었을 것이다. 어쨌든 나는 군의관이 잘라내야 한다는 말에 빨리 수술을 진행시키고 싶은 생각뿐이었다. 그리고 안타까워하고 걱정스러워하는 아내에게 의연한 모습으로 안심시켜 주고 싶은 마음에 별로 심각하게 생각하지 않는 듯이 빨리 사인해 주라고 했다.

사실 보호자가 사인해야 하는 수술 동의서를 읽어보면 육체적으로 상처를 입은 환자나 정신적으로 똑같은 상처를 입은 환자가족들의 마음을 조금이라도 헤아려 주는 내용은 한 줄도 없다. 그 동의서 내용이라는 것이 마치 수술을 하다가 어떻게 잘못되더라도 병원이나 의사들의 책임은 없고 보호자가 감수하겠다는 각서 같은 내용투성이이기 때문이다. 그러니 보호자가 큰마음을 먹고 사인을 한 후 환자를 수술실로 들여보내고 대기실에서 기다리고 있을 때는 알고 보면 그렇게 심각하지 않은 경우임에도, 마치 다시는 못 보게 될지도 모른다는 불안한 생각과 그렇게 된 것이 꼭 사인한 자신 때문이라는 죄책감에서 안절부절못하고 있는 것이 대부분이다. 며칠 전 두 번째 수술할 때는 군의관들이 급하게 서두르는 바람에 아내가 얼떨결에 사인을 했지만, 이번에는 뭔가 크게 잘못되어 무릎을 더 잘라내야 함은 물론이고 그러다가 또 더 잘못되기라도 할 것 같은 느낌이 드는 것 같았다.

"괜찮아, 잘 될 거야. 사인해 줘. 어차피 해야 한다면 빨리해야지."

마침 이야기를 듣고 있던 담당군의관이 기다렸다는 듯이 다가왔다. 심각한 듯한 표정을 짓고는 있었지만, 전혀 심각하게 생각지 않은 것 같은 느낌이었다.

"오후에 바로 하겠습니다."

오른쪽 다리는 세 번의 대수술 끝에 결국은 무릎을 잘라내고 안정이 되어 상처가 아물기 시작했다. 그 후로는 상처의 T자 접합부위에 작은 화농이 생겨 몇 바늘 꿰매기도 하는 추가적인 치료가 있었지만 별 탈 없이 상처 치료는 잘 끝났다.

세 번의 큰 수술로 이제 수술실에 들어갈 일은 끝났을 줄 알았는데 수술실에 한 번 더 들어가야 했다. 오른손 새끼손가락 가운데 마디 부분에 살점이 떨어져 나가고 뼈가 노출되어 있어서 이식 수술을 해야 했기 때문이다.

새끼손가락 이식 수술은 손 외상치료가 거의 끝났을 때 했기 때문에 다시 수술 준비하는 절차가 꽤 복잡하게 진행되었다. 귀에 상처를 내고 몇 초 간격으로 검사종이에 피를 찍어내면서 테스트를 했다. 소변검사도 하고 혈액검사를 위해 또 큰 주사기로 피를 주사기 가득 뽑기도 했다. 모든 검사 결과가 수술이 가능한 상태로 나오자 성형외과 담당 군의관이 와서 수술에 관해 설명했다.

"수술은 간단합니다. 상처 부위는 동전만 합니다. 개방된 상처 부위 아래, 위쪽의 피부를 당겨서 꿰매면 됩니다. 잘 안 당겨질 때는 손가락과 손등 연결 부위를 조금 잘라서 당겨지기 쉽게 해 주고 다른 부위에서 좀 잘라 올 수도 있고 허벅지 부위나 가슴 부위에 심을 수도 있습니다. 어떻게 할지는 그때 가 봐야 압니다."

뭔가 자세히 설명해 주는 것 같았지만, 언뜻 듣기에도 살을 자르고 당겨서 꿰매고 다른 부위에서 또 떼어 와서 꿰매는 등 쉬운 일이 아닌 것 같았다. 그런데 간단하다고 하면서 얼굴색 하나 변하지 않고 말하는 것이 어이없어 나는 멍하게 군의관을 쳐다보았다. 거기다가 뭘 심다니, 어디다 뭘 심는 건지 험한 표정을 함께 지으며 물었다.

"간단해요? 그리고 뭘 어떻게 해요?"

긴장한 듯한 나의 얼굴을 보고는 군의관이 웃으면서 보충 설명을 해 주었다.

"한 시간 정도 걸려요. 마취도 오른쪽 팔만 하면 되고요. 심는 건 그렇게 할 수도 있다는 거예요."

"심는 게 어떻게 하는 건데요?"

"이식할 때 살을 완전히 떼 오지 않고 손을 허벅지나 가슴으로 가져가서 상처 부위에 이식 후 붙어있는 상태에서 며칠간 경과를 보다가 잘 되면 잘라내는 겁니다."

"그럼, 손이 허벅지나 가슴 부위에 붙여서 며칠간 있어야겠네요? 불편해서 어떻게 해요?"

"예, 맞아요. 꼭 그렇게 한다는 게 아니고 그럴 수도 있다는 거예요. 손목에서 떼어 와서 하면 될 거예요."

"어쩔 수 없으면 모르지만 가능하면 심지 말고 합시다."

나는 애써 두려움을 감추고 부탁하듯이 손목에서 떼서 하자고 했다.

"걱정하지 마세요."

수술대에 반듯이 누워 이번에는 마취 군의관이 목과 오른쪽 어깨 부위 어딘가에 마취를 했다.

"전기에 감전되듯이 찌릿하면 말씀하세요."

마취 군의관이 그 특유의 안정된 듯한 목소리로 말했다. 목 부위에 따끔하게 찔린 듯하다가 묵직한 느낌이 들면서 뻐근하더니 정말 온몸이 찌릿하면서 전기가 왔다. 마취액이 퍼지면서 가슴 위로 다시 커튼이 내려지고 작업이 시작되었다. 커튼 이쪽에서는 간호장교가 예전처럼 여러 개의 모니터와 각종 호스를 확인하면서 가끔 커튼 저쪽을 힐끔 쳐다본 후에 친절하게도 그림까지 그려 가면서 수술이 진행되고 있는 것을 설명해 주었다. 커튼 저쪽에서 수술을 하고 있다는 것을 알 수 있는 감각이 손끝에 느껴지면서 칼을 댈 때마다 꽤 아픈 통증이 계속 전해져 왔다. 그러나 수술을 하는 동안에는 통증보다 오히려 '가슴에 심으면 어떡하지, 허벅지에 심으면 어떡하지.'하고 내내 조바심이 났지만 다행히 그런 일 없이 손목 부위에서 좀 떼다가 붙이고 끝났다. 수술이 잘 되었는지, 얼마나 아픈지보다 심지 않아서 안도감을 가질 수 있었다.

지금 모양새도 볼품이라고는 찾아볼 수 없지만, 가슴이나 허벅지에 손 하나를 심어서 늘 손을 가슴에 올려놓고 있거나 심지어 허벅지에 손을 넣고 있으면 어떤 모습일까 상상만 해도 끔찍했다. 반깁스를 한 채 붕대가 감긴 팔이 간호장교에 의해 배 위로 힘없이 들어 올려지고 수술실을 빠져나갈 때 커브를 돌면서 원심력에 의해 팔이 미끄러져 내리는 것 같아 들어 올리려다가 팔이 말을 듣지 않아서 깜짝 놀랐다. 왼손을 이용해서 재빨리 팔을 잡아끌어 올리지 않았으면 그냥 밑으로 떨어지고 말았을 것이다. 마취된 상태라 스스로 움직일 수가 없었다. 아까 수술할 때 계속 아팠던 것을 생각하면 이제야 마취 효과가 제대로 발휘하는 것 아닌가 하는 느낌이 들었다. 마취가 완전히 풀릴 때까지 하루 정도 팔걸이를 목에 걸고 있었지만 그 다음 날부터 그것도 거추장스러워서 벗어 버렸다.

오른손 이식 수술을 할 때 왼손 둘째손가락이 바스러져서 고정하기 위해 박아 놓았던 철심도 제거했다. 엑스레이 필름을 보면 철심 두 개가 X자로 박혀 있었는데 이제 제거해도 될 정도로 뼈가 굳었다는 것이다.

"간단하게 제거할 수 있으니까 마취하지 말고 그냥 하죠?"

오른손 이식수술이 끝나자 기다렸다는 듯이 들어온 정형외과 담당 군의관이 대수롭지 않게 말했다. 그 태도에 내가 어이없다는 표정으로 빤히 쳐다보자, 별거 아니라는 듯이 다시 말했다.

"마취바늘 찌르는 것이나 살짝 찢는 것이나 별 차이가 없어요."

아무리 그래도 그렇지 조금 전까지 아무도 관심을 주지 않는 아픔을 혼자서 다 감당하면서 이제 막 오른손 이식수술이 끝나고 안도감을 내쉬며 다소 긴장이 풀어질 쯤에 들어와서는 대뜸 하는 말이 마취도 하지 않은 채 생살을 찢고 철심을 제거하겠다니…….

"그래도 그렇지. 마취하고 합시다."

나는 군의관에게 퉁명스럽게 말했다. 애초에 오른손에 비해 다소 경미한 왼손은 정형외과 담당 군의관이 했기 때문에 철심 제거는 직접 수술을 했던 정형외과 담당 군의관이 했다. 오른손 이식 수술할 때 받았던 불만을 애꿎은 정형외과 담당 군의관이 영문도 모르고 고스란히 받는 것 같아서 조금 미안한 느낌도 들었지만, 군의관은 내 마음을 아는지 모르는지 대수롭지 않게 받아넘기는 것 같았다.

"그러죠, 뭐."

그러나 이어지는 철심 제거 작업은 다시 내 기분을 상하게 했다.

"마취합니다."

라는 말이 떨어지기가 무섭게 꽤 따끔하더니 살을 찢는 듯한 아픈 느낌이 들면서 군의관의 양손이 내 약한 손가락에 묵직하게 가해져 왔다.

"한 개 제거했습니다. 또 마취해요."

군의관이 확인이라도 시켜주려는 듯이 말했지만, 의문은 더해 갔다. '아니, 1센티미터나 떨어졌을까 하는 곳에 박힌 철심을 제거하기 위해 두 번의 마취를 한다고?'라는 생각이 들었다. 두 번째 철심이 빠져나오는 느낌이 들었지만 그 과정에서 전해져 오는 순간적인 통증과 생살을 비집는 아픔은 다시 나를 불쾌하게 했다. '마취한다고 말을 했지만, 그냥 뽑아내는구나.' 하는 생각이 떠나지 않았

호국보훈의 달 기념 특별 사진展
〈국군을 보다〉 전시작 2017. 6. 12

다. 아무튼, 이 수술로 큰 치료는 거의 끝났다.

　그 뒤에도 처음 수술을 할 때는 잘 나타나지도 않았던 작은 파편들을 제거하는 간단한 수술이 여러 번 있었다. 역시 수술실에는 들어가지 않고, 치료실이나 병실에서 국소 마취를 하거나 마취를 하지 않고 실시되었다.

앞으로는 누가 오더라도 웃지 마!

중환자실에 있을 때까지만 해도 잘 몰랐는데 일반병실로 옮긴 후 내가 갑자기 유명해져 버린 것을 알고 어안이 벙벙해졌다.

격려와 위문차 방문한 사람들로 병실은 항상 벅적거렸고 병원 측에서 특별히 배려해 설치해 준 전화기도 연신 벨을 울렸다. 부대 관계자들은 물론이고 십수 년간 연락이 끊어졌던 옛 부하들과 동료들, 고향 친구들과 동창들, 나하고는 전혀 알지도 못하고 아무런 관계도 없는 많은 국민들까지 찾아오거나 전화를 하기도 했고 편지도 보내왔다. 신문기사나 TV방송, 라디오를 듣고 알았다면서 기사가 난 신문쪽지를 오려 오는 사람도 있었다. 당연히 절망적이고 침울하게 착 가라앉아 있어야 할 병실은 그런 분들이 가져온 자랑스러운 소식들로 인하여 분위기가 오히려 시끌벅적하게 들떠 있을 수밖에 없었다.

상처로부터 전해오는 참기 어려운 고통과 나의 모든 희망과 삶의 목표를 잃어버렸다는 절망감에 빠져 있어야 할 나도 덩달아서 그들과 같이 들떠 있는 동안에는 고통과 절망감도 잊을 수 있었다. 그러면서도 '내가 한 행동들이 과연 이렇게 칭찬받을 일인가?' 하는 생각이 들 때마다 '누가 그 자리에 있었더라도 그렇게 행동했을 것이다.'는 것이 내 생각이었기 때문에 나의 행동이 당연한 것이지 칭찬받을 일은 못 된다고 생각되어 오히려 쑥스럽기도 하고 많은 사람에게 죄송스럽기도 했다. 전후방 각지 눈에 보이지 않는 곳에서 중요한 임무에 충실하고, 자신을 희생하는 잘 알려지지 않은, 수많은 군인 중 좀 심한 중상을 입은 한 사람일 뿐인데 찾아오는 분마다 늘어놓는 과분한 칭찬에 부끄럽기도 하고 부담스럽기도 했다.

　그렇더라도 많은 분들의 격려가 나의 마음을 안정시켜 주었고, 상처로부터 오는 고통과 싸워 이기는 데 많은 도움을 준 것은 분명했다. 만약에 내가 이런 엄청난 부상을 입은 것에 충격과 절망에 빠져, 쓸쓸히 병실을 홀로 지키면서, 넋 나간 사람처럼 말을 잊은 채 무표정한 얼굴로 물끄러미 나를 내려다보고 있을 아내의 모습이나, 그런 아내를 원망스럽고 불쌍하게 바라보고 있을 걸 생각하면 몸서리가 쳐지고 생각조차 하기 싫어졌다. 예상보다 훨씬 빠른 기록적인 상처 회복과 성공적인 재활은 분명히 나를 격려해 주고 성원해 준 모든 분들의 덕분이라고 생각했다.

바쁜 업무 중에서도 직접 방문하여 격려해 주신 육군참모총장님, 군사령관님, 군단장님, 내가 모셨던 연대장님을 참모로 대동하고 오신 특전사령관님, 육군사관학교장님, 해·공군 참모총장님을 비롯하여 국방부 및 각 군 예하 여러 부대장님께서 직접 오셔서 격려해 주시거나 부대 관계자를 보내 위로를 해 주었다.

모두 바쁜 시간을 쪼개어서 쓰시는 분들인데 우리를 위하여 몇 시간씩 특별히 할애하여 다녀가시니 감사하고 고마우면서도, 한편으로는 미안하기도 했다.

그분들뿐만 아니라 경상도, 전라도 멀리서부터 찾아오는 소대원, 중대원들, 심지어 인접 소대원들, 전국 각지에 흩어져 있던 어릴 적 고향 친구들도 자기네들끼리 연락을 해서 몇 명씩 짝을 지어 찾아 왔다.

육사 강재구 동상 앞에서

백발이 성성한 선배 장교님들이 와서 대견스러워하며 격려해 주시고 육군사관학교 동창회장단 방문 시 '제2의 강재구'라고 운운하실 때는 말도 안 된다는 생각이 머리에 꽉 차서 송구스럽고 부끄럽기만 했다.

육사 후배들, 학군단 교관시절 내가 정말 열성을 다해 교육하고 지도했던 장교들, 기타 전후방 각지에서 같이 근무했던 동료들……. 무엇보다도 재경지역 동기생들은 야전에서 가장 자리를 비우기가 힘든 시기임에도 불구하고 황금 같은 외박기간에는 내 병실에 다녀가는 것이 필수코스인 듯 자기들의 중요한 스케줄을 변경해 가면서 다녀갔다. 도저히 외박을 내기가 어려운 동기생들은 내 병실에 직접 다녀가지 못하는 것이 큰 죄를 지은 것인 양 미안해하면서 편지와 전화, 꽃바구니 등으로 격려를 해 주었고 가족들만 다녀가기도 했다.

더욱 고맙고 감사한 것은 전혀 일면식도 없는 많은 국민들이 힘들게 몇 군데를 거쳐 물어 물어서 전화와 편지를 보내 주신 것이다. 특히 병원을 찾아오는 많은 분들 중 국군수도병원이 서울 등촌동 옛 자리에 그대로 있는 줄 알고 거기로 찾아갔다가 병원은 온데간데없고 한창 아파트 공사 중인 황량한 모습을 보고 순간 당황하였다가, 다시 묻고 물어서 서너 시간이 더 걸려 병원에 어렵게 찾아온 분들이 고마웠다. 내색하지도 않고 피곤함도 잊은 채 격려와 위로를 해 주었다는 분들이 많다는 이야기를 나중에 다른 사람에게서 전해 듣고 정말 미안하기도 하고 고맙기도 했다.

어떤 선배님은 주위의 탐탁지 않아 하는 시선을 뒤로하고 찾아왔었는데 첫 번째 방문 시에는 선배님이 대대장 때 지뢰를 밟아 한쪽 다리에 의족을 하고 다니는 당시 부하 소대장을 대동하고 와서는 재활훈련 후 의족을 하면 걸어 다닐 수 있다는 확신과 희망을 주었고, 두 번째 올 때는 중학교와 초등학교에 다니는 두 아들을 데리고 와서는 '훌륭하신 아저씨'와 직접 대면하고 위문하도록 하는 산교육을 시키는 모습이 감사하기도 하고 보기도 좋았다. 그러면서 격려의 말도 잊지 않았는데 마음으로 받아들이고 싶은 말이었다.

"군인으로서 최고의 계급에 올라가는 것보다 더 낫다. 군인의 계급이라는 것이 바로 명예인데 이 중령은 최고의 명예를 이미 얻었지 않았느냐?"

내가 군대생활을 하면서 늘 존경해 왔고 대대장 임무 수행 시 어렵고 힘들 때는 '그분이었으면 어떻게 하셨을까?'라고 생각하며 내 군생활의 거울로 삼았던, 지금은 육군본부 참모부장을 하고 계시는 분이 병실을 찾아오셔서 하신 말씀이 내 마음을 항상 풍성하게 해 준다.

"이 중령! 장군 진급하는 것보다 훨씬 의미 있고 낫다. 몸은 불편하겠지만, 더 소중하고 더 큰 것을 얻은 거야."

국군수도병원 베데스다 교회 목사님이신 안 목사님께서 나를 볼 때마다 하시는 말씀은 감사하면서도 나를 채찍질 했다.

"이 집사님 입원 후 진작 병실 문 앞에까지 가서 '무슨 말을 어떻게 해야 하나…….' 하고 망설이다 그냥 돌아가길 몇 번이나 하다가 더 늦출 수가 없어서 용기를 내어 조심스럽게 병실 문을 열고 들어갔습니다. 그런데 이 집사님이 그 육체적인 고통과 마음의 상처에도 불구하고 환하게 웃으면서 맞아주며, 위문하러 온 사람들을 오히려 위로하고 염려해 주니 위문하는 사람이 그렇게 편할 수가 없었습니다. 의지가 그렇게 강하니까 상처도 빨리 회복되고 재활도 그렇게 잘할 수 있는 것입니다. 다른 절망하고 포기하고 좌절하는 환자들이 이 집사님의 의지를 반만, 아니 십 분의 일만 배웠으면 좋겠습니다. 이 집사님을 보고 이야기하다가 다른 벙실에 가서 환자들이 괴로워하고 실망하고 자포자기한 모습을 보면 너무 안타깝고 속이 상합니다."

사단장님께서는 마음이야 벌써 수없이 왔다 가셨겠지만, 그 부대와 직위의 중요성 때문에 진작 오시지 못하셨다. 부사단장, 연대장들, 참모들이 다녀간 후 보고를 받으시고는 늘 상심해 계시다가 어렵게 외박을 내서 병실에 들어오자마자 대뜸 화 아닌 화를 버럭 내시면서 눈시울을 붉히셨다.

"이 중령! 너 앞으로는 누가 위문 올 때 웃지 마!"

그냥 듣기에는 농담 같은 말이었기 때문에 나는 반갑게 맞으면서 다시 겸연쩍게 웃어넘기려다 정색을 하시는 사단장님의 진지한 얼굴을 보고는 재빨리 얼굴에서 웃음을 거두었다.

　　"모두 안타까운 마음으로 무슨 말을 꺼내야 할지 모르는 심정으로 찾아오는데 이 중령이 아무렇지도 않은 듯 웃고 앉아 있으니까 위문 오는 사람이 더 당황하잖아! 내가 정말 오고 싶었지만 막상 오지는 못하고 부대에 있으면서 위문 갔다 오는 사람마다 꼭 보고를 받으면서 너 소식을 들었는데, 갔다 오는 사람마다 모두가 하나같이 하는 말이 '위문하러 갔다가 위로를 받고 왔다.'는 소리를 하잖아. 그 말을 듣고 나니 더 속이 상하더라. 상상도 하지 못한 부상을 당해 입원해 있으면 괴로워하기도 하고 원망도 하고 상심도 하고 있으면 위문 오는 사람들도 위로의 말과 격려의 말이라도 하면서 위문할 맛이 나고 찾아온 보람도 생기는데, 웃으면서 태연하게 있으니까 뭐라 위로나 격려의 말을 하기도 뭐하고 마음만 오히려 더 아프잖아…… 엄청난 상처를 입고도 흔들림 없이 의연한 자세로 잘 이겨주니까 너무나 고맙고 내 마음도 한결 가벼워진다. 그렇지만 앞으로는 누가 찾아 왔을 때 웃지 마! 알았어?"

　　한편으로 마음이 놓이면서도 아끼고 사랑했던 부하를 생각하며 안타까워하시는 그 따뜻한 마음에 오히려 죄송스러운 마음도 들어 앞으로는 위문 오는 분들의 마음도 헤아릴 줄 알아야겠다고 생각했다. 사단장님께서 가져오신 화분의 투명한 병 아래에는 평소의 사단장님 만큼 활기찬 열대어 몇 마리가 무거운 분위기의 병실을 한층 밝고 생기 있게 해 주었다. 그 날부터 침대에 꼼짝없이 누워 개운죽 뿌리가 예쁘게 자란 어항 속에서 자기들끼리 요리조리 쫓고 쫓기면서 놀고 있는 몇 마리 물고기들을 보는 것이 하나의 낙이 되었다. 그 후에 육군 3사관학교장으로 영전하신 사단장님께서 생도들 정신교육 시에도 강조하신 말씀을 전해 듣고 다시 한번 송구스러운 생각이 들었다.

"다시는 그런 일이 없어야 하겠지만, 만약 그런 상황이 여러분에게 주어진다면 이 중령같이 해야 한다."

국방부에서는 영광스럽게도 많은 기념행사와 기념사업을 추진하였다. 우리들의 희생적 노력으로 중·대대장 3명이 중상을 입었음에도 불구하고 부하들은 한 명도 다치지 않게 조치를 한 행동을 인정하여 설 중령과 나에게는 훈장을 수여하였고 3중대장에게는 그에 상응하는 포상을 하였다. 훈장 수여식은 국군수도병원에서 군사령관님께서 주관하여 치하해 주었다. 또 당시의 상황과 조치, 교훈을 도출하여 TV나 신문보도 등 각종 매스컴 자료와 함께 장병 정신교육 자료를 만들어 전군에 배포하여 부대별로 일제히 특별 정신교육을 하였고 유명 배우를 등장시켜 다큐멘터리 형식의 영화 '지뢰밭에 꽃 핀 사랑'을 몇 개월에 걸쳐 제작하여 국군홍보 및 장병정신교육 자료로 활용하였다. 파주 통일공원에는 '살신성인탑'으로 명명한 기념탑을 세워서 성대한 제막식을 거행하였다. 제막식 행사는 국방부에서 제정한 기념 군가 '위험하니 내가 간다'를 수색대대원들이 씩씩하게 부르는 가운데 진행되어 더욱 감격스러웠다.

살신성인탑(아내와)

살신성인탑기단1

살신성인탑기단2

살신성인탑기단3

···

나는 이미 환자가 아니었다

손의 상처가 순조롭게 아물면서 그동안 두 손을 꽁꽁 묶어 놓았던 붕대를 풀고 나니 금방 퇴원이라도 할 것같이 기분이 상쾌했다. 반면 양쪽 다리의 상처는 거의 다 나았다고는 하지만 앞으로 의족을 착용하기 위한 재활준비 때문에 다리에는 압박붕대가 여전히 옥죄고 있어 상처가 나은 것인지 실감도 나지 않고 불쾌한 기분은 여전했다.

붕대 속에 감춰져 있었던 두 손을 처음 쳐다본 순간 나는 그만 고개를 돌려버렸다. 그동안 2, 3일에 한 번씩 붕대를 풀고 덧나지 않게 소독도 하고 치료도 했지만 나는 그때마다 두 손을 군의관에게 완전히 맡겨두고 아예 쳐다보지도 않았다. 괜히 군의관이나 아내에게 물어보았다가 앞으로 영영 손을 쓸 수 없다는 말을 들을까 봐, 그리고 그런 말을 듣고 낙심하는 내 모습을 보면서 그렇게 대답해야만 하는 아내의 마음이 상할까 봐 물어보지도 못하고 혼자만 고민해 왔다. 그러기를 상처가 다 나았다고 하며 이제 붕대를 감지 않아도 되겠다는 군의관의 말이 얼마나 반가웠는지 날아갈 듯한 기분이었다.

다친 후 처음으로 손을 쳐다본 순간, 거기에 보인 것은 내 손이 아니었다. 아니 사람 손이 아니었다. 손등, 손가락 할 것 없이 얼기설기 불규칙한 그물무늬 모양으로 엉켜져 생긴 상처자국과 폭발 순간 피부로 파고 들어간 크고 작은 까만 화염자국들이 두어 달 동안 켜켜이 덧칠해진 포비돈 용액과 외상치료 연고의 독기 때문에 빛깔까지 누렇게 죽어버린 피부들이 덕지덕지 붙어 있는 것들과 어울려 마치 유화로 그려놓은 소나무 껍질 같은 모습을 하고 있었다. 손가락 관절들은 그동안 붕대 속에서 굳어 있었기 때문에 힘을 주어도 구부려지지 않고 뻣뻣해져 있었다. 아무리 애를 써 봐도 손가락 끝마디의 반 정도가 잘려 나가버리고 몽땅해진 손가락이나 손톱 자체가 완전히 빠져버린 손가락, 그나마 붙어 있는 손톱은 하얗게 죽어버린 손가락들이 끄트머리만 움찔움찔할 뿐이었다.

손에서 고개를 돌려 외면한 채 창 너머 멀리 빈 하늘만 한참동안 쳐다보다가 마음을 가라앉히고 서서히 다시는 보고 싶지 않은 손을 다시 내려다보았다. 다시 내려다보아도 흉측했다. 정말 징그러웠다. 제대로 움직일 수도 없는 손가락 끝으로 다른 손의 손등과 손가락을 조심스럽게 꾹꾹 눌러 보았다. 약한 통증은 있었지만 심하게 아프지는 않았다. 전기가 통하듯이 찌릿찌릿해 오는 곳도 있었다. 상처 딱

지가 앉은 곳이나 묵은 포비돈 용액의 색깔이 진하게 배어 있는 진갈색 부분은 굳은살이 박여 있는 곳처럼 감각이 예민하게 느껴지지는 않았지만, 다행스럽게도 전혀 감각이 없는 곳은 없었다.

흉악한 몰골이 끔찍했지만, 한편으로는 손가락 열 개가 모두 다 붙어있다는 안도감과 물리치료를 하면 모두 제 기능을 찾아 움직일 수 있다는 군의관의 말이 그렇게 고마울 수가 없었다. 열 손가락 모두 다 예전같이 될 수 있다는 보장은 없을지도 모른다는 말은 그렇게 중요하게 들리지 않았다. 단지 손을 다시 쓸 수 있다는 말만 선별적으로 내 귀를 울렸다.

아내가 밀어주는 휠체어에 몸을 싣고 처음으로 물리치료실에 들어선 나는 깜짝 놀랐다. 50여 평은 되어 보이는 운동치료실에 휠체어 한 대가 겨우 이동할 수 있는 통로만 비워놓고 빽빽하게 들어찬 각종 운동치료기구와 매트 위에서 간호장교나 보호자들과 땀을 뻘뻘 흘리면서 고통스러운 얼굴로, 간혹 고통을 참지 못해 소리도 질러가며 운동을 하는 환자들이 빈자리 하나 없이 꽉 들어차 있었다. 전혀 예상치 못한 많은 환자와 중환자들을 보고 잠시 어리둥절해 있는데 간호장교가 다가왔다.

"어머! 이 중령님! 반가워요……. 어떤 분인가 보고 싶었어요. 이렇게 만나 뵙고 제가 담당하게 되어서 영광이에요. 저는 박 중위예요."

"아, 그래요."

얼굴에 활짝 웃음을 지으며 반겨주던 박 중위는 나와의 첫 면담을 통하여 나의 손 상태와 다리 상태를 꽤 자세하게 확인하고 파악하더니 앞으로 해 나갈 물리치료에 대해서 대략적으로 알려 주었다. 무엇보다도 친절하게 대해 주는 간호장교를 만나게 된 것에 기분이 좋았다. 그러나 진짜 힘들고 어려운 시기는 그때부터라는 것을 그때는 몰랐다. 단지 병실을 벗어나서 매일 내가 해야 할 일이 생겼다는 것과 물리치료가 시작되었으니까 이제 곧 걸을 수 있을 것이라는 막연한 기대감이 내 기분을 상쾌하고 가볍게 해 주었다.

물리치료는 우선 손부터 시작했다. 모양은 차차 좋아질 거라면서 엉거주춤 굳어 있는 관절을 부드럽게 해 주어야 한다고 했다. 그래서 맨 먼저 파라핀에 손을 담가야 한다고 했다. 파라핀 욕조 앞으로 휠체어를 밀고 간 간호장교가 치료방법을 설명해 주고는 나에게 하라고 했다. 한 방울도 아니고 촛농이 한 통 가득히 녹아있는 통속에 손을 푹 담그라니! 너무 뜨거워서 손이 금방이라도 익어버릴 것만 같아 간호장교 얼굴만 빤히 쳐다보며 망설이자 간호장교가 우습다는 듯이 반 장난기 섞인 표정으로 자꾸 재촉했다.

"이 중령님! 겁나세요? 이 중령님이 겁내시니까 이상하잖아요. 별로 안 뜨거워요. 이것 보세요. 괜찮아요. 호호호……."

간호장교가 손가락만 슬쩍 담갔다가 빼내면서 다그치듯이 다시 재촉했다. 사면초가에 몰린 나는 어쩔 수 없이 긴장된 표정을 감추지 못한 채 손목까지 푹 담갔다가 금방 빼냈다. 생각보다는 덜 뜨거웠다. 벌에 쏘인 듯 따끔한 것 같기도 하고 뜨거운 김에 노출된 것 같기도 했다. 그렇게 넣었다 뺐다 하기를 스무 번 하고 나니 간호장교가 보온 주머니를 씌우고는 입구를 묶어 주었다. 휠체어 방향을 돌려 다른 손도 똑같이 반복했다. 그렇게 20분간 기다리라고 하기에 다른 사람들에게 방해가 되지 않도록 치료대기자용 의자 옆에 휠체어를 바짝 붙이고 꼼짝없이 앉아서 물리치료실 광경을 구경했다.

물리치료실은 말 그대로 시골 오일장 같았다. 운동치료실 한가운데 나란히 놓여 있는 두 개의 큰 매트 위에서는 대부분 하반신 내지 전신마비 환자들에게 간호장교나 보호자들이 팔이나 다리를 접었다 폈다 해 주기도 하고 전신을 주무르기도 하고 있었다. 간혹 환자들의 신음 같기도 하고 비명 같기도 한 소리가 이쪽저쪽에서 들려왔다. 멀리 구석에 있는 허리 높이의 평행봉과 미니 나무계단에서는 하반신 근력이 약해진 환자들이 양팔로 체중을 겨우 지탱한 채 힘들게 한 발 한 발 옮기며 보행연습을 하고 있었고, 간혹 나무 계단 위로 쿵쾅거리며 오르락내리락하는 환자도 있었다. 계단 아래에 놓여있는 서너 대의 바퀴 없는 자전거에는 쏟아지듯 흐르는 땀을 목에 걸친 수건으로 닦아가면서 힘들게 페달을 밟고 있었고, 그 앞에 있는 러닝머신 위에서도 제자리걸음을 열심히 걷고 있었다.

반대쪽에서는 이동식 침대 위에 하반신을 움직이지 못하는 환자들을 가슴과 허리, 다리 부분에 찍찍이 벨트를 꽁꽁 묶어서는 비스듬히 세워서 올렸다 내렸다 하고 있었다. 한쪽에서는 벽에 고정된 휠을 손으로 잡고 다른 손을 부축해가며 돌리기도 하고 쇠줄에 매달린 추를 팔 힘으로 끌어 올렸다 내렸다 하기도 하고 걸터앉아 다리 끝에 걸린 무거운 추를 들었다 내렸다 하고 있었다. 물리치료실은 온통 치료기구의 덜거덕거리는 소리, 마룻바닥 위에 쿵쾅거리는 소리, 누구를 부르는 소리, 환자들의 비명, 휠체어나 이동식 침대를 끌고 다니는 소리, 거기다가 최신가요 테이프가 쉴 새 없이 시끄럽게 돌아가는 낡은 카세트 소리까지 그야말로 정신이 없었다.

평소 같았으면 그 자리를 피해 버리거나 짜증스러워 했을 것이다. 그러나 그런 소리, 그런 광경들이 싫지 않았다. 살아 있는 곳에 온 것 같았다. 지난 두 달간 움직이는 것, 살아 있는 것, 살아 있는 소리를 들어보지 못한 탓인지, 그런 시끄럽고 북적거리는 모습이 오히려 반가웠다. 그리고 뭔지는 모르겠지만 묘한 기분도 들었다. 그다지 나쁘지 않은 것 같은 어떤 느낌이 드는 것 같았다. 출입문 앞에 놓여있는 대기자용 긴 의자 옆에 자리 잡은 내 앞으로 많은 사람이 왔다 갔다 하다가 내 모습을 힐끗힐끗 훔쳐보고는 놀라기도 하고 애써 모른 척하고 지나가기도 했다.

혼자서 운동하거나 치료받고 돌아가는 환자들, 휠체어를 밀고 오는 환자 어머니나 가족들, 휠체어를 능숙하게 혼자서 운전해 오는 환자들, 처음 치료받으러 오는 전투복 입은 외래 환자들, 담당환자와 온열치료실과 접수 테이블 사이를 일개미처럼 쉴 새 없이 왔다 갔다 하는 간호장교들이 양손을 팔꿈치까지 담요로 둘둘 말아 감싼 채 휠체어에 앉아 있는 나를 쳐다보다가 텅 빈 휠체어 발받이 위로 환자복 바짓가랑이 두 개가 힘없이 축 늘어져 있는 것을 발견하고는 깜짝 놀란 표정을 짓다가 나와 눈이 마주치자 화들짝 놀라서 얼른 고개를 돌려 종종걸음으로 지나가곤 했다.

새로운 광경에 정신을 빼앗겨 있는데 간호장교 박 중위가 20분이 다 되었다고 하며 다시 휠체어를 밀어 파라핀 욕조 앞으로 가서 파라핀을 벗겨 내었다. 뜨뜻하던 손이 거의 식었지만, 양손은 벌겋게 달아올라 있었고 땀이 나서 파라핀을 벗기자 주르르 흘러내렸다. 곧바로 매트 위로 자리를 옮겨서 간호장교가 지금 막 파라핀을 벗겨낸 손을 잡고 마사지를 하기 시작했다. 무릎 높이의 매트 가장자리에 휠체어를 바짝 붙여서 두 손을 짚고 기계체조 하듯이 뒤뚱뒤뚱하면서 팔 힘으로 몸을 들어 올려 매트 중앙으로 이동했다. 경직된 관절을 풀어주고, 봉합한 상처자국이 아물면서 튀어 오르는 것을 예방하고, 굳어 있던 근육과 피하조직들의 기능을 회복시켜야 한다고 했다. 부드러운 오일을 발라 마사지 할 때는 말로 표현할 수 없을 정도로 시원했지만 뻣뻣하게 굳어 있는 손가락 관절을 하나씩 꺾어 나갈 때는 정말 고통스러운 순간순간이었다. 간호장교는 남의 속도 모르고 잘 참는

다고 칭찬하는 것인지 달래려는 것인지 모를 말을 해가며 별로 개의치 않고 계속 꺾었다.

손 마사지가 끝나자 다리 근력 강화운동 방법을 가르쳐 주었다. 엎드리고, 눕고, 옆으로 몸을 세워서 다리 들어 올리기를 하는데 짧은 다리를 들어 올리는 것이 별로 힘도 들지 않아서 도무지 운동이 되는 것 같지가 않았다. 다리 들어 올릴 때 옆에서 누군가가 다리를 눌러 주면 효과가 더 좋다고 했다. 천천히 들어 올려서 10초간 유지하고 천천히 내리는 훈련을 전후좌우 방향별로 20회씩 반복하라고 했다. 그리고 나서 간호장교는 다리 붕대를 풀었다. 잘려나간 다리의 절단 부위를 담당군의관과 간호장교, 아내 외에 다른 사람에게 보여주기는 처음이었다.

옆에서 하반신이 마비된 아들의 다리를 주물러 주던 아주머니의 눈이 휘둥그레지면서 입을 딱 벌리고는 나를 쳐다보는 것이 고개를 돌려보지 않아도 느껴졌다. 나의 치부를 보이는 것 같아서 얼굴이 화끈거려 의식적으로 다른 곳을 쳐다보지 않고 일부러 간호장교만 쳐다보며 입을 꽉 다물었다. 오른 다리의 압박붕대를 풀자 허벅지에서 잘려나간 다리의 흉악한 몰골은 가히 물리치료실 전체를 압도해 버리는 것 같았다. 주위가 갑자기 조용해지는 것 같았다. 그런 분위기를 모른 척하고 애써 태연한 채 하며 침착하게 나를 관찰하고 있던 간호장교가 절단부위를 꽉 잡으면서 아프냐고 물었을 때는 순간적으로 무엇에 찔린 듯하기도 하고 전기에 감전된 것처럼 깜짝 놀라 대답도 하지 못하고 '아!' 하고 외마디 비명만 낮게 질렀다.

"어머! 죄송해요. 많이 아프세요? 많이 단련해야 되겠네요. 상처는 다 나았으니까 앞으로 의족을 착용하려면 상처 부위를 단련시켜야 해요."

간호장교는 아프게 해서 미안하다는 말을 마치기가 무섭게 거실 소파 위에 올려놓은 쿠션만큼 큼지막한 모래주머니를 가져왔다. 그러고는 손으로 절단부위를 이쪽저쪽으로 톡톡 두드리다가 나 스스로 다리를 모래주머니에 두드리라고 했다. 손으로 만지거나 살짝 두드리기만 해도 온몸으로 전해져 오는 통증이 참기 어려울 정도로 고통스러운데 다리를 들고 쿵쿵 소리가 날 정도로 두드리라고 했다. 어이가 없어 물끄러미 쳐다보니까 알겠다는 듯이 처음에는 약하게 하다가 어느 정도 단련이 되면 그때 가서 세게 하라고 내게 다짐이나 받듯이 강조했다. 그러면서 재활훈련은 환자 본인의 의지가 중요하고 그에 따라 성공 여부가 좌우된다고 했다.

매일 반복되는 굳어진 손가락 치료와 다리 절단 부위를 단련시키는 과정은 이전에 겪어보지 못한 고통의 연속이었다. 마디마디 끊어질 듯한 손가락 꺾기와 반복된 고통 자극을 통하여 통증을 둔화시키고 무감각하게 만드는 이러한 과정은 고도로 발달된 현대의학이 아니라 원시적이고 무식한 방법같이 보였지만 시키는 대로 참고 이겨나가는 수밖에 다른 도리가 없었다. 이렇게 해서 어느 천년에 손의 기능이 회복되고 다리의 절단 부위가 단련이 될까 하고 의구심도 생겼지만 일단 열심히 시키는 대로 했다.

물리치료실에서뿐만 아니라 병실에서도 아내가 마사지하면서 손가락을 꺾기도 했고 모래주머니를 만들어 놓고 침대 위에 앉아서 혼자 쿵쿵거리며 다리를 두드리기도 했다. 모래주머니는 아내가 집에 있는 재봉틀로 아기 베개 크기만 한 주머니를 만들어 와서 병원 연병장 구석에 쌓아둔 모래를 가득 담아 만들었는데 물리치료실에 있는 것과 거의 비슷했다. 다리 들어올리기도 침대 위에서 지속적으로 열심히 했다. 의식적으로 다리에 힘을 주고 들어 올릴 때는 아내가 손으로 위에서 눌러주고 천천히 내릴 때는 아래에서 받쳐 주면서 네 방향으로 반복해서 하니까 그것도 꽤 힘이 들었다.

훈련은 힘들고 고통스러웠지만, 손을 사용하고 다리에 의족을 해서 다시 걸으려면 오로지 이 물리치료와 재활훈련을 열심히 하는 수밖에 없다고 생각하고 정말 열심히 했다. 물리치료실에 내려갈 시간이 되면 고통스러운 순간들이 떠올라 진저리가 날 때도 있었지만, 한편으로는 그 시간이 기다려지기도 했다. 하루하루 조금씩 주먹이 쥐어지는 손과 다리의 통증이 조금씩 둔해져 가는 것이 즐거웠고, 지쳐가는 나의 사기를 북돋아 주었다. 물리치료실의 살아 있는 분위기에 흠뻑 빠져 있는 시간은 자칫 무의미하게 보낼 뻔한 내게 활력소를 불어넣어 주었고 내 할 일에 열중할 수 있도록 해 주었다.

또한, 많은 중환자가 희망을 버리지 않고 날마다 똑같은 재활운동들을 힘들게 되풀이하는 것을 보고 있으면 그 자체가 내게는 큰 위로가 되었다. 짧아지고 뭉툭해져 징그러운 다리를 마음대로 움직일 수도 있고 하다못해 통증이라도 느낄 수 있다는 것 자체가 얼마나 감사한 일인지 몰랐다. '정성을 들이면 좋아지겠지.' 하며 기약도 없이 불확실하고 막연한 목표를 향해 지푸라기라도 잡는 심정으로 아픈 감각조차도 없이 힘없는 다리를 넋 놓고 주물러 주고 있는 반대편의 어머니를 보고 있으면 아직도 싱싱한 다리를 가지고 행여 낙심하거나 좌절한다는 것은 너무나 사치스러운 생각일 뿐이라는 생각이 들었다.

물리치료실 안에서는 나는 이미 환자가 아니었다. 나는 스스로 휠체어를 밀면서 운전면허시험 보듯이 좁은 통로를 요리조리 잘도 피해 다니기도 했다. 혼자서 내게 필요한 치료와 운동을 할 수도 있었다. 절단 부위가 단련되면 재활 훈련을 통하여 의족을 착용하고 걸어 다닐 수 있다는 확실한 보장도 있었다. 무엇보다도 맑은 정신과 분명한 말투, 정확한 기억력, 바른 사리판단 그리고 언제든지 웃을 수 있는 여유를 찾을 수가 있었다.

나는 물리치료실에서 아무도 의식적으로 주려고 하지 않았어도 큰 위로를 받을 수 있었다. 아무도 내게 보여 주려고 하지 않았지만 밝은 희망을 볼 수 있었다. 예전에 내게 그런 게 있었는지 알 수 없었던 강한 의지를 발견할 수 있었다.

호국보훈의 달 기념 특별 사진展 〈국군을 보다〉 전시작 2017. 6. 12

나한테 달린 거다, 이거죠?

물리치료실에서 보호자들과 환자들에게 가벼운 인사를 나누면서 치료의 성과에 대해서나 개인적 사담도 조금씩 이야기를 주고받을 수 있을 때쯤 되었을 때 나도 많이 좋아졌다. 왼손은 둘째손가락을 제외하고는 거의 주먹을 쥘 수 있는 정도이고 오른손 세 손가락도 반쯤은 구부려지게 되었다. 무릎 아래 부위가 절단된 왼쪽 다리 절단 부위는 침상이 쿵쿵 울릴 정도로 세게 내려쳐도 별로 아프지 않을 만큼 많이 단련되었다. 정말 단순하고 지겨운 것이지만 남은 생의 운명을 좌지우지할 물리치료와 재활훈련에 희망을 걸고 열심히 훈련한 결과, 예상보다 훨씬 빠르게 모든 것이 좋아지면서 자연스럽게 의족 제작 단계로 발전되었다.

우여곡절 끝에 왼쪽 다리부터 의족 제작에 들어갔다. 기계공작 실습실이나 기계공장에나 들어 온 듯 병원 건물 뒤편 별도 건물에 있는 보장구 제작반 작업실은 말 그대로 삭막했다. 작업실 중앙 작업대 위에 고정된 흉물스러운 바이스들과 이름 모를 쇠뭉치들, 아내가 가끔 부드럽게 사용하던 것과는 비교도 되지 않을 정도로 단순하면서도 견고하게 생긴 우악스러운 재봉틀, 대장간에서나 사용할 것 같은 각종 연장, 공사판에서나 사용할 것 같은 자재들이 구석에 쌓여 먼지가 덮여 있는 모습이 내 눈을 거슬리게 했고 그것들을 외면하고 싶은 나의 얼굴은 굳어졌다.

군무원인 듯한 덩치 큰 사람이 압박붕대를 풀고 불편한 철의자에 앉아 있는 내게 다가와 깜짝 놀라는 내 기분은 개의치 않고 절단된 채 반쯤 남은 내 왼쪽 종아리를 솥뚜껑 같은 큰 손으로 고무풍선 만지듯이 주물럭거리더니 혼잣말처럼 중얼거렸다.

"살이 아직 많이 빠져야겠네요. 의족 착용해서 훈련하면 빠질 겁니다."
"처음보다 많이 빠졌는데……. 더 빠져야 하는 거요?"

나는 처음 물리치료실에서 운동할 때보다 그동안 훈련을 통하여 많이 단련시켰다는 것을 알려주기라도 하듯이 말했으나 군무원은 내 말을 듣는 둥 마는 둥 하면서 가느다란 줄자를 이용하여 내 다리의 절단된 부위에서부터 무릎 위로 올라오면서 둘레를 재었다. 그리고는 물에 불려 놓았던 석고붕대를 절단 부위에서부터 무릎 관절 위

까지 감아올렸다. 석고가 어느 정도 굳어갈 때쯤 다리에서 빼내어서
는 다리가 빠져나간 석고통 속을 한 번 들여다보고는 그것으로 의족
을 제작한다고 했다. 의족 제작을 위한 형틀을 만든 셈이었다.

　아내가 밀어주는 휠체어를 타고 보장구 제작반을 나서면서 기분
이 조금은 풀렸다. '이제 일주일 후면 한쪽 의족을 착용하겠구나.' 하
는 생각이 들어 아내를 휠체어 뒤로 쳐다보며 오랜만에 씩 웃을 수
있었다. 아내도 나와 비슷한 기분인지 아니면 나의 기분을 상하지 않
으려고 그랬는지 조금은 밝은 표정이었고 휠체어를 밀고 가는 발걸
음도 꽤 가벼워 보였다.

　일주일이 훌쩍 지나고 의족을 착용하는 날이 금방 다가왔다. 한쪽
이지만 딛고 설 수 있는 다리가 생긴다는 것에 마음이 설레었다. 단
지 발을 딛고 설 수 있다는 것에 감격해 하는 딱한 처지를 인정하고
싶지는 않지만 몇 달 동안 침대에 누워만 있다가 겨우 휠체어를 타고
이동할 수 있는 것 자체만으로도 좋아했었는데 나 스스로 걸을 수 있
게 되었으니만큼 기다려 온 순간이었다. 며칠 전에 임시 제작하여 가
봉한 종아리 부분 의족이 잘 되었는지도 궁금했다. 군의관 뒤따라서
보장구 제작반 군무원 박 주사가 병실에 들고 온 허름한 쇼핑백 속에
불룩하게 들어 있는 완성된 의족이 어떻게 생겼는지 빨리 보고 싶었

지만 침만 삼키고 꾹 참았다. 박 주사가 뭔가 망설이듯 하다가 조심스럽게 먼저 몇 마디 말부터 했지만 빨리 보고 싶은 마음에 별로 생각 없이 웃으면서 건성으로 대답했다.

"이 중령님! 처음 제작한 이것이 완성품은 아니고 몇 번이나 수정해야 합니다. 처음 착용할 때는 많이 이상하기도 하고 많이 아프기도 합니다."

"그래요? 참아야지요."

"착용하고 훈련하면서 좀 이상하다든가 많이 아픈 부위는 계속 수정해야 해요."

박 주사의 말에 어색한 미소를 짓는 얼굴로 대답하는 나를 조심스럽게 쳐다보고 있던 군의관도 한마디 덧붙였다. 전문가들의 설명에 무조건 따라야 한다고 생각하며 대수롭지 않게 여겼던 나는 박 주사가 쇼핑백 속에서 꺼내는 의족을 보는 순간, 조금 전까지 그렇게 기다리며 궁금해하고, 보고 싶어 했던 분위기는 어느새 사라지고 미소 짓던 내 얼굴은 돌처럼 굳어지고 있다는 것을 스스로도 느낄 수 있었다. 먼저 경고 섞인 말부터 조심스럽게 꺼내었던 박 주사와 군의관도 긴장된 얼굴로 내 눈치를 보고 있었다. 반만 남은 종아리부터 무릎 관절까지 처음 석고붕대를 감아 본을 떴던 부분은 불그레한 플라스틱으로 다리를 끼울 수 있게 되어 있었고 그 밑으로는 쇠파이프가 연결되어 있었는데 그 끝에는 깎은 조각상 같은 고무 발이 흉물스럽게 끼워 맞추듯이 조립되어 있었다. 생동감이라고는 전혀 느껴지지 않고 죽어 있는 조립식 장난감 같은 이 징그러운 것이 내 다리라는 것을 인정하고 싶지 않았다.

까만 털이 덥수룩하고 발등에는 푸른 핏줄이 툭툭 튀어나온 살아 있는 모양은 아니라도, 보장구 제작반 현관 출입구 옆에 진열되어 있던 예쁜 모양의 의족을 기대했었는데 전혀 아니었다. 내가 기대했던 의족과는 너무나 거리가 멀었기 때문에 의족을 손에 든 채 한참동안 아무 말 없이 미동도 하지 않고 먼 하늘만 쳐다보고 있었다. 옆에 있던 박 주사, 군의관, 아내도 조용했다. 한동안 병실 안은 숨 막힐 듯한 적막 속에 긴장감만 팽팽하게 맴돌았다.

저 생기도 없이 흉측한 물건이 내 다리가 될 것이라 받아들이고 싶지 않았지만, 마음 상해봐야 불가항력이라는 생각이 들었다. 아니 저것이 내 다리로 만들어졌다는 숙명을 어쩔 수 없이 인정해야 했다. 그러면서 오히려 저것이 예쁘게 보이도록 하고 생기를 불어넣어야 하는 것이 바로 내가 해야 할 일이라고 마음을 고쳐먹었다. 말없이 지켜보고 있던 박 주사, 군의관, 아내에게 돌아앉으며 미안하다는 뜻으로 계면쩍은 미소를 지어 보였지만 내 얼굴은 여전히 굳어 있어서 오히려 더 어색하게 보였을 것이다.

"의족이 이렇게 생겼어요? 어떻게 착용해요?"

딱히 누구에게 물어본 말은 아니었지만 내 말이 떨어지기를 기다리기라도 한 듯이 내가 마음을 추슬렀다는 것을 눈치챈 박 주사와 군의관이 안도의 얼굴로 내가 던진 말보다 훨씬 장황하게 설명을 했다.

"이게 완성품이 아닙니다. 임시로 제작해서 착용훈련을 하면서 계속 수정을 합니다. 훈련하면서 다리의 살도 더 빠지게 되고요. 몇 개월은 걸립니다. 그렇게 해서 더는 살도 빠지지 않고 완전히 잘 맞게 되면 그대로 다시 제작합니다. 다시 제작해서 또 몇 주간 적응훈련을 하면서 더 수정할 필요가 없을 때 피부를 씌웁니다. 피부를 씌우고 스타킹을 입히면 진열해 놓은 것같이 예쁘게 됩니다."

"의족 제품이 여러 종류가 있는데 국내에 들어와 있는 제품 중에서 좋은 것으로 했습니다. 발이 이렇게 생겼지만 착용하고 섰을 때 힘을 주면 발가락 부분과 발목 부분이 조금씩 꺾이면서 어느 정도 탄력이 생겨 걸을 때 훨씬 자연스럽습니다."

"이걸 많이 사용한다고요? 좋은 거다 이거죠? 잘 만들어 줬으니까 이제 내가 훈련할 일만 남았네요. 잘 걸을 수 있느냐 아니냐는 나한테 달린 거다……. 이거죠? 그래요. 한번 해 봅시다."

의족과 처음 대면하는 환자의 아픈 마음까지도 차분하게 기다리며 받아주는 박 주사와 군의관이 고마웠다. 가장 어렵고 힘든 순간을 잘 극복할 수 있도록 같이 있어 주고 지켜봐 주었던 아내의 얼굴에도 긴장의 빛이 조금 누그러지는 것 같았다.

그러나 진짜 재활훈련은 그때부터였다. 고통과 인내의 갈림길에서 나 자신과의 처절한 싸움이 시작되었다. 딱딱한 플라스틱으로 되어 있는 의족을 착용하기 전에 실리콘으로 되어 있는 내피를 착용하는 것도 처음엔 어려웠다. 왼쪽 다리에만 의족을 착용한 후 휠체어를 타고 물리치료실로 내려갔다. 그동안 휠체어 발받이를 텅 비운 채 환자복 바짓가랑이를 휘날리며 다니다가 비록 한쪽이나마 발받이에 다리를 올려놓고 가는 기분이 나쁘지는 않았다.

　첫 훈련은 의족을 착용한 왼발을 딛고 서 있는 것이었다. 서는 훈련은 물리치료실 내에 허리 높이로 설치된 평행봉에서 시작했다. 지난 수개월 동안 침대에 누워 있거나 앉아만 있었기 때문에 서 있게 되면 무게 중심이 높아져서 어지럽게 되어 생기는 현기증부터 극복해야 했다. 처음에는 나란한 평행봉 두 개의 봉 사이에서 한 발만 딛고 간호장교와 아내의 부축을 받으며 겨우 일어섰다. 딱딱한 플라스틱 의족 속에 끼워진 반만 남은 종아리 근육과 앞무릎뼈 아래 인대 부분에 내 체중 전체가 고스란히 실려 압박을 가해 왔다. 참을 수 없는 통증이 절단 부위와 앞무릎뼈로 쏠리면서 등줄기에서는 식은땀이 바짝바짝 났다.

　평행봉을 잡은 두 팔에 저절로 힘이 들어갔다. 처음에는 다리로 서 있다기보다 체조하듯이 평행봉 위에 두 팔로 지탱하고 있다는 표현이 맞을 듯싶었다. 두 팔로 온 체중을 받치고 있다가 팔의 힘을 서서히 빼면서 다리가 조금씩 점진적으로 힘을 받을 수 있도록 하여 겨우 설 수 있었으나, 너무 아파서 이내 다시 팔에 힘을 줄 수밖에 없었다. 그렇게 첫 훈련이 시작되었다.

그냥 서 있기도 힘들더니 1주일쯤 후에는 평행봉을 잡고서나마 한 발로 서서 5~10분 정도 서 있을 수 있었다. 그때부터는 평행봉을 잡고 한 발씩 이동하며 걷는 연습을 했다. 평행봉을 잡은 두 팔을 앞으로 옮겨 잡으면서 이동했다. 한쪽 다리에만 의족을 했기 때문에 이동할 때마다 한쪽 환자복 다리는 바람에 펄럭거렸다. 주위 환자들이나 간병인들이 안 됐다는 표정으로 내 눈길을 피해가며 곁눈 짓으로 훔쳐보는 것이 느껴졌지만, 이제는 그런 것들을 다 초월했다.

물리치료실에서 보내는 나의 일과는 3미터 남짓 될까 하는 평행봉 안에서 대부분 이루어졌다. 손 파라핀 치료를 약 20분 하고 나면 그다음엔 평행봉 앞에 휠체어를 고정해 놓고 평행봉을 왔다 갔다 하며 운동을 했다. 날이 서듭뇔수록 운동하는 시간은 길어지고 쉬는 시간은 짧아졌다. 점차 절단 부위와 종아리, 앞무릎 부분이 단련되어 가는 징조였다. 나는 오전 일과 종료 방송과 오후 일과 종료 방송이 나올 때까지 운동했다. 의무병들이 내가 운동하고 있는 평행봉을 피해가며 수건을 널고 있다가 평행봉에 널 수 있을 만큼의 남은 수건을 옆에 한꺼번에 뭉쳐서 걸어놓고 다른 일을 하러 갈 때면 나도 슬그머니 운동을 마쳤다.

그렇게 운동을 하는 동안 의족이 잘 맞지 않고 아프거나 불편한 부분을 그때그때 수정해 가면서 다리는 조금씩 단련되어 갔다. 하지만 의족 수정도 한계가 있어서 어느 정도 비슷하게 맞으면 그때부터는 내가 의족에 맞춰 가야 했다. 참을 수 있을 만큼의 통증은 내가 감수해야 했다. 몇 주 동안 운동하면서 다리가 단련되어 갔으나 내 몸무게를 절단된 한쪽 다리로 고스란히 지탱할 수는 없었다. 다리에 가해져 오는 압박과 고통을 이를 악물고 참으면서 될 수 있으면 체중을 다리에만 실으려고 의식적으로 신경을 썼지만, 평행봉 위를 잡아 받치고 있는 내 팔과 손바닥에 대부분의 체중이 실렸다. 두 다리에 모두 의족을 할 경우, 동시에 의족을 착용해서 재활훈련을 하게 되면 수정할 때 어느 쪽을 수정해야 할지 판단하기가 곤란하기 때문에 한쪽을 먼저 한 후 약 1개월 후에 먼저 한쪽이 어느 정도 적응이 되면 다른 쪽을 한다고 했다. 그래서 왼쪽 의족이 어느 정도 단련된 1개월쯤 후에 오른쪽 의족 제작에 들어갔다.

오른쪽 의족은 제작부터 험난한 길이었다. 팬티만 입은 채 가는 줄자로 남은 다리의 길이를 재고 나서는 5센티미터 단위로 표시한 후 둘레를 재서 사인펜으로 표시하는 것은 같았다. 석고본을 뜨기 위해 그동안 단련시켰던 왼 다리는 의족을 착용한 채 버티고 서 있어야 했다. 평행봉도 없이 차후 걸음 연습을 위해 아내가 미리 특별히 사다 놓은 알루미늄 목발을 짚고 똑바로 서야 했다. 자세를 똑바로 하고 서 있어야 의족 석고본을 정확하게 뜰 수 있다고 했다.

목발을 짚었지만 한 발로 겨우 서서 한참 있다 보니 의족으로부터 가해 오는 압박은 점점 심해져서 통증은 가중되고 설상가상으로 다리에 힘이 빠지면서 바르르 떨릴 정도였다. 옆에 지켜보고 있던 아내가, 내 얼굴색이 변하고 이마에 맺혔던 땀방울이 굴러떨어지자, 예상을 하고 들고 있던 수건으로 땀을 훔쳐내고는 내 겨드랑이 밑으로 어깨를 밀어 넣으면서 부축을 해 주었다. 석고 붕대를 다 감은 후 쪼그려 앉아 골반 부위를 눌러 석고가 어느 정도 굳어지기를 기다리던 박 주사의 이마에도 땀이 송골송골 맺혔다. 물먹은 석고 붕대가 빠르게 굳어 갔다. 이윽고 사타구니에서부터 엉덩짝 반쪽 정도까지 허벅지를 감았던 반쯤 굳은 석고본을 요리조리 비틀면서 빼내자 통증이 밀려오면서 힘이 빠져 쓰러지듯이 의자에 털썩 주저앉았다.

약 3일 후에 가제작한 플라스틱 의족 소켓을 가져왔으나, 길이와 폭이 전혀 맞지 않았다. 몇 번의 석고본 제작 작업이 처음 때와 똑같이 반복되고 나서 가제작한 플라스틱 소켓이 어느 정도 다리에 맞게 되자, 본격적으로 오른쪽 의족 제작을 했다. 허벅지를 넣을 수 있는 불그레한 호마이카 재질 소켓 아래에는 무식하게 생긴 쇠뭉치가 연결되어 있었다. 무릎 완충 및 안전장치가 설치된 좋은 제품이라고 했다.

의족을 처음 착용했을 때는 사타구니, 엉덩이, 절단 부위 등 어디 아프지 않은 데가 없었다. 착용하고 일어설 수도 없었다. 양쪽 다리의 길이가 맞지 않아서 골반에 양쪽 다리뼈가 어긋나게 연결된 것 같았다. 겨우 길이를 맞춰 쇠파이프를 잘라내고 난 뒤 어느 정도 균형을 맞출 수 있었다. 소켓입구 부위와 사타구니 부분이 씹히기도 하고 마찰이 심한 부분은 그때그때 수정을 해 나가면서 훈련이 시작되었다.

오른쪽 의족을 하고 나니 왼쪽 다리의 통증이 훨씬 줄었다. 체중을 두 다리로 분산시킬 수 있게 되었기 때문이었다. 병실 밖으로 나갈 때도 훨씬 기분이 좋았다. 휠체어 발받침에 하얀 실내화를 신은 두 발을 가지런히 놓은 채 병원 복도를 다닐 때나 병원 외곽도로를 산책할 때나 물리치료실에 갈 때도 어깨를 쫙 펴고 휠체어에 앉은 자세부터 당당해졌다. 환자복 바짓가랑이를 펄럭거리지 않아도 되었고 흐느적거리며 펄럭이는 게 싫어서 축 늘어진 바지가랑을 접어서 깔고 앉지 않아도 되었다.

그러나 기분이 좋아진 만큼 재활훈련 자체가 쉬워진 것은 아니었다. 한쪽 다리로만 체중을 모두 지탱하다가 두 다리로 분산되었지만 새로 한 의족에 적응하기란 쉽지 않았다. 착용하기도 힘들어서 몇 번씩 시행착오를 겪으면서 겨우 착용하게 되더라도 이미 온몸은 땀에 흠뻑 젖어 있었다. 완충역할도 제대로 못 하는 딱딱한 플라스틱 의족 구석구석에 상처 부위와 다리뼈가 부딪치며 평행봉을 잡고 겨우 힘들게 일어서서 한 발 한 발 내디딜 때마다 절단 부위는 점점 조여 오고 의족과 허벅지의 경계선 부분이 잘려 나가는 듯한 통증이 가해져 왔다. 몇 번의 수정을 하기도 했지만, 고통은 여전했다. 의족 수정도 어느 정도 한계가 있고, 그다음은 내가 참으면서 적응하는 수밖에 없다고 각오하고 반복되는 고통을 참으면서 훈련을 했다.

그러나 훈련과 운동을 할수록 줄어들어야 할 고통은 여전했고, 몇 번 소켓을 재제작해 보기도 했지만 제대로 맞지를 않아서 결국 군의관이 민간업체에서 다시 제작하기로 최종 결정을 내렸다. 왼쪽 하퇴 의족은 그런대로 적응이 되었으나 오른쪽 대퇴 의족은 하는 수 없이 민간업체 기술자가 들어와서 제작했다. 제작 방법은 별 차이가 없었으나 의족 완성품을 보니 세련된 모양과 색깔 등 재질부터 달랐다. 착용 방법도 달랐다. 다리에 파우더를 바르고 보자기를 싸서 착용하는 것과 달리 특수 천으로 된 깔때기 모양의 봉투같이 생긴 의족 착용 도구가 있었다. 그것을 사용하니 착용하기도 훨씬 편리했다. 새로 제작한 의족을 착용해 보니 세련된 모양만큼 다리에 꼭 맞는 것 같았다.

좀 불편한 사타구니 쪽을 조금만 수정하고 나니 훨씬 편했다. 이렇게 잘 맞고 편한 걸 그동안 잘 맞지도 않는 의족을 착용하고서 '어느 정도 수정한 후에는 내가 의족에 맞춰서 참고 적응해야 한다.'는 생각을 하며 웬만히 아파도 아프다는 소리도 하지 않고 불평 한마디 없이 묵묵히 훈련했던 지난 몇 개월이 아깝기도 했고, 원망스럽기도 했다. 그러나 한편으로는 그렇게 잘 맞지 않는 의족을 착용하고 3, 4개월 동안 고생했기 때문에 새로 맞춘 의족에 더 잘 적응할 수 있었는지도 몰랐다. 비록 잘 맞지는 않았지만, 그것을 착용하고 많은 훈련과 운동을 했기 때문에 다리에 힘도 길러졌고 단련도 되었다는 것은 부인할 수 없었다.

양쪽 의족이 제대로 제작된 후 본격적인 보행훈련이 시작되었다. 의족이 제대로 제작되었다고 하지만 완전한 것은 아니었다. 안쪽 다리의 길이나 미세한 부분은 아직 완전하지 않았다. 며칠간 보행연습 후 수정작업에 들어갔다. 의족 착용 후 훈련간 발생했던 문제점을 내가 말하는 것을 기초로 해서 작업은 시작되었다.

"오른발을 딛고 왼발을 내디딜 때 잠깐 멈췄다가 넘어가는 것처럼 느껴져요. 그리고 20분 이상 계속 훈련하면 허리가 아파져요."
"다리 길이가 잘 안 맞나 봐요. 오른쪽이 약 0.5센티미터 내지 1센티미터 정도 짧아야 하거든요. 환자들이 의족을 몇 년씩 착용하고도 그런 미세한 현상을 잘 못 느끼는 사람들이 많은데 이 중령님은 감각이 예민하신가 봐요. 정확하게 알고 계시네요. 그렇게 불편한 점이나 이상한 현상을 다 말해 줘야 수정을 잘할 수 있어요."

김 부장이 다리 길이가 맞는지 수평을 측정하기 위한 도구로 허리 부분 골반 위를 눌러보면서 감탄하듯이 말했다.

"잘 안 맞는 것이었지만 몇 달간 착용하고 운동을 해보니까 감이 좀 느껴져요. 그리고 오른발에 딛고 체중을 이동하면 오른쪽 뒤로 넘어가는 것 같아요."
"그건 그동안 침대에 누워 있어서 오른쪽 엉덩이 뒤 근육이 약해져서 그래요. 근육 강화운동을 많이 해 줘야 합니다."

이번에는 군의관이 내 양쪽 엉덩이 윗부분을 비교하듯이 번갈아 만져보면서 말했다. 나는 의족이 조금 기울은 것 같은데 운동부족으로 근육이 약해서 그렇다고 해서 기분이 별로 안 좋았다.

"다리를 더 벌려 보세요. 양반걸음 걷듯이 해 보세요."
"잘 걸으시는데요. 양쪽 다리 절단 환자 중 이렇게 잘 걷는 분은 처음 봐요."

군의관은 다리를 더 벌리고 걸으라고 재촉하고 민간업체 사장님은 내가 걷는 걸 보고 칭찬했다.

"엉거주춤해서 팔자로 걸으라고? 똑바로 걸어야지!"

나는 다리를 벌리고 어기적거리며 걷는 것이 못마땅해서 신경질적으로 대꾸했다.

"아무튼, 엉덩이 뒤쪽 근육 강화 운동을 많이 하세요."
"알았어요."

군의관은 완강한 나의 얼굴을 확인하고는 더 말해봐야 소용없다는 것을 알고 다시 강요하지 않았다. 나도 전문의의 말을 무시한 데 대해 미안하기도 해서 겉으로는 순순히 대답했다. 그러면서도 속으로는 균형 잡기 훈련을 열심히 하고 걸을 때 다른 발을 차지 않도록 조심해야겠다는 생각은 새겨 두었다. 내가 불편하다거나 이상하다는 부분을 수정하기 위해 의족의 길이를 조정하고 나사를 풀거나 조이면서 박 부장은 별말이 없었다. 마지막 나사를 조이고 나서야 구부렸던 허리를 펴면서 겨우 한마디를 했다.

"여러 번 수정해야 돼요. 조금이라도 이상이 있으면 또 연락하세요."

바쁜 와중에도 서울 삼각지에서 분당까지 박 부장은 불평 한마디 없이 와서는 성실하게 수정해 주었다.

대퇴부가 절단된 오른쪽 다리의 재활훈련은 정말 어려웠다. 무릎 관절을 내 의지대로 굽히거나 펼 수가 없고, 구부렸을 때 체중을 지탱할 힘을 줄 수가 없었다. 한 발 걷기 위해, 무릎을 굽히고 펴기 위해 감을 잡아야 했고, 마지막에는 균형을 잡고 유지, 지탱해야 했다. 왼쪽 다리 하퇴 의족 훈련 시와는 비교가 되지 않을 정도로 힘들었다. 무릎 관절이 있는 것과 없는 것의 차이는 하늘과 땅 차이보다 더 큰 것 같았다. 무엇보다도 계단을 다닐 때 한 발씩 교차하여 한 계단씩 오르내릴 수가 없었다. 한 계단에 두 발을 다 옮기고 나서 다시 한 계단씩 이동해야만 했다. 무릎 관절만 있으면 양쪽 의족을 하더라도 교차하며 올라갈 수도 있고 내려올 수도 있었을 텐데.

무릎의 중요성이 이렇게 클 줄 미리 알았더라면 감염으로 인해 재수술하면서 무릎을 잘라내야 한다고 할 때 어떻게라도 해서 무릎을 잘라내지 않고 수술을 해 달라고 떼라도 써 볼걸 하는 생각도 들었다. 물론 집도하는 군의관이 무릎의 중요성을 알면서도 불가피하게 절단한 것이겠지만, 무릎이 있는 것과 없는 것의 차이에 대해 전혀 알지 못하고 쉽게 생각했던 것이 후회스럽기까지 했다. '이제 와서 후회한들 무슨 소용이며 인정할 건 인정하고 모든 걸 조용히 받아들이자. 한쪽이라도 무릎이 있는 것을 감사하게 생각하자.'라는 생각에 미치자 이제는 잘 걸을 수 있느냐 아니냐는 모든 것이 나의 노력 여하에 달려 있다는 생각이 들었다. 그리고 '할 수 있다.'는 각오와 다짐을 새롭게 할 수 있었다.

재활훈련은 열심히 했다. 의족을 착용하기 전 병실에서 근육강화 운동을 한 시간 정도 했다. 이건 정말 보통 인내심을 가지지 않으면 꾸준히 하기가 힘든 운동이었다. 국군도수체조나 맨손체조보다 훨씬 재미없는 운동을 한 시간 정도 텅 빈 병실의 침대 위에 혼자 눕거나 엎드려서 하기란 웬만한 인내력을 요구하는 게 아니었다. 이 운동이 끝나면 의족을 착용하고 물리치료실로 내려가 오전, 오후 일과가 끝날 때까지 혼자 남아서도 운동을 했고, 상태가 좋아지면서 주말 외박을 나갈 때도 토요일 오전 운동은 꼭 하고 나갔다.

토요일 오전에도 예외 없이 물리치료실에 운동하러 오는 나를 보고 간호장교나 의무병이 이상하다는 듯이 바라보기도 했다. 주말 외박이 안 되거나 주중 휴무일에도 병동 한쪽에 마련되어 있는 썰렁한 운동치료실에 가서 혼자 운동을 했는데, 간혹 당직근무 중인 간호장교가 힐끔거리고 쳐다보고는 고개를 갸우뚱거리며 돌아갔다. 나는 내 나름대로 크게 두 부분으로 나눠서 체계적으로 운동했다. 우선 의족을 착용하지 않고 병실에서 하는 근육강화 운동과 의족 착용 후 재활의학과 운동치료실에서 하는 것으로 분류를 했다. 운동 요령이 늘면서 때로는 내게 필요하겠다 싶은 운동의 종류를 추가하기도 했다.

장기간 운동을 반복하면서 재활운동은 집중적으로 강하게 하기보다 적절한 수준으로 자주 반복하는 것이 효과적이라는 것도 깨달았다. 매일 반복하는 것이 효과가 별로 없는 것 같아도 어느 순간 갑자기 현저하게 좋아졌다. 그러다가 또 별 진전이 없는 기간이 지속되지만, 꾸준히 운동하면 어느 순간 또 도약하리라는 확신을 하고 끈질기게 노력했다. 그러다 보니 휠체어를 타고 다니다가 어느 날 목발을 짚게 되고 목발을 짚었다가 이제 지팡이를 짚고 다닐 수 있게 되었다. 처음에는 지팡이를 짚지 않고 다닐 수 있다는 목표를 가지고 했지만, 위험을 감수하면서까지 지팡이를 짚지 않는 것이 별 의미가 없다고 생각했다. 지팡이를 안 짚었다고 정상인이 되는 것도 아닌데.

남들은 다 알고 있는 사실을 나 혼자만 남들이 모르는 줄 착각하면서 혹시나 들킬까 봐 마음 졸이며 불안해할 필요가 있을까? 숨길 수도 없고 숨길 필요도 없는 것을, 인정할 것은 인정하고 당당하게, 자신 있게 지팡이를 짚고 편리하게 다녀야지. 고고한 척, 우아한 척 물 위에서는 태연한 모습을 하고 있지만, 수면 아래에서는 방정맞고 요란스럽게 헤엄질을 해야 하는 백조의 이중적인 모습보다는.

미안하다, 설 중령!

드디어 의족 최종 마무리 작업을 마쳤다.

지금까지 말이 의족이었지 볼썽사나운 쇠뭉치에 가까웠으나 장기간의 재활훈련 동안 수없이 의족을 수정하면서 내 몸에 맞춰왔고, 더 수정할 것이 없게 되자 겉모양이나마 다리 모양과 비슷하게 스펀지로 된 살을 입히는 작업을 하게 된 것이다. 서부전선 내가 사랑했던 DMZ에 내 두 다리를 심어둔 지 1년 10개월, 국군대전병원으로 내려온 지도 꼭 1년 만이다. 인고의 나날들, 냉대와 서러움의 순간, 좌절과 용기, 낙심과 희망, 원망과 반성, 기다림 등 숱한 우여곡절 끝에 이루어진 일이었다. 어쩌면 새로운 내 삶의 시작을 알리는 굉장히 의미 있는 순간이 될 것 같았다.

양쪽 다리에 모두 살을 입히는 작업을 해야 하기 때문에 작업시간도 많이 걸릴 것이고, 오늘 중으로 국군수도병원에서 작업을 끝내고 다시 대전으로 내려와야 했다. 아침부터 아내는 아내대로 집에서, 나는 나대로 병원에서 서둘렀는데도 국군수도병원 보장구 제작반에 도착했을 때는 약속한 시간보다 30분 이상 지나 버렸다. 그러나 내가 늦게 왔다고 원망을 하거나 불평을 표시하는 사람은 아무도 없었다. 그러니까 오히려 더 미안했다. 오늘 최종 작업이 끝나고 나면 더는 수정하기가 곤란하기 때문에 내가 불편한 사항이나 보행 중 내가 느끼지 못하는 이상한 부분을 최종적으로 수정했다. 그리고는 한 가지 더 부탁했다. 발의 앞뒤 기울기를 조정해서 뒷굽이 어느 정도 있는 신발을 신을 수 있도록 해 달라고 했다.

지금까지는 보행훈련도 제대로 숙달되지 않은 상태이기 때문에 발을 수평으로 해서 실내화같이 뒷굽이 없는 신발을 신고 보행훈련도 하고 외출도 했다. 보통 구두나 운동화는 모두 뒷굽이 높아 신을 수가 없었다. 차라리 발의 각도를 조금 조정해서 기성 구두와 운동화를 신는 것이 낫겠다고 생각했다. 단지 발의 각도를 조정했을 경우 신발을 벗으면 발이 완전히 뒤로 넘어가기 때문에 다른 사람의 부축을 받거나 다른 고정물을 붙잡아야만 했다. 그런 불편을 감수해야 했지만, 신발을 벗고 실내에서 활동하는 경우가 더 적은 것이고, 집에서는 의족을 거의 벗고 생활하게 되기 때문에 오히려 불편은 적을 것이라 생각했다. 그래서 미리 준비해 간 굽 낮은 구두를 신고 발의 각도를 조정했다.

이제 살을 입히고 나면 수정할 수 없기 때문에 발의 각도를 조정하고 나서 나는 한참을 왔다 갔다 하면서 조금이라도 불편한 곳은 없는지 신중하게 생각하고 또 생각하며 내가 할 수 있는 최고의 상태에 맞추려고 노력했다. 스펀지 살을 입히는 작업은 의외로 많은 시간이 소요되지 않았다. 11시부터 시작한 작업은 오후 2시 반경에 끝났다. 의족 작업이 끝났다고 모든 것이 끝난 것이 아니라 앞으로 어쩌면 평생 거기 있는 의족 제작에 관련된 사람들과 관계를 유지해야 할 것이라는 등 이런저런 이야기를 나누고 있는데, 누가 연락을 했는지 설 중령이 보장구 제작반으로 들어왔다. 설 중령 아내와 간병인 아주머니가 휠체어를 밀고 들어섰다.

설 중령은 의족을 착용한 유난히 긴 두 다리를 휠체어 발받침에 올려놓고, 휠체어 깊숙이 조금은 옆으로 비스듬히 기댄 채 고개를 30도쯤 떨어뜨리고, 맑고 큼지막한 눈을 연신 끔벅거리며 무언가를 경계하는 것 같기도 하고 애써 외면하는 것 같은 표정을 짓고, 입가엔 알 듯 모를 듯 희미한 미소를 띠며 앉아 있었다. 보는 사람이나 같이 있는 사람이나 모두 안타깝고 속을 태우는 그 모습 그대로였다. 나는 지팡이를 짚고 반갑게 다가가 엉거주춤 악수를 청했지만 시큰둥한 반응이었다. 휠체어 팔걸이에 올린 손을 일부러 끌어서 잡고 흔들며 몇 마디 말을 붙여 보았으나 눈가에 야릇한 표정만 짓고 고개를 슬며시 돌렸다.

"새로 맞춘 의족이 잘 안 맞는지 아프다고 해서 오늘 이 중령님 의족 마무리 작업할 때 같이 수정하기로 해서 왔어요. 의족 때문인지 오늘 기분이 별로네요."

반갑게 맞이하는 나에게 설 중령이 무표정하게 외면하는 것이 미안한지 설 중령 아내가 옆에서 겸연쩍게 웃으며 무안해했다.

"괜찮아요. 의족이 잘 안 맞아요? 새로 맞추면 처음에는 좀 이상하지만 2, 3일만 연습하면 적응이 되는데……."

최근 들어 설 중령이 나를 대하는 태도가 조금은 달라진 것 같았다. 이곳 국군수도병원에서 옆 병실을 나란히 사용할 때는 물론이고, 내가 국군대전병원으로 옮긴 후에도 수시로 의족 수정차 서울에 왔다가 설 중령에게 들렀을 때는 웃으면서 반겨주었고 내가 장난을 걸거나 농담을 하면 가볍게 웃어넘기면서 받아 주었었다. 가끔이나마 내가 들렀다가 간 후 며칠 동안은 재활훈련도 열심히 했다고 간호장교와 설 중령 아내가 말했었다.

그런데 지난번에도 그렇고 이번에도 나를 대하는 모습이 이전 같지가 않았다. 설 중령 아내가 '자기 나름대로는 열심히 한다고 해도 이 중령님만큼 안 되니까 속상한가 봐요.'라고 했다. 그런 설 중령이 안쓰러웠다. 말은 안 하지만 얼마나 속이 상했으면 나한테 저렇게 대할까 생각하니 눈시울이 뜨거워지며 가슴이 미어지는 것 같았다. 더는 말을 걸 수가 없었다.

　설 중령이 혼수상태로 중환자실에 누워서 많은 사람의 애를 태우고 있을 때, 휠체어에 겨우 옮겨 탈 수 있게 되자 나는 아내가 밀어주는 휠체어를 타고 수시로 중환자실 설 중령을 찾았다. 구멍 뚫은 목에, 코에, 팔뚝에 각종 호스를 주렁주렁 매달고 연신 뿜어대는 가습기 밑에서 반쯤 눈을 뜬 것인지 감은 것인지 모를 상태로 생사의 갈림길에서 처절한 싸움을 하고 있을 설 중령을 보기가 한없이 죄스럽고 그 가족들에게 뭐라고 위로의 말조차 건넬 수 없었지만, 이것조차 하지 못하면 내가 견딜 수 없을 것 같았다. 나 혼자 이렇게 회복이 되어서 돌아다닐 수 있다는 것이 그렇게 죄송스러울 수가 없었다.

　'설 중령! 미안하다. 빨리 깨어나라. 제발 정신 좀 차려 봐라.'고 아무리 외쳐 보아도 소용이 없었다. 설 중령이 의식을 찾았다는 말을 들었을 때는 정말 절단되고 없는 두 다리를 되찾은 것같이 그렇게 반갑고 고마울 수가 없었다. 나를 알아보는 설 중령이 한없이 고맙고 감사했다. 왈칵 쏟아지는 눈물도 닦을 생각도 하지 않고 설 중령의 손을 꼭 잡고 한참 그대로 있었다. '설 중령! 미안하다. 고맙다. 정말 고맙다.'는 말만 중얼거리면서.

설 중령이 휠체어에 기대앉아 그 크고 맑은 까만 눈으로 그윽이 나를 바라보면 그때 그 순간들이 생생하게 되살아난다. 국군수도병원으로 날아오던 헬기의 그 좁은 공간 속 양쪽에 매달린 야전 들것 위에서 고개만 돌려 서로 마주쳤던 그 순수한 눈빛을 잊을 수가 없다. 서로를 위하고 서로를 걱정하고 있다는 그 어떤 말보다도 더 많은 감정과 마음을 교환할 수 있었던 순간들이 아니던가.

설 중령이 빨리 의식을 회복할 수 있었으면……

아니 좀 늦더라도 정상적으로 의식을 찾을 수만 있다면……

그래서 불편하더라도 재활훈련을 성공적으로 이겨내고 걸을 수 있다면……

하고 바랄 뿐이었는데……

호국보훈의 달 기념 특별 사진展
〈국군을 보다〉 전시작 2017. 6. 12

더디 되더라도 반드시 이루리라

　들고 또 들은 TV뉴스를 귓전에 흘리면서 식은 기름국이 넘쳐 범벅된 배식기를 나지막한 테이블 위에 올려놓고, 휠체어에 올라앉아 아내가 갖다 놓은 돌김 몇 장으로 구부린 채 겨우 아침 식사라고 마지못해 몇 술 뜨는데 일주일에 한두 번 울리는 병실 전화벨이 유난히 시끄럽게 울렸다. 수화기를 드니 허 대위였다. 내가 대대장을 할 때 대대에서 중대장을 마치고 대대참모까지 했던 허 대위가 정말 변함없이 꾸준히 연락을 해 왔다.

　"대대장님! 어떻습니까? 날씨도 더운데 괜찮으십니까?"

　전화 내용이야 별것 없이 늘 뻔한 형식적 인사이기 마련이지만 그래도 항상 반갑고 고마웠다.

"응, 며칠 전에 전화했었잖아. 웬일이야?"

"예, 그냥 대대장님 생각이 나서 했습니다."

"그래? 아하! 내 생일이라서 전화했구나!"

"그냥 생각나서……."

2002년 6월 27일.

대대장 인수인계차 DMZ 동반 수색작전을 하다가 지뢰가 터져 병원에 입원한 지 꼭 2년째 되는 날이다. 내가 그 날 죽었다가 다시 태어난 제2의 생일, 그 두 돌째 되는 날이라 허 대위가 잊지 않고 전화를 걸어서 격려해 주는 그 마음이 정말 고마웠다. 그 당시 그 사단장님은 아니지만 1사단장님께서도 그 날을 기억하시고 꽃과 과일바구니를 보내서 격려해 주셨다. 애초 계획은 설 중령과 나를 사단으로 불러서 격려 행사라도 해 주려고 했으나 여건이 여의치 못해 간단하게 격려하게 되었다고 인사참모를 하는 동기생 최 중령이 알려 주었다. '세월이 무섭다.'고 당시 분위기와는 달리 자칫 기억이나 생각도 못 하고 넘어갈 수 있었는데 그래도 기억해 주는 분들이 있다는 것이 무엇보다도 감사했다. 고마운 분들이었다.

무엇보다 더도 덜도 아니고 딱 2년 만에 나와 아내, 우리 가정에 가장 큰 선물이 되는 가장 반가운 소식, 지난 2년 동안 애태우고 참으며 기다리고 기다리던 바로 그 기쁜 소식이 마침내 들려왔다. 허 대위의 안부 전화에서는 전우애를 초월해 정이 느껴졌고, 사단장님의 격려

에는 사랑이 담겨 있었지만 기다리고 있던 이 소식에는 나와 우리 가
정의 삶이 담겨 있었다.

'유공 신체장애 군인 현역 계속 복무 시행안'이 오늘 날짜로 공포
되었다고 했다. 지난 2년 동안 가장 기다려왔던 소식이 아닐 수 없었
다. 그간의 시간, 그간의 갈등, 그간의 말 못 할 각종 순간순간의 일들
이 파노라마처럼 지나갔다. 상처치료와 재활훈련이 거의 끝난 약 1년
여 전부터 지금까지의 말로 표현할 수 없는 갈등과 인고의 생활이 가
슴속에서 북받쳐 올라 미어지는 것 같았다. 규정에 따른다는 미명하
에 '육군 중령 이종명'이라는 존재보다 오로지 '입원환자' 무리 중의
한 명으로, 본의와는 상관없이 관계자들에게 부담스러운 존재로만
비쳤던 기억들, 여태까지 병원에 있어야만 하는 이해되지 않는 이유
를 애써 태연스럽게 많은 사람에게 고장 난 레코드판처럼 똑같은 말
로 되풀이하여 이해시켜야 했던 기억들, 입이 있어도 그 말 다할 수
없었고 생각이 있어도 그 감정 다 드러낼 수 없었던 안타까움을 혼자
서 삭여야만 했던 시간…….

아내는 금방이라도 퇴원할 수 있을 것 같이 들떠 있었다.

"여보! 그동안 정말 고생 많았어. 2년을 기다려 왔는데 조용히 조
금만 더 기다리자. 이젠 정말 오래 걸릴 것 같지 않잖아."

조만간 후속조치가 이루어질 것을 기대하면서 아내를 진정시키고 위로했다. '더디 되더라도 반드시 이루리라'는 믿음으로 기다려 왔던 시간이 어쩌면 육체적, 정신적인 성숙을 위해 준비된 하나님의 치밀한 계획과 뜻인지도 모른다. 사실 이곳 국군대전병원으로 내려온 지난 14개월 동안 겉으로 언뜻 보기에는 별반 차이가 없어 보일는지 모르겠다. 양쪽 의족을 막 착용한 그때도 지팡이만 짚고 어설프게나마 걸을 수 있었던 상태였었는데 지금도 여전히 지팡이를 짚고 걷고 있다.

물론 그 때 비해 다소 걸음걸이가 안정되기는 했다. 보행자세가 안정되고 숙달된 것뿐만 아니라 정신적으로도 분명히 성숙했다. 별다른 치료 없이 병실 독방에 수용되어 있으면서 봄, 여름, 가을, 겨울이 한 차례 지나고 다시 봄, 여름이 오는 동안 하루에도 몇 번씩이나 실망, 갈등, 좌절, 용기, 희망이 교차하면서 성장하고, 느끼고, 배운 것이 많았다는 것은 부인할 수가 없다. 나의 원망스러운 불평 속에서도 하나님의 계산된 뜻이 있어 그 뜻대로 이루어졌을 것이다. 이제는 육체적, 정신적으로 모든 준비가 되었나 보다.

두 다리는 수십 번의 시행착오와 수정 끝에 할 수 있는 범위 내에서 최상의 의족을 제작할 수 있었고, 보행 중 불편하고 아픈 것을 고려하여 미세한 부분까지 조정하고 착용요령까지 나름대로 터득했다. 그래서 제대로 착용만 하면 걸음걸이도 훨씬 자연스럽게 할 수 있고, 휴식 없이 한두 시간 정도는 앉지 않고 서서 견딜 수도 있게 되었다. 나지막한 계단들은 난간을 잡지 않아도 지팡이만 있으면 한 발한 발씩 옮겨 오르내릴 수도 있다.

양쪽 손가락은 일부 완전히 굽혀지지 않는 것도 있지만, 글씨를 쓰거나 젓가락질하는 데 아무런 불편이 없다. 외상과 파편, 화염 때문에 두꺼비 등껍질같이 징그러운 손이지만 기능에는 별문제가 없다. 국군수도병원 중환자실에서 처음 깨어났을 때부터 들려왔던 전동모터 소리 같은 이명 현상은 지금도 계속되지만, 많이 약화되고 적응되어서 일부러 의식하지 않으면 거의 느끼지 못할 정도이다. 무엇보다도 지난 20여 년 동안 앞만 보고 달리면서 세월에 걸맞은 사고의 폭을 균형 있게 충분히 갖추지 못했지만 병원에 있는 동안 많은 사람과의 대화, 책과의 만남, 깊은 사색, 하나님과의 새로운 만남 등을 통하여 정신적으로 훨씬 더 건강해 졌다.

2년여간의 병원생활을 마감하면서 그동안 받기만 하고 하나도 제대로 갚지 못한 것을 답답해져 오는 가슴을 가눌 수 없어 그 만분의 일도 못되지만, 지면으로나마 조금 갚아 보려고 한다. 지뢰가 터진 아수라장의 DMZ 그 현장에서 시범을 보이듯 응급처치를 완벽하게 하고 침착하게 대원들을 지휘·통제한 정보장교 박 대위, 소대장 이 중위, 부소대장 이 중사, 처참한 몰골로 어쩌면 죽어가고 있는지도 모르는 대대장들, 중대장을 살리기 위해 헛수고가 될 수도 있는 후송 작전을 자기 몸 돌보지 않고 서로를 격려해 가며 열성을 다해 준 충성스러운 수색대원들에게 한마디 고맙다는 말조차 제대로 하지 못해 미안하기 짝이 없다.

상황 및 지휘체계상에서 교범같이 신속·정확한 조치를 했었던 상황요원, 대대, 연대, 사단의 참모, 지휘관님들과 사단 의무대, 벽제병원 관계자, 군의관, 간호장교, 의무병들의 헌신적이고 숙달된 의무지원으로 고통을 줄여주고 상처를 최소화시켜 줌으로써 부상 치료에 결정적인 도움을 주었지만, 그들의 얼굴, 이름 석 자조차 제대로 알지 못하는 것이 못내 안타깝기만 하다.

국군의무사령부 관계자들과 국군수도병원 관계자, 응급실, 수술실, 중환자실, 401병동, 물리치료실, 정형외과, 성형외과, 재활의학과 등의 군의관, 간호장교, 의무병들의 정성과 사랑 안에서 몸은 물론이고, 마음의 상처까지도 쉽고 빠르게 치료된 줄 안다. 그러나 일일이 감사하다는 인사조차 하지 못해 늘 빚을 지고 있는 셈이다.

보장구 제작반과 의족 제작업체의 친절한 배려와 지원에도 감사를 드린다. 국군대전병원 관계자. 재활의학과, 45병동, 물리치료실의 군의관, 간호장교, 의무병, 도우미들에게도 감사를 드린다. 자기 일같이 안타까워하며 소중한 정성과 격려를 보내 준 전 국군장병들과 어쩌면 나보다 더 힘들고 어려운 처지에 있으면서 성원을 보내 준 국민께는 앞으로 기대를 저버리지 않고 부끄럽지 않은 삶을 살겠다는 각오로 그 감사함에 대한 표시를 대신할 수밖에 없음이 아쉽다.

병상에서 힘들고 지쳐 있을 때 돌아가며 매일같이 정성스러운 음식을 준비해 온 사단, 연대, 직할대 간부들과 가족들, 동기생들과 가족들에게는 앞으로 어떤 방법으로든 꼭 그 은혜를 갚고 싶다.

수술실과 중환자실에서 의식을 회복하기도 전 불안과 비통함에 잠겨있는 아내에게 위로와 격려를 보내고 슬픔을 같이 해 주었던 많은 분들에게 감사드린다. 병실을 옮긴 후에도 충격과 고통 속에서 경황이 없어 누가 다녀갔는지 알지 못하는 것이 못내 안타깝고 평생 빚으로 남아버린 그들의 사랑을 잊어서는 안 된다는 것을 안다. 그들이 있었기에 지금의 내가 있을 수 있다는 것에 진심으로 감사를 드린다.

무엇보다 자칫 불안, 좌절, 절망 속으로 굴러떨어질 뻔했을 때 편안하게 얼굴에서 항상 웃음이 피어날 수 있도록 인도하여 주시고 더욱 믿음을 강건하게 해 주신 베데스다 교회의 목사님, 전도사님, 장로님, 집사님들 그리고 저만치 멀리서도 휠체어를 보고 달려와 괜찮다고 해도 한사코 밀어주던 군종병들, 믿음교회의 목사님, 전도사님, 집사님들의 가족적인 분위기, 그 사랑은 결코 잊을 수가 없다.

다 쓰려고 하니 끝이 없다. 쓰면 쓸수록 더 많은 사람이, 더 많은 일이 자꾸만 되살아난다. 고맙고 감사한 얼굴들이 수없이 떠올랐다가 사라지고 또 다른 얼굴들이 떠올랐다가 사라진다. 여기에 다 쓰지 못한 분들을 향한 내 마음이 써진 분들과 하나도 다를 바가 없다는 것을 꼭 알려주고 싶다.

이제 모든 준비는 끝나고 새로운 시작이 펼쳐질 것이다.

내가 무슨 일을 하게 될는지, 어떤 삶이 펼쳐질는지 궁금하기도 하고 흥분되기도 한다. 과연 할 수 있을는지, 두렵기도 하고 긴장되

호국보훈의 달 기념 특별 사진展 〈국군을 보다〉 전시작 2017. 6. 12

기도 한다. 무척이나 어렵고 힘든 날이 내 앞에 기다리고 있을 줄 짐작은 한다. 그리고 그것을 헤치고 이겨나갈 각오는 되어 있다. 지난 많은 날 동안 성원해 주고 배려해 주고 격려해 주었던 많은 사람의 기대에 반드시 보답해야 할 것이다. 무엇을 하게 될는지 모르지만, 돈도 명예도 건강도 아닌 남을 위해 베풀 수 있는 일을 할 수 있었으면 좋겠다.

그러나 내가 하고 싶은 것을 하는 것이 아니라 내가 해야 할 일, 하나님이 준비하신 일을 하게 되리라는 것을 나는 알고 있다. 오로지 감사하며 그 일이 무엇인지 알지 못하면서도 믿고 기쁘게 하게 될 줄을 믿는다.

호국보훈의 달 기념 특별 사진展 〈국군을 보다〉 전시작 2017. 6. 12

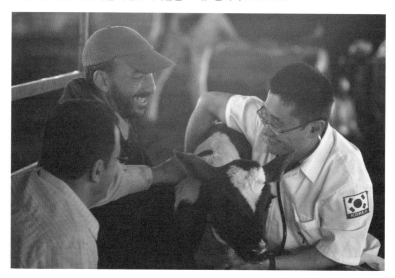

호국보훈의 달 기념 특별 사진展 〈국군을 보다〉 전시작 2017. 6. 12

제 2 부

환상통

　모든 수술이 끝나고 또는 수술이 진행되는 동안, 아니 첫 수술이 끝나고 마취에서 깨어나던 중환자실에서부터 치료하는 기간 내내 나를 괴롭혀 오는 것이 있었다.

　그것은 세 번에 걸쳐 대수술을 하면서 결국에는 무릎까지 잘라낸 절단된 두 다리의 상처에서부터 온몸으로 전해져 오는 통증이 아니었다. 걸레조각처럼 널브러져 있던 손가락을 고정하기 위하여 손가락 끝에서부터 철심을 박은 후 반깁스를 하고 압박붕대를 칭칭 감아 놓은 손끝에서부터 오는 갑갑함도 아니었다. 대대장 40개월 동안 대부분의 시간을 GP로, DMZ로, 훈련장으로, 연병장으로 병사들이나 간부들과 어울려 쉴 틈 없이 뛰고 돌아다니다가 지금은 이 한 평도 안 되는 좁은 침대 위에서 하루 24시간을 지내야 하는 답답함도 있지만, 병상에서 1, 2주가 지나면서 조그만 창을 통해 내다볼 수 있는 싱그러운 바깥 경치로 인해 어느 정도는 해소할 수가 있었다.

두 다리를 잃고 나의 꿈, 나의 희망을 모두 **빼앗겨** 버린 후 절망감 같은 것이 꽤 나를 괴롭힐 줄 알았는데 이상하리만큼 별로 심각하게 생각되지 않았다. 많은 사람의 격려, 위로와 더불어 이러한 상황에서도 분명히 내가 할 일이 있을 것이라는 믿음이 오히려 나를 편안하게 지배했고 좀 불편은 하겠지만, 상처가 낫고 의족을 하면 어느 정도는 스스로 활동도 할 수 있으리라는 생각이 확고했기 때문이었다. 나를 괴롭히는 것은 그런 상처의 통증이나 좁은 공간에서 움직일 수 없는 갑갑함이나 어떤 정신적인 상실감 등이 아니었다. 한편으로 신기하기도 하고 어떻게 생각하면 재미있기도 한 그런 것이었다.

간호장교 말에 의하면 그것은 바로 '환상통'이라는 것이었다. 분명히 두 다리가 잘려 나가고 없는데도 항상 다리가 온전히 다 붙어 있는 느낌이었다. 압박붕대로 감긴 부분은 종아리 부분인데, 꽉 조이는 듯한 느낌은 발끝에서부터 전해져 온다. 드레싱을 하면서 상처 부위를 건드릴 때나 누워 있다가 꿈틀거리면서 무심코 침대 난간을 살짝 부딪칠 때도 상처 부위가 아픈 것이 아니라 발가락 끝이 아프고 발등을 꽉 조이는 것 같았다.

환상통이라는 이 괴상한 요물이 오는 이유는, 발이나 발가락 끝까지 이어지는 각각의 신경이 비록 다리를 절단해 내고 없더라도 절단된 그 부위까지는 살아 있어, 절단부위에서 그들 각각의 신경에 자극이 가해지더라도, 뇌로 전달되는 것은 원래의 신체 각 부위 즉 발이나 발가락 부위의 자극으로 받아들이기 때문이라고 했다.

오른쪽 다리는 더욱 심했다. 수술부위 상처가 좀 나아가면서 침대 위에서 간단한 운동도 병행해서 했는데 이리저리 몸을 뒤척이거나 몸을 뒤집기도 했다. 그러면서 몸을 침대 위에서 천장을 보며 바로 누워 있을 때는 몰랐는데 몸을 뒤집어서 엎드린 자세가 되면 무릎 아랫부분이 수직으로 들어 올려져 있는 느낌이 들었다. 무릎 위에서부터 잘리고 없는데도 마치 있는 것처럼 방바닥이나 침대 위에 엎드려 책을 보면서 무의식중에 다리를 들어 올려 까딱거리고 있는 것 같았다. 무심코 엎드렸다가 그런 느낌 때문에 깜짝 놀라 속은 적이 한두 번이 아니었다. 다리가 있는 줄 착각하고는 고개를 돌려 확인해 보곤 했다. 어떤 때는 엎드려서 한참 있다 보면 들어 올린 다리에 힘이 빠져 옆으로 쓰러지는 느낌이 들 때도 있었다. 매번 엎드릴 때마다 그런 느낌이 들자 괜히 수술이 뭔가 잘못된 것이 아닌가 하는 의구심이 들기도 했다.

3차 수술을 하면서 무릎을 절단하기 전에는 그런 느낌이 없었는데 무릎 절단 시에 잘못한 것 같았다. 무릎 절단 시 다리를 쭉 뻗은 상태에서 절단하지 않고 무릎을 90도로 구부린 채 절단한 것 같았다. 그러한 생각은 내가 담당 군의관에게 나의 그런 증상을 얘기했을 때

겸연쩍게 씩 웃기만 하고 아무 말도 하지 않았던 군의관의 태도를 보고 난 뒤에 더욱 확실해졌다. 나는 군의관이 난처해할까 봐 더 말하지 않고 머릿속으로만 생각하고 있었다. 나중에 기회가 있을 때 '무릎 위에 절단할 환자가 있으면 다리를 구부리지 말고 반드시 쭉 뻗은 상태에서 절단하는 것이 좋겠어요.'라고 말해주기로 마음을 먹었다.

이 '환상통'이라는 것이 느낌만 그렇게 느껴지는 것이 아니라 때로는 순간적으로 참기 어려운 강력한 통증을 동반해 왔다. 몸을 조금만 움직여도 없는 발끝이 아파 오거나 없는 발등이 아플 때도 있고 심지어 없는 발바닥이 아파 올 때도 있었다. 어떤 때는 발 전체를 굵은 밧줄로 꽁꽁 묶어 놓은 것같이 아파 왔다. 어떤 때는 가만히 누워서 전혀 움직이지 않고 숨만 쉬고 있는데도 갑자기 통증이 엄습해 오기도 했다. '환상통'과 동반해 오는 통증은 보통 상처로부터 오는 통증과는 비교가 되지 않게 참기 어려울 정도로 강력하고도 기습적으로 찾아왔다. 나도 모르게 '아!' 하는 비명이 나오기도 하고 너무나 참기가 힘들어서 채 아물지도 않은 상처투성이의 다리를 들어서 몸부림치듯이 침대를 '탕탕' 두드리기도 할 정도로 괴로웠다. 특히 밤에 찾아와 괴롭힐 때는 하소연할 데도 없고 거의 밤을 지새우며 혼자서 외롭게 싸워야 할 때도 있었다.

간호장교 말에 의하면 '환상통'이 심할 때는 가끔 진통제 주사를 놔주는 환자도 있다고 했다. 참는 데에는 어느 정도 자신이 있는 나로서는 '환상통' 때문에 진통제를 맞고 싶지는 않아서 그냥 참아 보기로 했다. 이러한 '환상통'이 환자에 따라 차이는 있지만 짧으면 6개월, 길면 1년, 2년 후까지 계속되고 경우에 따라서는 거의 평생을 따라 다니기도 한다며 겁을 주기도 했다.

다행히 몇 번의 수술을 거쳤지만, 그 후로는 특별한 후유증이 거의 없이 치료도 순조로웠고 재활치료에 전념한 결과 나도 모르는 새 심한 '환상통'은 사라졌다. 지금도 가끔은 땅거미같이 찾아와 깜짝 놀라게 하기도 하지만 참지 못할 정도로 심하지는 않고 짧은 순간에 지나가기 때문에 별 어려움 없이 이겨내고 있다. '혹시 평생 따라 다니면 어떻게 하나.' 하고 걱정했었는데 잘 극복할 수 있어서 얼마나 다행인지 모르겠다.

호국보훈의 달 기념 특별 사진展 〈국군을 보다〉 전시작 2017. 6. 12

칠전팔기

제대로 맞지도 않는 의족을 착용하고, 그러나 의족이 다 그런 것이려니 하며 전혀 좋아질 기미도 보이지 않는 고통을 참아가면서 거기에 맞추려고 온종일 물리치료실에서 땀 흘릴 때였다. 그때는 의족이 잘 맞든 안 맞든 목발을 짚고 겨우 몇 발자국이나마 움직일 수 있다는 것만 해도 큰 발전인 줄 착각하며 아내와 아이들 모두 감사해하고 좋아했다.

의족 제작과 재활운동이 순조롭게 진행되면서 상급부대 지휘관들의 배려와 관계관 및 동기생들의 노력으로 집을 분당에서 대전 자운대 군인 아파트로 이사할 수 있었다. 문산에서 분당으로 이사할 때도 지역 부대장님과 몇 달씩 집이 나오기를 기다려 오던 해당 부대원들의 배려와 양보로 군인 아파트로 들어갈 수 있어서 항상 감사하며 생활했었는데 또 신세를 지게 되어 고맙기도 하면서 한편으로 미안하기도 했다.

　자운대로 이사 갈 즈음해서 나도 국군대전병원으로 후송을 가기로 했었지만, 의족 제작에 약간의 착오가 생겨 어쩔 수 없이 가족들 이사만 먼저 하고 나는 두 달 정도 국군수도병원에 더 머물게 되었다. 그래서 우리 가족은 학교에 다니는 아이들 때문에 아내는 대전에 있고 나는 국군수도병원에서 혼자 병원생활을 하면서 주말에만 아내가 분당으로 와서 나를 차에 태우고 대전으로 외박을 나가는 별거 생활을 다시 하게 되었다. 아내는 토, 일요일을 연달아 대전에서 분당까지 두 번씩 왕복 운전을 해야 하는 피곤한 주말 생활을 할 수밖에 없었다.

　대전으로 이사한 후 첫 외박 때였다. 분당에서보다 겨우 몇 평 더 넓어진 집이었지만, 아내와 아이들의 마음에서 잠시나마 어두운 그림자를 지우고 오랜만에 활짝 웃는 모습을 볼 수 있었다. 단지 조금 넓어진 집뿐만 아니라 그 집에서 비록 목발을 짚었지만 아빠와 한자리에 모일 수 있다는 것이 가족 모두를 즐겁게 해 주었을 것이다. 조금은 어색했지만 모처럼의 작은 행복의 순간이었다. 목발에 의지한 채 흔들리는 몸으로 아이들과 가벼운 포옹이 끝나자 금방이라도 주루룩 쏟아질 듯한 감격의 눈물이 출렁이는 아내의 커다란 눈망울이 내 코밑으로 바짝 다가왔다. 가볍게 떨리는 아내의 어깨를 감싸 안고 우리는 아무 말 없이 한참 동안 그렇게 있었다. 아이들이 괜히 시선을 다른 데로 돌리면서 아무렇지도 않은 척, 못 본 척했다.

　　그러나 기다리고 참아왔던 감격의 순간은 그 순간뿐이었다. 이 방 저 방 한 바퀴 둘러 본 후 긴 여행 동안 참아왔던 생리현상을 해결하기 위해 목발을 짚고 화장실에 들어갔다가 목발이 물에 젖은 화장실 바닥에 미끄러지면서 나는 그만 균형을 잃고 힘없이 좁은 화장실 구석에 구겨지듯이 그대로 처박히고 말았다. 좁은 공간에 좌변기, 세면대, 욕조까지 꽉 차지하고 있어 한 번에 넘어지지도 못하고 설상가상으로 목발까지 뒤엉키며 화장실 벽과 욕조, 세면대에 이쪽저쪽으로 부딪쳐 쿵쾅거리며 바닥에 내동댕이쳐졌다. '우당탕'하는 소리에 놀란 아이들과 아내가 눈이 동그래져서 당황한 표정으로 뛰어왔다.

　　의족과 목발이 제멋대로 엉킨 사이로 꼼짝 못 하고 엉거주춤 끼어 있는 나를 보고 아이들은 어쩔 줄을 모르고 아내는 채 마르지도 않은 눈시울이 또다시 젖었으며 '여보, 어떡해!' 하며 울먹이는 목소리도 금방 젖어 들었다. 엉뚱하게 꼬여 있는 의족 사이로 목발부터 빼어내고 발 디딜 틈을 골라잡은 큰 아이와 아내가 겨우 부축해서 거실 소파 위로 나를 옮겼다. 의족을 착용한 절단 부위는 말할 것도 없고 오른손과 손목, 허벅지, 허리가 욱신거렸다. 손바닥에서는 피가 뚝뚝 떨어지고 있었다.

　　쓰러지는 순간 헛짚은 손이 욕조 난간에서 미끄러지면서 파라핀

치료를 받고 있던 손가락은 꺾이고 화장실 바닥에 삐죽이 튀어나와 있던 배수구의 네모난 알루미늄 뚜껑 모서리에 손바닥이 찍혔던 것이었다. 바닥에 부딪히는 충격으로 대퇴의족의 허벅지 바깥쪽 부분이 3센티미터 정도 깨어져 금이 갔고 깨어지면서 허벅지에 생채기를 내어서 피가 배어 나와 번졌다. 아내는 고통스러워하는 나의 눈치를 살피면서 울먹이는 목소리로 '여보, 괜찮아?'를 연발했다.

나는 화장실에 구겨지듯 처박혀 꼼짝 못 한 채 아이들과 아내가 뛰어오기 전까지의 그 짧은 순간에 떠올랐던 미래에 대한 불안감과 넘어졌을 때 혼자서는 일어나지도 못한다는 비참한 좌절감에서 오는 자포자기의 심정을 떨쳐 버리고 아이들과 아내를 안심시키기 위해 태연한 모습으로 되돌아오려고 의식적으로 애를 썼다.

"나는 괜찮아. 새집에 들어오는 액땜을 하나 봐. 욕조는 안 깨졌어?"

불안하고 가슴 졸이며 나의 눈치만 보고 있던 아이들과 아내가 그제야 나의 의도를 눈치채고 안도의 한숨을 내 쉬며 안심하는 듯 입가에 희미한 미소를 띄우기 시작했다. 다행히 특별히 의사의 치료가 필요할 만큼 심한 부상이나 상처는 없었다. 손바닥과 허벅지에 생긴 상처는 집에 있던 상비약으로 간단히 치료할 수 있었다. 깨진 대퇴의족이 문제였으나 임시방편으로 상자 포장용 청테이프를 두껍게 붙여서 의족 착용 시 허벅지 살이 깨져 벌어진 의족에 씹히지 않도록 조치한 후 다음 날 병원으로 복귀했다. 불가피하게 대퇴의족을 다시 제작해야 했는데 그렇지 않아도 그동안 재활운동을 열심히 한 결과 허벅지 살이 빠지면서 의족이 잘 맞지 않아서 다시 제작하려던 참이었다.

그런데 다시 제작한 의족이 깨어진 먼젓번 것과 차이가 커서 잘 맞지 않았다. 몇 번이고 시행착오를 감수하면서 재제작을 했으나 오히려 이전 것만도 못했다. 그 전에도 보장구 제작반에서 하는 것을 답답하게 지켜보아 왔던 군의관이 어차피 한 번 할 때 잘해야 한다면서 외래 민간업체에 의뢰해서 제작하기로 했다. 그래서 어쩌면 대전으로 이사한 집에 처음 들어간 날 화장실에서 넘어져 의족이 깨지게 된 것이 민간업체 기술에 의해 정말 제대로 된 의족을 제작하게 된 계기가 되었는지 모르겠다. 좀 더 좋은 환경의 집에 들어가면서 큰 선물을 받게 되었던 것 같았다.

그러나 구겨진 모습으로 좁은 화장실에 처박혀 꼼짝도 못 한 채 가족들에게 무기력한 모습을 속수무책으로 보여줘야 했던 그때의 비참함과 좌절감, 죄책감, 불확실하고 험난할 것 같은 미래 등 잠시나마 생의 허무와 무의미를 떠오르게 하여 더욱 괴로웠다. 하지만 그게 끝이 아니었다. 아니 이제 시작이었다. 의족을 하고 조금만 방심하면 무심한 지구 중력은 나를 여지없이 아무 데나 내동댕이쳤다. 집 거실 카펫 위에나, 병실 바닥에나, 물리치료실 비닐 장판 위에나 언제 어디든 때와 장소를 가리지 않고 매몰차게 팽개쳐 버렸다.

하지만 한 번씩 쓰러지고 꼬꾸라질 때마다 새롭게 느끼고 얻는 것이 하나씩 생기는 것 같았다. 그래서 '실패는 성공의 어머니.'라고 하는 것 같았다. 어린아이가 잘 걷기까지 천 번은 넘어져야 한다는 말도 있듯이 어쩌면 나도 걸음마를 배우고 있는 셈이니 더 잘 걷기 위해서는 쓰러지고 넘어지는 것을 당연한 것으로 받아들여야 될 것 같았다. 그 순간 비참하고 무기력하고 너무나 작아져 버린 초라한 모습이 싫었지만 그게 모두 내 속의 나에 대한 문제인 것도 알았다.

호국보훈의 달 기념 특별 사진展 〈국군을 보다〉 전시작 2017. 6. 12

하늘이 열리고

대부분 교회에서는 주중예배를 수요일 저녁에 하지만 국군대전병원에서는 화요일 저녁에 갖는다. 국군수도병원에서는 목요일에 했다. 병원에 입원한 지 내일이면 1년이 되는 날이다. 보통 때 6월 말의 하늘은 저녁 7시에도 한낮 같지만 연일 장마로 인해 먹구름이 내려앉아 어두컴컴했다. 4층에 있는 병실에서 위병소 옆에 있는 교회까지 가려면 보통 사람 걸음으로 5분 정도 걸린다.

오늘도 지팡이를 짚고 6시 40분에 병실 문을 나왔다. 의족을 착용하고 어설픈 걸음으로 지팡이를 짚고 가려면 15분은 족히 걸린다. 잘 청소된 병원 건물을 나서 아스팔트 길을 가로질러 보도블록이 깔린 교회 진입로를 지나 교회 현관 입구 계단 좌우측의 휠체어 통로 등은 양호한 길이지만 나에게는 유격장의 장애물 건너기만큼 조심스럽다.

두 다리가 공중에 떠 있어서 지면에 지탱점이 없는 나로서는 병실 문을 여는 것부터 힘들다. 지팡이에 힘을 주어 짚거나 지팡이를 쥔 손으로 벽면에 대고 밀면서 반대 손으로 반동을 주어 힘껏 당겨야지 문을 열 수가 있다. 무게 중심이 높은 나로서는 교차통로나 옆의 출입문에서 갑자기 누군가가 나오거나 옆으로 스쳐 지나가는 다른 환자들과 무심코 부딪힐까 봐 조심스럽다. 정형외과 병동이라 휠체어를 타거나 목발을 짚은 환자들이 휘청거리며 다가올 때는 등줄기에 식은땀이 주르르 흐르며 그 자리에 못 박힌 듯 우뚝 선다. 그리고 그들이 모두 지나가고 나면 다시 내 갈 길을 간다.

엘리베이터를 기다리는 동안은 멀찍이서 기다린다. 엘리베이터 문이 열리면서 무심코 갑자기 튀어나오는 사람들을 피하려다 쓰러질 뻔한 적이 있은 이후로는 아예 옆으로 피해 멀찍이 비켜 있다. 엘리베이터를 타려고 코너를 도는 순간 문이 서서히 닫히는 것을 보고 나름대로는 빠른 걸음으로 다가갔지만, 문은 야속하게도 닫혀 버리고 나만 급하게 오느라 흐트러진 균형을 잡느라 비틀거리다가 겨우 중심을 잡고 다시 엘리베이터가 돌아올 때까지 하염없이 기다리기도 했다. 겨우 어렵게 엘리베이터를 타고 보면 만원 엘리베이터 내에서 가장자리 손잡이를 잡을 수 없이 가운데에서 중심을 잡고 이동해야 하는데 두 의족과 지팡이 하나, 세 개의 차갑고 무감각한 기둥으로 중심을 잡느라 진땀을 빼기도 한다. 엘리베이터를 나설 때도 사람들에게 밀릴까 봐 여간 신경 쓰면서 나오는 것이 아니다.

1층에서 엘리베이터를 나서면 평소에 주차장이나 복지회관에서 통상적으로 다니는 통로보다 정문으로 나가는 것이 교회에 가는 지름길이다. 조금이라도 시간을 줄이기 위해 정문 쪽을 이용한다. 정문까지 가는 길은 물방울도 굴러가지 않을 정도로 평탄하고 반질반질해서 병원에서 가장 좋은 길이지만 나에게는 정말 조심하지 않으면 큰일이 날 길이다. 중앙 현관을 가로지르면 육중한 유리문이 버티고 있다. 이것도 병실 출입문과 마찬가지로 지탱점과 반동을 잘 이용해야만 열 수가 있다. 행여 문이 열려 있으면 그렇게 고마울 수가 없었다.

몇 고비의 장애물을 별 탈 없이 성공적으로 극복하고 출입문을 나서서 짙은 먹구름으로 인해 더욱 컴컴한 아스팔트 길로 경사 길을 더듬더듬 내려서는 순간 갑자기 눈앞이 환해졌다. 교회 위로 시커멓게 덮여 있던 먹구름이 갑자기 열리면서 서산에 걸려있던 햇살이 교회 쪽으로부터 환하게 비치는 것이다. 요 며칠 동안 보지 못했던 햇살이 이 순간 환하게 밝혀진 것이다. 그 순간 내 귀에는 하나님의 음성이 들려오는 것 같았다.

"걱정하지 마라. 내가 너를 사랑하고 있으니 너의 불편한 다리나 너의 장래에 대해서 전혀 걱정하지 마라. 내가 다 준비하고 있느니라."

그 밝은 빛은 교회로 향하는 나의 앞에서 이렇게 격려하는 것 같았다. 땀을 뻘뻘 흘리면서 교회로 열심히 가던 나는 나도 모르게 그 자리에 우뚝 서서 한참동안 그 빛을 바라보았다. 국군수도병원에 입원해 있는 동안 병간호를 하는 아내에게 나는 '1년만 나를 위해 고생하면 내가 40년을 잘해 줄게.'라고 했었다. 이제 내일이면 병원에 입원한 지 꼭 1년이 되는 날인데 아직 병원 신세를 면하지 못하고 있으니 요 며칠 동안 사실 아내 보기가 미안하고 나 자신에 대해서도 원망스럽고 장래에 대해 비관적인 생각이 머리를 떠나지 않았다. 이렇게 갈등과 좌절 속에서 고민하고 있던 순간에 하나님께서 나를 사랑하시고 기억하고 있다는 증표를 보여 주는 것 같았다. 감사하는 마음으로 몇 번이고 입속에서 '감사합니다.'를 되뇌며 교회로 향했다.

교회로 가는 길은 아스팔트 길을 가로질러 가지만 아스팔트의 울룩불룩한 길도 자칫 균형을 잃게 해서 조심해야 한다. 아스팔트 길은 차량이 자주 다니기 때문에 건너기 전에 좌우를 살펴 멀리에서부터 오는 차가 없으면 재빨리 건너야 한다. 제법 멀리 있다 싶던 차를 보고 여유 있게 도로를 건너다가 생각보다 훨씬 빨리 달려오는 차를 보고 놀라 당황한 적도 있다. 도로 면의 경사도 무시하지 못한다. 특히 중앙 황색 선까지 올라갔다가 내려가는 작은 경사지만 경사가 바뀌는 지역에서 균형을 잘 잡아야 한다.

아스팔트 길이 끝나면 보도블록 구간인데 이곳이 가장 조심해야 할 곳이다. 보도블록에는 조금씩 튀어 올라온 부분들이 있는데 무심코 가다가 이곳에 발끝이 걸리기라도 하면 무릎이 그대로 꺾여 넘어진다. 또 밤톨만 한 깨어진 보도블록을 밟거나 자칫 조금이라도 움푹 꺼진 곳을 밟게 되면 균형을 잃고 기우뚱거린다.

　보도블록이 끝나고 교회현관 앞에 가면 계단이 3단으로 되어 있다. 계단을 오르려면 한 계단씩 왼발 먼저 오른발은 따라서 올라가야 하는데 지팡이 짚은 손에 힘을 주고 왼발을 올려 디딜 때 무게 중심 이동이 쉬운 일이 아니다. 힘을 너무 많이 주면 앞으로 엎어질 듯하고 조금만 힘을 적게 주면 올라가지 못하거나 뒤로 자빠질 것 같다. 다행히 계단 옆으로 경사길이 설치되어 있어 그곳으로 갈 수 있는데 경사 길을 올라갈 때는 처음부터 탄력을 주어 단숨에 올라가야 한다. 중간에서 주춤거리면 뒤로 넘어질 수가 있다.

　서쪽하늘의 밝은 빛이 내가 교회에 들어갈 때까지 환하게 비추어 주었다. 부상당해 입원한 지 꼭 1년. 하나님께서 나에게 축복하시고 사랑하신다는 것을 다시 한번 확인할 수 있었다.

　　　• ○ •

방풍망

눈이 확 트였다. 마음도 덩달아서 활짝 밝아졌다.

　낙엽이 다 떨어지고 시커멓게 변한 아카시아 나무가 건들거리는 모습이 새삼스럽다. 내 시야에서 살아서 움직이는 것이라고는 깨져 병원용 반창고 테이프로 칭칭 감은 리모콘으로 두 번씩 꾹꾹 눌러야 작동되는 낡은 14인치 텔레비전과 가끔 쫓고 쫓기면서 까불대고 날아가는 까치 몇 마리, 그리고 덜렁대 보이기도 하고 쓰러질까 불안해 보이기도 하며 건들대는 키 큰 아카시아 나무가 전부다. 재활의학과 운동치료실, 휠체어 경사길 등 운동시간에 볼 수 있는 것을 제외하고는 하루 생활의 대부분이 이루어지는 병실에서 볼 수 있는 살아 있는 모습들이다. 그나마 내가 살아있다는 것을 확인시켜 주는 것들이다.

　내 병실에는 창문이 두 개 있다. 지난여름, 창문과 출입문을 활짝 열어 놓으면 그렇게 시원하였던 것이 입동이 채 되기도 전에 벌써 틈새로 찬바람이 새어 들어온다. 특히 병실 위치가 북동향이어서 겨울이 되면서 고도가 낮아진 해는 아침에 잠시 스치듯이 창문을 비켜 지나가고 나면 온종일 햇볕 구경하기가 힘들다. 병원에서 이쪽 방향 병실이 춥다고 하여 얼마 전에 특별히 창문에 반투명 비닐로 방풍망을 쳤다. 여름내 창틀에 흉물스럽게 붙어있던 플라스틱 쫄대가 효과를 발휘하는 순간이었다. 하지만 그때부터 병실은 감옥, 그 자체였다.

그나마 한 평도 되지 않는 창밖을 보며 봄에는 한들거리는 아카시아 잎을 볼 수 있었고 진한 아카시아 향기도 맡을 수 있었다. 여름에는 시원한 소나기를 보며 가슴속에서 잡생각을 씻을 수 있었고 가을에는 파란 하늘, 오색 단풍을 맛볼 수도 있었다. 겨울에 접어들면서 앙상한 가지 끝에 달린 몇 안 되는 빛바랜 이파리들을 볼 수 있었는데 그마저도 볼 수 없게 되었으니. 싱그럽지는 않더라도 찬바람 속에서 낙엽 썩는 냄새라도 맡을 수 있었는데……

나는 추위를 그렇게 타지 않으니까 비닐을 제거하거나 방풍망에 환풍구를 내 달라고 했다. 멀리 나뭇가지와 산등성이가 물에 번진 실루엣처럼 겨우 희미하게 비치고 과산화수소와 포비돈으로 찌들은 병원 냄새가 진동하는 곳을 바람도 통하지 않게 숫제 비닐로 막아놓은 병실은 그야말로 감옥이었다. 그러나 전체 병원의 실내 온도가 떨어진다느니 하면서 방법을 토의해 보겠다고 한 후 중간 간부가 다녀가는 등 난리를 치다가 며칠이 지난 오늘 갑자기 한쪽 창의 비닐이 제거됐다. 비닐 칠 때도 외박 갔다 왔을 때 쳐져 있어서 당황했었는데 제거할 때도 물리치료실에 운동을 갔다 오니 제거되어 있었다. 언제 쳤었느냐는 듯이.

어쨌든 그나마 한쪽 창이라도 비닐이 제거되어 이렇게 좋을 수가 없다. 사실 불과 며칠 전 방풍망을 치기 전 모습 그대로인데. 정면만 보이기 때문에 길게 누운 단층 콘크리트 건물에 육중한 회색 철문만 세 개 달려있는 볼품없고 어떤 때는 흉물스럽기까지 한 창고 건물도 반가웠다. 공사 때 지은 가건물 철거 자재가 창고 앞에 널려 있는 모습도 흉하지가 않았다. 지난여름에는 그렇게 지저분해 보였던 것이. 건들거리는 아카시아 나무, 작은 소나무 숲, 아카시아 나뭇가지 사이로 보이는 붉은 벽돌 건물, 가끔 쓰레기통을 들고 재활용 창고를 찾는 환자복 입은 친구들, 이 모두가 살아있는 모습들이다. 얇은 비닐 한 장이 내 마음을 이렇게 들었다 놓았다 한다. 비닐을 벗기고 나니 홑창으로 되어 있는 창문 틈새로 찬바람이 새어들고 외풍도 좀 있지만, 수술 후 몸에 열이 많아진 내겐 별로 추운 느낌이 들지 않았다.

작지만 맑은 창을 통해 살아있는 세상을 볼 수 있다는 것이 가끔 움칠하고 놀라게 하기도 하는 한기를 충분히 감수하고도 남을 정도로 상쾌하고 기분 좋게 했다. 내가 운동을 할 동안에는 창문을 활짝 열어놓고 시원한 공기로 환기도 시킬 수 있다. 다른 쪽 창문에 쳐 놓은 비닐도 벗겨버리고 싶었으나 일부러 쳐 준 사람들의 성의도 있고 해서 그쪽은 그대로 두기로 했다. 그나마 한쪽만이라도 나의 공간을, 나의 세계를 확보했다는 것에도 한없는 만족감이 넘쳐 온다. 얇은 비닐 방풍망 하나가 마음이 약해질 대로 약해진 사람 하나 죽였다 살렸다 한다. 그게 방풍망인지 사람인지 잘 모르겠지만.

호국보훈의 달 기념 특별 사진展 〈국군을 보다〉 전시작 2017. 6. 12

첫눈이 다시 왔으면 좋겠다

어릴 적에는 첫눈이 오면 하늘에서 하나님이 밀가루를 뿌린다고 신기해하며 마당이고 골목이고 들판이고 할 것 없이 마냥 뛰어다니기도 하고 괜히 옆집 마당까지 뛰어갔다가 '눈 밟는다'고 혼나고는 쫓겨 오던 생각이 난다. 눈 밟으면 다져져서 쓸기가 힘들다고 어른들은 아이들이 눈 위로 뛰어다니면 혼내주곤 했다. 그래도 마냥 즐거워서 뛰어다니던 것이 어릴 적 첫눈 올 때의 추억이다.

크면서 고등학교 다닐 때는 첫눈이 오면 마음 한구석이 빈 것 같으면서 어릴 적 친구들 생각도 나고 뭔가 허전한 감이 있어 그냥 생각 없이 자취방을 나와 시내버스를 타고 차창밖으로 내리는 눈을 멍하니 바라보면서 한참 헤매고 다니다가 어느 3류 극장 앞에서 무슨 영화를 하는지 확인도 하지 않은 채 생각 없이 들어가 휑하게 춥고 텅 빈 공간에 앉아서 두 편 동시상영을 졸릴 때까지 보다가 오곤 했다.

연애하던 시절엔 첫눈 오면 전화하겠다, 편지하겠다고 약속하곤 했다. 서로의 형편상 마음만 먹으면 서로 만날 수 있는 그런 처지가 아니었다. 서로를 생각하는 마음은 애틋하지만 어쩔 수 없이 각각 혼자서 내리는 눈을 보면서 생각하고 전화하고 밤새 썼다가 지우기를 반복하면서 떠오르지 않는 감상적이고 멋진 글들을 찾으면서 애태우던, 그리고 많은 시간 속에 빠져있던 생각이 난다.

사랑하는 아내와

결혼한 지 15주년이 지났지만 지금도 우리는 떨어져 있다. 아내는 아이들과 아파트에서, 나는 홀로 병상을 지키고 있다. 지난 약 5년간 근무 여건상 떨어져 지내면서 주말부부로 지냈는데 지금은 그래도 매일 밤을 같이 지내지는 못하지만, 주말에는 같이 지내고 주중에는 아내가 점심, 저녁 식사를 준비해서 병원에 매일 온다. 어쩔 수 없이 떨어져 있는 시간이 많아 이번 겨울에도 첫눈이 오면 서로 전화하자고 아내와 약속을 했다. 며칠 전에도 눈발이 잠깐 날렸지만 우리는 굳이 그것은 눈이 아니었다고 단정 지었다. 눈이라면 잠깐이라도 굵은 눈송이에다 나뭇가지에나 마른 풀잎 위에 쌓이는 흉내라고 낼 정도가 되어야지. 바람에 몇 발 날리다가 말아버렸기 때문에 우리는 공동명의로 그것은 눈이 아니었다고 합의를 봤다.

그런데 엊그저께 첫눈이, 그것도 함박눈이 내렸다. 오전부터 내리던 눈이 밤이 될 때까지 내렸고 함박눈이 앞을 가려 천지가 하얀 세상인 줄 알았다고들 했다. 우리가 그렇게 기다리며 서로가 먼저 전화하겠다고 벼르고 있던 그 첫눈이 함박눈이 되어 내렸다고 했다. 하지만 우리는 그때, 그 감격적인 순간에 거기에 없었다. 때마침 그때 우리는 같이 서울에 있었다. 모처럼의 나들이라 몇 가지 볼일을 며칠 전, 아니 한 달여 전부터 약속하고 날짜를 조정하여 그 날 서울 나들이를 했던 것이었다. 수지에서 일을 마치고 다시 분당에서 서울로 가고 있는데 아내의 휴대폰 전화가 울렸다.

"승탠데요. 거기 눈 와요?"

"아니, 거긴 눈 와? 많이?"

"여기 눈 많이 와요. 몇 센티 쌓였어요."

운전 중인 아내의 핸드백을 뒤져 급하게 열어 보았더니 중학교 3학년인 유난히 정이 많고 엄마, 아빠 생각을 많이 해 주는 우리 집 큰아들 전화였다. 큰애는 우리가 가끔 서울 병원이나 장거리 나들이를 할 때면 우리가 집을 나서서 돌아올 때까지 온통 엄마, 아빠 걱정뿐이다. 학교에서 수업 중에도 '지금쯤 엄마, 아빠가 고속도로 이동 중일텐데……' 하곤 걱정을 할 정도이다. 서울에서 일을 마치고 아내가 운전하는 옆좌석에 앉아서 대전으로 돌아오다 보니 천안 근처에서부터 길옆 온 세상이 하얗게 변해 있었다.

아내는 젖은 고속도로 길을 그것도 밤늦게 운전하느라 어깨에 힘이 잔뜩 들어가는 모양이다. 아직도 이른 봄 먼 산에 연둣빛 나뭇가지 싹이 트는 한가로운 풍경에 취하고 가을 은행잎 노랗게 물들다가 찬바람 불 때 한꺼번에 떨어져 버리는 것에 속상할 정도로 첫눈 오면 꼬마들 마냥 좋아할 아내이기에 혼자만 캄캄한 어둠 속의 신비스러운 듯한 하얀 세상을 구경하는 것이 미안했다. 운전하는 데 방해가 될까 봐 어쩔 수 없이 미안함을 감추고 혼자만 구경하면서 모른 척하다가 중간에 지체되는 구간이 있어 재빨리 아내에게 얘기했다.

"나무 위에 눈이 잔뜩 쌓였는데…… 봤어?"

"응."

서행하고 있지만, 시선은 앞차 브레이크 등에서 떼지 않고 정말 봤는지 안 봤는지 무표정하게 대답했다. 우리의 첫눈 오는 날 전화하기로 한 약속은 이렇게 깨어져 버렸다. 첫눈 오는 순간 설레는 마음으로 창밖을 내다보며 전화하기보다 오히려 같이 옆에서 있었지만, 거기에 첫눈은 없었다.

전가족의 안보역군화

첫눈이 다시 왔으면 좋겠다.

그래서 함박눈 펑펑 쏟아지는 창밖을 보며 눈가에 미소를 머금고 한없이 행복한 표정으로 옛 시절을 생각하며 전화기 저 건너편의 또 다른 행복한 얼굴을 향해 꼭 하고 싶은 말이 있다.

"사랑해!"

아무래도 올겨울은 아들놈의 기대하지 않은 효도 전화로 위안을 삼고 또 내년을 기약해야 할 것 같다는 생각이 어두운 차창 밖으로 다가온다.

호국보훈의 달 기념 특별 사진展 〈국군을 보다〉 전시작 2017. 6. 12

이기적인 양심

어떻게 보면 사고를 치고 나만큼 후대를 받은 사람도 없는 것 같아 굉장히 쑥스럽다.

몇 번이고 곰곰이 생각해 봐도 내가 대접받고 칭찬받을 일이 하나도 없다. 굳이 작은 것이라도 찾아보라고 하면 '부하들 훈련을 잘 시켰다.'는 당연하기도 하고 반드시 그랬어야 하는 칭찬거리도 되지 않는다는 것을 조심스럽게 말하고 싶다. 민감하고 위험한 지뢰지대에서 수색작전 중 자신들의 생명과 안전을 책임지고 통제해야 할 지휘관 3명이 한꺼번에 부상당하여 큰 혼란 속에 빠질 수도 있었던 긴박한 상황이었지만, 평소에 생활처럼 숙달했던 신속, 정확한 상황보고와 단 한 명의 추가 희생자 없이 부상자들을 최상의 상태로 안전하게 후송시킬 수 있었던 응급처치 능력, 조직적인 행동을 보여준 수색대대원들의 행동을 칭찬해 주고 싶다.

사실 첫 번째 지뢰 폭발로 두 명의 지휘관이 크게 부상을 당했을 때 좀 더 침착한 행동으로 두 번째 폭발을 예방했어야 하는 것이 지뢰사고의 특성상 당연한 판단이었을 것이고 현장 책임관으로 작전 중이었던 나의 가장 큰 임무였을 것이다. 결론부터 말하자면 최선의 조치를 하지 못하고 그나마 다른 대원들의 추가 희생 없이 나 혼자 다친 것이 불행 중 다행이라고 생각한다. 물론 나도 다치지 않고 첫 번째 지뢰폭발로 다친 두 지휘관을 안전하게 구출했더라면 완벽한 조치였을 것이라는 아쉬움이 남지만, 자칫 다친 것을 후회하거나 원망하는 모습으로 비칠까 봐 말을 꺼내기가 조심스럽고 두렵다.

분명한 것은 어느 누가 나의 침착하지 못했던 판단과 행동에 대해서 비난을 하더라도 나는 감수할 수 있으며 나의 실수에 대해 인정할 수도 있다. 그러면서도 다시 그러한 상황이 내게 주어진다면 나는 또다시 그렇게 행동할 수밖에 없을 것 같다. 그 전에 한 번도 겪어 보지도, 상상하지도 못한 부상을 당해 고통과 괴로움을 호소하는 동료와 부하 중대장을 병사들에게 맡기고 뒷전에서 지켜보고만 있을 수는 없을 것이다. 무엇보다도 그 지뢰폭발 현장을 억누르고 있는, 알지 못할 어떤 긴장감과 중압감, 전방과 측방의 적으로부터 예측할 수 없는 위협 속에서 어떻게 된 건지 영문도 자세히 알지 못하는 소대장이니 병사들에게 부상자들을 구출해 내라고 등을 떠밀지는 않을 것이다.

고통과 갈등, 절망과 좌절을 겪고 이겨내었던 치료기간과 재활기간을 거치면서 많은 생각을 하고 그 당시 상황을 머릿속에 그려보았지만, 그때와 똑같은 상황이 내게 주어진다면 그리고 그 결과가 지금 같이 두 다리가 절단되는 부상이라도 나는 그때의 행동 그대로 할 것 같다. 나는 그때 그렇게 행동했기 때문에 나도 이렇게 부상당해 고통과 절망, 좌절을 함께하는 것을 오히려 다행스럽게 생각하고 있다.

이러한 생각은 어쩌면 나의 이기적인 마음에서 나오는 것인지도 모르겠다. 그 이기적인 마음은 다른 사람이 아니라 아내가 가장 잘 알고 있었다.

"승태 아빠! 당신이 비록 이런 엄청난 부상을 당해서 침대에 누워 있지만 이런 당신이 얼마나 다행스럽고 감사한지 몰라. 만약 당신이 구하러 들어가지 않고 부하들이 들어갔다가 그 부하들이 대신 부상을 당하고 당신은 아무렇지도 않았다면 당신은 지금 어떻겠어? 당신 성격에 태연스럽게 계속 군 생활을 할 수 있겠어? 죄책감으로 괴로워서 못 견딜 거야. 몸만 멀쩡하면 뭐해? 양심에 못 이겨서 정신이 어떻게 되고 말았을 거야. 지금은 몸이 불편하지만 마음은 편하잖아? 설 중령님께는 미안하지만, 남들에게 부끄럽지는 않잖아. 나는 그게 고맙고 감사해. 몸이 불편한 당신 입장은 생각지도 않고 이렇게 말해서 야속하다고 생각할지 모르지만……. 당신도 같은 생각이지?"

나는 내 마음을 들킨 것 같아서 속으로 깜짝 놀랐다. 아내는 나를 너무나 잘 알고 있었다. 그동안 병상에 누워 육체적, 정신적 고통과 싸우면서도 마음은 오히려 편안했었다. 혹시나 아내가 원망하고 야속하다고 할까 봐 속에 있는 마음을 이야기하지 못하고 망설이던 차에 오히려 아내가 내 마음을 그대로 읽고 먼저 말해 주면서 나를 위로해 주니 얼마나 고마운지 몰랐다.

아내의 말대로 내가 지금보다 훨씬 더 나빠질 수도 있었는데 그렇지 않고 이만하길 얼마나 다행스러운지 다만 감사할 따름이다. 불행 중에도 더 불행해지지 않은 것을 다행스럽게 생각하는 이기적인 마음이 나를 지탱하는 큰 힘이 되고 있는 것이다. 그래서 다시 한번 똑같은 상황이 내게 닥치더라도 똑같은 행동을 하게 될 것이다. 그것은 칭찬받을 일은 못 될지 몰라도 당연히 내가 취해야 할 가장 기본적인

호국보훈의 달 기념 특별 사진展 〈국군을 보다〉 개회식 2017.6.12

임무이고 최소한의 양심이자 부하들의 생명과 안전을 책임져야 할 지휘관으로서의 소명이다.

호국보훈의 달 기념 특별 사진展 〈국군을 보다〉 전시작 2017. 6. 12

호국보훈의 달 기념 특별 사진展 〈국군을 보다〉 전시작 2017. 6. 12

어머니

얼마 전 조카가 군대에 입대한다고 작은 아버지인 나에게 인사차 왔었는데 형님과 여동생 내외, 어머님께서 같이 다녀가셨다. 그때 어머님께서 아내에게 한 말을 듣고 나는 큰 충격을 받았다.

"요 며칠 새벽기도도 안 나갔다. 아까 원종수 집사님의 '너는 내 것이라.'는 책을 잠깐 봤는데 내가 잘못 생각했다는 생각이 들었다."

어머님께서는 나이 스무 살에 다섯 살짜리 딸을 가진 열여섯 살이나 많은 홀아비의 재취로 시집을 온 이후 예수님을 알고 50년 가까이 한 번도 예수님을 부인한 적이 없는 분이다. 내 어릴 때 꽁보리밥도 세끼를 다 먹기 어려울 시기에도 보리쌀을 반 줌씩이라도 덜어 성미 주머니에 채워 아버님 몰래 교회에 드렸던 어머님이다.

어렵게 구한 성경, 찬송가는 어머님께서 교회에 가는 것을 싫어했던 아버님에 의해 몇 번이나 아궁이 속에 던져졌는지 모른다. 어릴 적 나는 쇠죽 끓이는 가마솥 아궁이 속에서 성경과 찬송가를 눈물을 흘리면서 말없이 꺼내시는 어머님을 본 광경이 아직 생생하다.

생활이 아무리 쪼들리고 힘들어도, 아버님께서 그렇게 반대를 하고 핍박을 가해도, 자식들이 말을 안 듣고 속상해도 어머님께서는 하나님을 원망하거나 예수님을 부정하신 적은 한 번도 없었다. 그럴 때마다 어머님께서는 낮게 헐어 놓은 담을 넘어 때를 가리지 않고 교회에 가서 눈물로 기도를 드렸다. 새벽기도를 한 번도 빠지지 않으시는 분이다.

언젠가 아버님께서 다른 말없이 빳빳한 10원짜리 종이돈 넉 장을 주시면서 '헌금하라.'고 하실 때, 무엇보다도 아버님께서 '이제 반대는 하지 않으시는구나'라고 생각이 들어 그 무엇과도 바꿀 수 없이 기뻤다고 하셨다. 반대하지 않으면 내 편이라고 하지 않았던가. 아버님께서 대장과 폐의 병환으로 돌아가실 때 결국은 어머님의 권유를 받아들이시고 예수님을 영접케 하신 것을 어머님께서는 가장 기뻐하셨다.

그런 어머님께서 새벽기도를 안 나가셨다니…….
그것도 피곤해서나 어떤 이유가 있어서가 아니라니. 또 웬만해서는 자식들에게 속마음을 잘 보이지 않으시는 분이 아내에게 그런 말씀을 하셨다니…… 얼마나 원망스러웠으면…….

나는 부모님으로부터 기대와 사랑을 많이 받았다. 특히 어머님의 사랑을 많이 받았다. 초등학교 때부터 착하기도 했고 공부도 그런대로 잘해서 비록 재수는 했지만 육사에도 합격했다. 지금도 그렇지만 내가 육사에 갈 때만 해도 3공화국 때라서 육사에 대한 인기가 대단했다. 시골에서는 육사에만 가면 모두가 장군이 되는 것으로 알고 우리 마을에 장군이 났다면서 모두 부러워하고 대견스러워했다. 평소에 말이 별로 없으시던 아버님께서도 육사시험 최종합격자 발표가 나던 날 꿈을 꾸셨는데 우리 집 뒤로 커다란 해 같기도 하고 달 같기도 한 것이 벌겋게 떠오르는 꿈을 꾸었다고 하시면서 좋아하셨다.

그 옛날 어렵게 머슴살이하다시피 하고 보따리 장사하시던 부모님께서는 나를 그렇게 대견스러워하시고 자랑거리로 생각하시면서 그동안 욕하고 무시했던 사람들 앞에 큰소리치면서 어깨 펴고 다니셨다. 육사를 졸업하고 소위 때부터 한 계급씩 진급할 때마다 1차로 진급하는 것을 그렇게 자랑스럽게 생각하시면서 속으로 곧 장군이라도 될 것 같이 생각하고 계셨을 것이다.

어머님께서는 지난 10년을 시골에서 혼자 살면서도 아무리 힘들어도 내색하지 않으시고 가을이 되면 감이며 대추, 산에서 따다 말려

둔 고사리, 나물들을 푸짐하게 보내 주셨다. 아무리 힘들고 외로워도 때가 되면 장교로서 제때 진급도 하고 나라를 위해 국가 간성의 임무에 열심인 내가 그렇게 자랑스러워 힘든 줄 모르고 재미있게 사셨다. 중대장 때 재구상을 수상하는 아들을 어머님께서는 너무나 자랑스러워 하셨다.

그러던 아들이, 열흘 후면 대대장도 성공적으로 마치고 대전으로 내려가 육군대학에서 교관을 하게 되었다며, 조금이라도 가까이 오게 되면 한 번이라도 더 자주 볼 수 있겠다며 좋아했던 그 아들이 지뢰 폭발로 부상을 당해 헬기에 실려 국군수도병원으로 후송되었다는 청천벽력 같은 소식을 듣고 죽었는지 살았는지도 모르고 아찔했던 순간도 벌써 1년이 더 지났다. 그때는 하늘이 무너지는 듯한 슬픔과 절망감으로 그 작은 체구의 어머님을 어떻게 지탱했을까? 아마도 교회에 뛰어가 통곡을 하시면서 기도를 드렸을지도 모르겠다.

내가 국군수도병원에 입원해 있는 동안, 아내는 내 병원 수발로 인해 병원에 있었기 때문에 아이들 둘만 남아 학교에 다녀야 했던 문산 집에서 두 손자 뒷바라지를 하시면서도 마음은 병원으로 와 있으면서 얼마나 깊은 절망과 좌절에 애를 태우셨을까? 가끔 병원에 오시면 두 다리를 잃고 양손에 붕대를 감고 병원 침상에 뎅그렇게 누워 있는 불쌍한 아들을 보시면서 원망과 절망 속에 빠져 어머님 당신의 몸도 가누기조차 힘들었을 것이 분명한데 내 앞에서는 전혀 내색하지 않으시고 오히려 위로하고 격려해 주셨다.

"우리 아들 자랑스럽지. 나라를 위해서, 부하들을 위해서 내 몸 다친 것은 자랑스러운 거다. 무엇보다 그렇게 다친 가운데에서도 부하들 못 들어오게 하고 기어 나온 그 정신과 용기가 얼마나 대단하냐? 정말 자랑스럽다. 장하다, 우리 아들!"

그 뒤로 벌써 1년도 더 지나면서 어머님께서는 다시 고향으로 내려가시고 평소에 하시던 교회 일, 밭일, 염소 키우는 일 등 일상생활로 돌아가서 생활하시지만 한시도 둘째 아들이 머릿속에서 떠나지 않았을 것이다.

그런 어머님께서 최근에 마음의 동요가 있었던 것 같다.

그렇게 의지와 신앙심이 강했던 어머님께서 가장 자랑스럽게 생각했던 둘째 아들이 아직도 앞날이 불확실한 상태에서 여전히 병원에 누워 있다는 것이 집안의 어떤 대소사가 삐걱거리는 것보다 더 괴로웠을 것이다. 말 상대도 없이 온종일 밭일 등 일부러 바쁘고 힘든 일을 하시면서 아무리 잊으려 해도 머릿속에는 여전히 둘째 아들에 대한 생각밖에 없었을 것이다.

잊으려 해도 어떻게 잊힐 수가 있었을까? 도대체 무슨 죄를 그렇게 크게 지었기에? 밭일을 하시다가, 염소를 돌보시다가, 교회 청소를 하시다가도 '내가 하나님을 남들보다 잘못 믿었나, 교회 봉사를 못했나, 남들에게 못 된 해코지를 했나, 내 아들이 나라를 위한 군 생활에 성실하지를 못했나, 아무리 생각해봐도 잘못한 것이 없는데 왜 내 아들에게 이런 벌을 내렸을까?'라는 생각을 하다 보면 평소에 그렇게 믿고 의지했던 하나님이 원망스러웠는지도 모른다.

50년을 어떠한 힘든 고난과 시련이 와도 흔들리지 않았던 어머님의 믿음을 송두리째 흔들리게 했던 작은 아들의 부상이 어머님께는 엄청난 충격이었을 것이다. 어머님 못지않게 나에게도 엄청난 충격이었다. 어머님께는 나의 날벼락 같은 부상이 충격이었지만 나에게는 도저히 믿어지지 않는 어머님의 그 흔들림이 충격이었다. 어린 시절 어머님께서는 아버님과 친척, 주위 이웃들로부터 '예수 믿어 집안 망하고 애들 다 굶긴다.'고 모진 시련과 고난을 받아 몇 번이고 죽고 싶었지만 죽는 것도 하나님께 죄를 짓는 것이기 때문에 죽지도 못했다고 울면서 말씀하시던 어머님. 그런 어머님의 믿음을 흔들리게 한 것이…….

어머님 죄송합니다.

그렇지만 저는 어머님을 믿습니다.

그리고 하나님께서 어머님의 그 원통하고 좌절된 마음을 읽어 주시고 위로해 주실 줄 믿습니다. 병실에 있는 동안 히브리서에서 읽은 구절이 생각납니다.

'내 아들아 주의 징계하심을 경히 여기지 말며 그에게 꾸지람을 받을 때 낙심하지 말라. 주께서 그 사랑하시는 자를 징계하시고 그의 받으시는 아들마다 채찍질하심이니라.'

저는 하나님의 아들이 되었음을 믿습니다.

신실하신 어머님!

큰 시험을 이기시고 저에게 보여주신 하나님의 아들이 된 징표를 오히려 기쁘게 생각하시며 하나님께서 저를 위해 준비하고 있을 일에 감사하고 순종하실 줄 믿습니다.

저를 통하여 하나님의 살아 계심과 하나님의 능력을 증거 하실 일을 분명히 예비하고 있다는 것을 믿으시고 기뻐하실 줄 믿습니다.

슬픔과 좌절과 원망이 기쁨과 희망과 감사로 거듭나는 모습이 눈에 환합니다.

정

불알친구 같은 동기의 대대장 이임식이 내일이라는 것을 전해 듣고 바로 전화했다.

"그동안 고생했다."

"응, 지금도 바빠. 고생하고 있어. 대대원 한 명 한 명 챙겨 주랴, 저녁엔 한잔하랴."

"그래?"

"그쪽으로 가면 찾아갈게."

"온다는 소리, 하지 마라. 아무도 없더라."

"그래? 그럼 간다는 소리는 안 하고 전화는 자주 할게."

"전화한다는 소리도 하지 마라."

"전화도 안 해?"

찾아온다는, 전화한다는 그 말이 인사치레의 빈말인 줄 진작 알았더라면 기다리지는 않았을걸. 순진하게도…….

누가 찾아와 주고 전화해 주길 바라지 않기로 마음먹은 지 오래다. 누구로부터 위로받고 동정을 받아서 이 시련과 고통을 극복할 수 있는 것이 아니라는 것을 깨달은 지 벌써 오래기 때문이다. 내가 병원에 입원한 지가 좀 오래되었어야지, 그리고 올 만한 사람들은 벌써 다 왔다 갔거나 올 수 없는 사람들은 전화가 왔었다는 것을 알기 때문이다. 마음으로만 왔다 가며 안타까워하는 사람들도 많다는 것을 이미 알고 있었다.

마음이 훨씬 편안했다.

그래도 한동안 걸려오는 전화도 없고 부쩍 바깥소식이 궁금하던 차에 마치 주기적으로 표시해 놓고 때가 되면 온 식구를 데리고 찾아오거나 전화를 하는 것처럼 잊을 만하면 어김없이 기억을 되새겨 놓는 그놈이 불알친구 이임식이 내일 있다고 알려 주면서 뜬금없이 덧붙여 하던 말이 새삼스럽게 되살아났다.

"만나서 대대장님께서 주시는 송별주 한 잔 꼭 해야 합니다. 지난 3년 동안 다른 사람들 보낼 때 주시는 송별주는 다 먹었는데 제 송별주는 못 먹었습니다. 그래서 저는 아직 대대장님 부하입니다."

지금 이 순간

'호랑이는 죽어서 가죽을 남기고 사람은 죽어서 이름을 남긴다.'
라는 우리 속담은 돈이나 물질적 풍요를 위해서 인간의 도덕과 양심,
정의를 무시하거나 외면하는 사람들에게 그것들보다도 훨씬 더 중
요한 것이 있다는 것을 경고한다. 그럴듯한 고사성어 한마디 하지 못
하고 옛 성현들이라고는 공자, 맹자밖에 모르는 필부들도 '사람이 죽
어서 남는 것이라고는 이름 석 자 밖에 없다.'고 하면서 짐짓 세속에
얽매이지 않는 자신을 나타내려고 한다.

올해 초 남녀노소 할 것 없이 큰 유행어가 되어버린 '부~자 되세
요.'라는 말도 물질적 부자만을 나타내는 것은 아닐 것이다. 광고 속
에서 천진난만한 모습으로 나오는 그 탤런트는 물론 그 말을 공감하
고 그 말이 좋아 즐겨 쓰는 순박한 아줌마들의 그 호박꽃 같은 웃음
속에는 돈 많은 물질적 부자뿐만 아니라 거기에는 분명히 마음속의

정신적 부자까지도 다 포함되어 있을 것이다. '사람 사는 것이 돈이 모두가 아니라 사람답게, 사람 대접받으면서 살아야지.'라고 하는 말은 누구에게나 쉽게 들을 수 있는 말이다. 산업화 사회로 접어들면서 '돈이 최고지.'라는 말이 상당기간 가난한 사람들에게는 진리로 받아들여졌지만 그러면서도 명예를 얻은 유명한 사람들이 항상 그들에게 선망의 대상이었다. 아무리 돈을 많이 벌었어도 사회적으로 존경받을 수 있는 지위에 있는 사람들을 항상 부러워했다. 그만큼 예나 지금이나 돈보다 명예를 더 중시해 왔고 당연히 그렇게 되어야 했다.

그러나 명예보다 더 중요한 것이 건강인 것 같다. 사회적으로 존경받고 인정받는 명예를 위해 우리는 너무 많은 것을 버리고 너무 많은 것을 무시한 채, 더 소중하지만, 너무 많은 것을 알지도 못한 채, 보이지도 잡히지도 않는 그것을 잡으려 하고 있다. 잡았다 생각하고 보면 또 저만치 떨어져 있고 돌이켜보면 인생여정 중에서 극히, 지극히 짧은 그 순간들을 위해 너무 많은 것을 희생하고 너무 많은 것을 외면한 채 훨씬 더 불명예스러운 짓들을 아무렇지도 않게 해 버리곤 한다. 명예는 잡았다고 생각했을 때, 바람같이 지나가 버리는 그 시간을 어떻게든 잡아 두고 싶지만 벌써 지나간 자리에는 먼지만 남는다.

건강할 때 건강은 사람들에게 거의 관심거리가 되지 않는다. 하나, 둘 옆에서 건강을 잃어 가는 사람들을 볼 때조차도 그것이 자신의 일이라고 생각하는 사람은 별로 없는 것 같다. 돌이킬 수 없을 만큼 건강을 잃었을 때, 그제야 무엇보다 중요한 것이 건강인 줄 깨닫게 되지만 이미 그때는 후회해도 소용이 없다. 안타깝게도 건강을 잃고 나서야 돈도, 명예도 다 소용없다는 것을 알게 된다. 돈이 잃어버린 건강을 찾아 주지도 못하고 바람처럼 흘러가 버린 명예를 찾아 주지도 못한다. 명예가 잃어버린 건강을 대신해 줄 수도 없다. '건강을 잃으면 모든 것을 잃는다.'고 했다.

그러면 건강하면 만족할 수 있게 되는가? 어딘가 허전하다. 뭔가 부족한 듯 아쉬운 듯하다. 건강해서 뭘 하지? 아니 그냥 건강하기만 하면 되는가? 건강이 목표인가? 규칙적인 생활, 습관적인 운동, 절제하는 식사, 적절한 성생활, 긍정적이고 편안한 마음가짐으로 심신이 건강해져서 뭘 하지? 조심스럽게 건강이 목표가 아닌 것 같다고 생각해 본다. 비관적인 사고를 가졌다고 비판받을지도 모르지만 내가 노력한다고 건강을 유지할 수 있는 것도 아니라고 말하고 싶다.

정상적인 속도로 차선을 잘 지키며 안전운행을 하고 있는데 느닷없이 중앙선을 침범한 대형트럭이 덮쳐 버리기도 하고, 수면 속에 숨은 빙산이 내 집보다 더 편안한 배의 옆구리를 들이받아 버릴 수도 있고, 내리려고 짐을 챙기고 있는데 고요하던 비행기가 갑자기 산 중턱을 들이받기도 하고, 사무실에서 떠오르는 아침 햇살을 받으며 회의 준비를 하고 있다가 어디서 나타났는지 달려드는 비행기에 의해 붕괴된 건물더미에 묻혀 버리는 일이 실제 일어날 수도 있다.

건강이 제일은 아닌 것 같기도 하다. 내일, 아니 지금 이 시각 이후에 일어날 일에 대해서 아무도 장담할 수 없다. '지금 이 순간'이 있을 뿐이다. 돈, 명예, 건강보다 '지금 이 순간'이 더 중요하다. '늘 깨어 있어라.'라는 성경 구절이 생각난다. '지금 이 순간' 나 아닌 다른 사람을 위해 내가 할 수 있는 일이 무엇인지, 내가 해야 할 일이 무엇인지 찾아보아야 한다.

돈 많은 사람은 명예로운 사람들을 선망하고, 명예를 얻었다고 하는 사람들은 바람처럼 스쳐 가는 순간을 아쉬워하며, 건강관리를 잘한 사람은 자만하고 교만하기 쉽다. 할 수 있을 때 내 이웃을 위해 그들이 필요로 하는 일을 해야 한다.

돈, 명예, 건강을 얻은 사람들의 얼굴에서 평안하고 넉넉한 미소를 찾을 수 있는가?

안 먹고 안 쓰고, 개미같이 꿀벌같이 돈을 모은 사람들에게서 한 줌의 여유를 찾아볼 수 있는가?

세류에 현명하게 대처하고 초지일관 목표를 향해 노력하여 명예를 얻은 사람들에게서 감사하는 마음을 찾을 수 있는가?

무서우리만치 절제하고 자기관리를 통하여 건강을 유지하는 사람들에게서 푸근한 인정미를 찾을 수 있는가?

가진 것 없이 내세울 것 없이 내 몸 불편해도 다른 사람들을 위해 사랑과 정성을 베풀 줄 아는 사람에게서는 사람냄새가 난다.

돈이 많은 사람에게서도 명예를 얻은 사람에게서도 건강을 유지하는 사람에게서도 사람냄새가 날 수도 있다.

'지금 이 순간', 옆을 둘러보고 다시 한번 생각을 한다면.

호국보훈의 달 기념 특별 사진展 〈국군을 보다〉 전시작 2017. 6. 12

호국보훈의 달 기념 특별 사진展 〈국군을 보다〉 전시작 2017. 6. 12

호국보훈의 달 기념 특별 사진展 〈국군을 보다〉 전시작 2017. 6. 12

제 3 부

● ○ ○

DMZ

아무것도

가져갈 수도

가져갈 필요도 없는

그곳으로 가기 위한 방법을

DMZ에서 깨닫게 되었다.

DMZ에서

DMZ로 가는 길을 보았다.

돈도 명예도 건강까지도

필요 없는 그곳으로 가는 길을.

그때는

모르고 원망도 했었지만

장단역 기차화통

DMZ로 보내기 위해

DMZ로 인도했었다는 것을

나는

DMZ로부터 나와서 깨달았다.

착각

내가 굉장히 낭만적인 사람인 줄 알았습니다.

내가 굉장히 고상한 사람인 줄 알았습니다.

내가 굉장히 유능한 사람인 줄 알았습니다.

내가 굉장히 효심이 깊은 아들인 줄 알았습니다.

내가 굉장히 가정적인 남편인 줄 알았습니다.

내가 굉장히 자상한 아버지인 줄 알았습니다.

그러나 그것은

바로

하지 못했던 것에 대한

희망사항이었다는 것을 깨달았습니다.

그리고 그것도

곧

지금이라도 할 수 있다면,

할 수 없다는 것을 몰랐더라면

생각지도 않았을 것이라는 것을 알았습니다.

되고 싶어도, 하고 싶어도

그렇게 될 수도

같이할 수도 없는 것이

마냥 안타깝기만 합니다.

같이할 수도 없기 때문에

하자거나 하고 싶다는

말도 꺼내지 않는

그들이 있다는 것을 알고 나서부터

더욱 안타깝기만 합니다.

첫 외출

온전치 못한 다리에 완전치 못한 의족을 하고
서투른 목발을 짚고 어설프지만 괜히
안방, 거실, 화장실, 아이들 방을 왔다 갔다 했다.

헐렁한 의족을 벗어 던져 버리고
바퀴 달린 책상의자에 뎅그렇게 올라앉아
아이들이나 아내가 밀고 다니다가
문턱을 넘을 때는 온 가족이 달려들어야 했지만
아이들은 마냥 즐거운 모양이었다.

아내 말로는
아이들이 한결 밝아지고 말이 많아졌다고,
아빠가 집에 있으니 사람 사는 것 같다고 했다.

내가 보기에는

아내의 마음 한 편이 가장 밝아진 것 같은데.

생기 되찾은 아이들 밝은 모습과

어쨌든 이것저것 둘러보는 내 모습이

그래도 조금은 희망이 되는 모양이었다.

가족들 활짝 웃는 얼굴 자주 볼 날 기대하며

다시 돌아온 썰렁한 병실

이 삭막한 곳에 나 홀로 두고 가기 안타까운지

아내의 눈가에 살짝 이슬이 맺혔다.

모른 척 애써 컴컴한 창문 너머로 눈길을 돌렸다.

'처음도 아니고 새삼스럽게 왜 그래.'라고 하면서

새카만 창문 뒤로부터 사랑이 반사되어 안긴다.

넓어진 세상

토요일인데도 오전 운동을 다 마치고 나서야 옷을 갈아입은 후
외박을 나가기 위해 병원 주차장으로 가는 도중이었다.

집으로 가지고 갈 짐을 먼저 실으려고 서너 발자국 앞서
앞만 보고 가던 아내가 주차장 차량 통행로 앞에서
갑자기 얼어붙듯 그 자리에 딱 멈춰 섰다.
주차장 내 운행속도로는 좀 빠르다 싶은 승용차 한 대가
아내의 앞을 쏜살같이 지나 50여 미터 왼쪽에 있는 커브 길을 돌기 위해
급하게 밟은 브레이크등 불빛이 빨갛게 시야에 들어왔다.

예전 같았으면 오른쪽에서 오던 차를 보고
내가 알려 주었을 텐데.
지팡이를 짚고 불안스럽게 균형을 잡으며

호국보훈의 달 기념 특별 사진展 〈국군을 보다〉 전시작 2017. 6. 12

약간 내리막 경사 길을 내려가던 나는

한 블록 너머에서 빠르게 달려오던 그 차를 미처 볼 겨를이 없었다.

무게중심과 지탱점이 공중에 떠 있는 나는 옆이나 뒤를 보려면

어쩔 수 없이 그 자리에 멈춰 서서 간신히 균형을 잡고 조심스럽게

몸은 반쯤만 돌리고 눈은 더 많이 돌려보아야 한다.

좁아진 내 시야를 넓히고 점점 더 넓어지는 세상에 나아가기 위해

꽤 넓어진 세상을 담을 수 있는 내 마음을 리모델링해야겠다.

● ○ ●

행복(1)

운전하던 아내가 고차로에서 신호등을 기다렸다가 좌회전한 후 깜짝

놀란 듯 잠시 앞만 바라보며 가다가 곁눈질을 애고 있게 흘렸다.

"나…… 조금 전에 너무 일찍 출발했지?"

'아예 말도 못하게 이제 선수 치는 거야?'라고 맞장구를 치려다가

'천천히!! 신호등이 완전히 바뀐 후에도 좌우를 살피고 가야지!'라고

막 비집고 나오려는 말을 꾸욱 눌러 삼키고

애써 모른 척하면서 슬쩍 아내의 눈치를 살피기로 한

조금 전의 결심이 좋았다는 생각이 들었다.

 그 순간

창밖 아카시아 이파리에 떨어지는 빗방울을 바라보며

마시는 한 잔의 은은한 커피 향처럼

눈가로 입가로 그리고 차 안 가득히 번져오는

말할 수 없는 행복감이 둘의 가슴속에 한 아름 채워지고 있었다.

행복(2)

둘이서 말없이 생각 없이 우두커니 앉아
동물들이 나오는 자연 다큐멘터리를 보다가
물고기나 새들의 구애, 산란 그리고 부화 간
뭍짐승들의 사랑, 수태, 해산 그리고 양육 간
말도 생각도 정도 없을 것 같은 그들의
끝없이 돕고 희생하는 눈물겨운 부부애를 보았다.

"부부싸움을 하는 것은 사람밖에 없는 것 같아."
"우리는 동물에 가깝네?"

마주친 둘의 눈가엔 어느새 미소가 가득하다.
회색 벽에서 번져 나오는 알콜 냄새도 아랑곳없이.

일주일에 하루만 사람

지지난 이십 년은

온 칠일을

사람으로

사람답게 살았었다.

지난 이십 년은

엿새는 군인으로

하루만

사람으로 살았었던가.

요즘 이 년은

하루는 사람으로

엿새는

호국보훈의 달 기념 특별 사진展 〈국군을 보다〉 전시작 2017. 6. 12

환자로 살았다.

앞으로 남은 해는

온 칠일을

사람으로

사람답게 살아갈까.

할미꽃

황량한 백색 콘크리트 벽으로 싸인 병원 앞 양지바른 쪽에
한 평 남짓 될까한 버려진 듯한 꽃밭이 있다.

산들바람에 실려 오는 상큼한 봄내음을 못 참아
무작정 병실을 뛰쳐나왔다가
찬 기운이 채 가시지 않은 허전한 꽃밭 한구석에
홀로 곱게 핀 할미꽃을 보았다.

꽃샘바람에 털옷을 여미고 다소곳이 고개 숙인 모습이 수줍다.
다른 꽃들은 채 움도 틔우지 못하고 있는데
봄 꽃밭의 전령으로 나와 스쳐 지나가는 봄바람을 살펴본다.

당돌함이 귀여워서 허리 숙여 가만히 들여다보니

호국보훈의 달 기념 특별 사진展 〈국군을 보다〉 전시작 2017. 6. 12

부끄러워하지 않아도 좋을 만큼

검붉은 꽃이 예쁘고 아름다웠지만

남들보다 한 걸음 먼저 쑤욱 올라온 것이 못내 쑥스러운지

살며시 숙인 고개를 돌려 성긴 이파리 뒤로 가만히 숨긴다.

곧 뭇꽃들이 앞서거니 뒤서거니 작은 꽃밭을 채울 쯤에는

미련 없이 시치미 떼며 솜구름 타고 훨훨 날아가 버릴 것이다.

원래 한적한 들길 걷다가 널린 잡초들 옆에서 본

아무렇게나 피어난 모습이 제 모습인 걸.

세 잎 클로버

지독한 황사바람을 타고 내리던
봄비가 그치자
하룻밤 새 돋아난 잎새와 먼 산 생동하는 봄빛이
수채화 물감보다 더 빨리 짙어졌다.

한 아름 안아서 들여오고 싶은 봄바람을 맞으며
운동 삼아 산책을 하다가
옮겨 심은 지 얼마 되지 않은 엉성한 단풍나무 밑에
오밀조밀 모여있는 토끼풀을 보았다.

얼마 전 운동치료실 낡은 카세트라디오에서
흘러나오던 이야기가 생각나
한 움큼 쥐어뜯어 누가 볼세라

환자복 윗주머니에 얼른, 그러나 조심스럽게 넣었다.

행여 시들까 종종걸음 재촉하여 병실에 들어와
상처 나지 않고 벌레먹지 않고 예쁜 것만 골라
지루함 달래려고 읽다 덮어둔 책갈피에
조심조심 끼웠다.

한 잎 한 잎 접히지도 포개지지도 않게
정성 들여 끼우면서
나중에 받을 사람들 생각하니
소리 없이 미소가 절로 번진다.

『 사람들은 하나의 행운을 잡기 위하여
손에 잡힌 수많은 행복을 버립니다.』

아카시아꽃

해 질 녘

한줄기 소나기가 지나간 뒤

등 뒤쪽 서녘 하늘의

먹구름 사이로 비치는

5월의 강한 햇살을 받아

저만치 떨어져 반사되고 있는

순백색 아카시아 꽃들의

눈이 멀어버릴 듯한

눈부신 자태들이

푸른 비단에 뿌려 놓은 다이아몬드처럼

시커먼 갯바위에 산산이 부서지는 흰 포말처럼

휘영청 밝은 달빛 고스란히 받은 메밀꽃처럼

호국보훈의 달 기념 특별 사진展 〈국군을 보다〉 전시작 2017. 6. 12

백화점 앞 크리스마스트리에 걸려 있는 꼬마전구처럼

시골 강가에 누워 쳐다보는 한여름 밤의 은하수처럼

짚은 지팡이의

깊은 시름을

한순간에 날려 버린다.

민들레 홀씨

찬바람이 옷깃을 매섭게 파고드는 작년 초겨울 어느 날,

저녁 예배를 위해 병동에서 좀 떨어진 교회로 가다가

어둠 속 차가운 아스팔트 주차장 한쪽 구석에서

한 뼘 높이도 되지 않는 경계석 뒤에 웅크리고 숨어

바람을 피해 나뒹구는 낙엽들을 본 적이 있었다.

한때 신록의 왕성함을 뽐내다가 붉게 물든 후에는

목석같은 군인 환자들의 무표정한 눈길을 멈추게 하고

괜스레 고향 생각, 친구 생각, 부모님 생각으로

잠시 감상에 젖게 해 주었던 그 단풍들이었다.

그 저녁 한때의 싱그러움과 화려함은 오간 데 없이

누구의 관심도 끌지 못한 채 아무도 보지 않는 곳에서

이리 채이고 저리 짓밟히며 찬바람에 내팽개쳐져 흩날리다가

결국엔 자기들끼리 얽히고설켜

다음 날 아침 비질을 기다리고 있었다.

외가닥 지팡이에 의지한 채

세로줄 무늬 환자복 위에 환자용 감청색 코트를 어색하게 걸치고

남들은 5분 만에 갈 길을 천천히 10분도 넘게 걸려

불 밝힌 교회 입구를 향해 앞만 보고 부지런히 걷다가

이 낙엽들을 보고서 한참이나 생각 없이 서 있었던 적이 있었다.

....

그 구석에 오늘은 민들레 홀씨들이 뭉쳐서 얼싸안고 있다.

솜사탕처럼 부풀은 털보송이 속에 박힌 작은 점 하나

춥고 쓸쓸했던 그곳에서 오히려 따뜻하고 포근한 희망을 보았다.

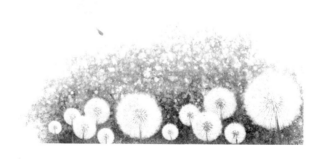

첫눈

북창 너머로 잿빛 하늘이 더욱 어두워지더니
굵은 먼지 같은 것이 창턱에서 하나둘 솟아오른다.
앙상한 아카시아 나무가 오뚝이마냥 일렁이고
찬바람 한 줄기 건듯 불더니
먼지 같은 눈발이 이리저리 어지럽게 흩날린다.
첫눈이다.

눈이라고 인정하기에는 억울할 정도로
보일 듯 안 보일 듯한 꼬마 눈발이
잘 마른 억새풀 위로 한 바탕
불길 할퀴고 지난 뒤 흩날리는 검불처럼
위로 솟구쳤다가 내리꽂더니 비끼듯이 날리면서
첫눈이 내린다.

첫눈이 오면,

첫눈이 오면 만나자고 약속하던

옛 추억들이 설레면서 스치고 지나간다.

이제

'첫눈 왔으니 술 한잔하자.'고 하는 친구도 없다.

'눈 내리는 것 보니 옛 생각 난다.'고

전화도 오지 않는다.

쓸쓸히 지키고 있는 병실, 외로운 시간……

그러나 그보다

'첫눈 왔으니 술 한잔하자.'고

주저 없이 전화 걸만한 친구가 떠오르지 않는다.

누구는 바쁘겠지.

누구는 다른 친구와 만나고 있을 거야.

누구는 가족들과 시간을 보내겠지.

전화 걸어 선뜻 나오겠다고 할 친구 이름이

금방 떠오르지 않는다.

오직 당신께만

남에게 대접을 받으려면

남을 먼저 대접하라.

그러나 대접을 받으려고 애쓰지 마라.

마지막 수업 축하

아무에게나 대접받지도 마라.

대접받기 위하여 대접하지 말고

대접받지 않으려면 대접하라.

오직

한 분으로부터만 대접받기 위해

열과 성을 다해 노력하라.

그로부터 대접받기 위하여

그를 먼저 대접하라.

늘 그 자리에 있는 나무

시커먼 소나무 숲이 성큼 눈앞으로 다가왔다.
만산홍엽이 지고 찬바람이 외창문 틈새로 솔솔 새어 들어오는 계절,
짙푸른 소나무 숲이 늘 보아왔던 거기에 새삼스럽게 우뚝 서 있었다.

5월의 달콤한 아카시아 향기가 아름다웠던 그 숲.
거센 태풍 속에서도 싱그러운 신록의 자태를 힘차게 뽐내던 그 숲.
오색 단풍이 현란한 빛으로 눈을 어지럽게 했던 그 숲.

아카시아 잎이 노랗게 물들었다가 금방 시커멓게 떨어지고
떡갈나무, 굴참나무 검붉게 변했다가 낙엽으로 지고
야속한 가을비 한바탕 지나간 후
향기, 신록, 오색 단풍을 자랑하던 온갖 잡목이 나목으로 변해 갈 때야
겨우 서서히 그 모습을 나타내는 그 숲 속의 그 나무

호국보훈의 달 기념 특별 사진展 〈국군을 보다〉 전시작 2017. 6. 12

아무런 장애물에도 가려지지 않은 채 제 몫을 하고 있었으나

언제 거기 있었더냐는 듯 생소한 모습으로 더욱 커 보이는 나무

그때도 그 자리에 있었건만……

송화 지고 난 뒤 아카시아 향기를 더욱 감미롭게 했고

뾰족 송곳 잎으로 험한 태풍에도

숲을 살려주는 바람막이가 될 수 있었고

진한 녹색이 어우러져 오색 단풍을 더욱 아름답게 하기도 했었지만

어느새 앙상한 가지만 남아 볼품사납게 서 있는 그들 옆으로

여전히 변치 않고 당당하게 다가왔다.

겉만 화려했던 온갖 잡목들이 허울 벗고 본색을 드러낼 때

오히려 더 돋보이면서도 순진한 모습,

늘 있는 그대로의 모습으로 늘 그 자리를 지키고 있다.

이젠 그 소나무들이 거기에 있기 때문에 거기가 숲인 줄 안다.

아카시아, 참나무 등 상대도 되지 않는 온갖 잡목들이

땅속에 마수를 뻗어 고사시키려고 온갖 공작을 다 하지만

그것을 아는지 모르는지 그들 곁에서 다정스럽게

신성한 공기를 제공하며 태연하게 그들을 보호해 주고 있다.

화려했던 오색 단풍마저 찬바람 한 번 건듯 불고

때 이른 잔 서리 한 번 스치듯 지나가기만 해도

순간도 견디지 못하고 낙엽 되어 뭇사람의 발길에 이리저리 채이거나

마지못해 시커먼 모습으로 가지에 매달려 있지만

억새풀 너머 짙푸른 소나무 숲은

이럴 때일수록 더욱더 믿음직스럽게

그 모습 그대로 그 자리를 지키고 있다.

무슨 일이 있었느냐는 듯이……

작은 숲이 그렇게 커 보일 줄이야.

오후 햇살 받은 모습은 더욱더 눈부시다.

내 병실에서 볼 수 있는 가장 싱그럽고 생기 있게

살아 숨 쉬고 있는 저 모습들을

내 다음에, 그다음에 그리고 또 그다음에
들어올 사람들이 내내 볼 수 있었으면.

…………

그 소나무 숲이 다시 안 보이기 시작한다.
연녹색 봄기운이 돌자 소나무에는 시선도 가지 않는다.
온통 아카시아 꽃으로 뒤덮이면서
소나무 숲은 거무튀튀하게 흉물스러워 보이기까지 한다.
단풍이 지고 낙엽 질 때면
다시 성큼 더 크게 다가올 것이 확실하지만
반드시 반갑게 돌아올 그 날을 알고나 있는지.

● ○ ●

여섯 친구

물,

항상 낮은 데로 가면서도 모든 것을 감싸 안는

네가 나는 좋다.

돌,

비바람 아무리 몰아쳐도 결코 흔들리지 않는

네가 나는 참 부럽다.

흙,

가리지 않고 받아들여 새것으로 지어내는

네가 나는 정말 존경스럽다.

해,

호국보훈의 달 기념 특별 사진展 〈국군을 보다〉 전시작 2017. 6. 12

먹구름에 가려져 있으면서도 그 속을 비춰주는
네가 나는 자랑스럽다.

길,
멀고 험해도 가야 할 곳이 기다리고 있어서
네가 나는 항상 그립다.

좋은 친구들로서 그들이
늘 내 옆에 있기에
나는 아무도 모르는 내 마음의 부자다.

기도

내가 그때 받았던 많은 격려와 위로를

다른 많은 사람도 받을 수 있게 해 주소서.

나를 위로하고 격려하는 많은 사람이

그로 인해 오히려 위로받고 격려받을 수 있게 하소서.

내가 다른 사람들을 통하여 위로를 받았듯이

나를 통하여 더 많은 사람이 위로를 받게 해 주소서.

뜻한 바에 따라 쓰일 데가 있어

나를 선택하신 당신께 감사하게 해 주소서.

내가 무엇을 하게 될지는 모르지만

오직 당신의 뜻에 합당하게

당신이 보시기에 좋도록 모든 일을

당신이 주관하는 대로 믿고 기쁘게 순종할 수 있게 하소서.

호국보훈의 달 기념 특별 사진展 〈국군을 보다〉 전시작 2017. 6. 12

나를 믿게 하지 마시고

내가 당신을 믿고 있다는 것을 믿게 하소서.

나의 모든 것 당신 뜻대로 하시고

알지 못하면서도 온전히 순종하는 삶이 되게 하소서.

순종의 축복을 감사하게 해 주소서.

할 수 없는 많은 것에 대해 슬퍼하기보다

아직도 많은 것을 할 수 있다는 것에 감사하게 해 주소서.

내가 할 수 없는 것보다

내가 해 줄 수 없다는 것을 안타까워할 수 있게 해 주시고

나를 위하여 '하지 않아도 된다'고 하면서

하고 싶은 것을 애써 감추고 있는 그들을 위로하여 주소서.

불편한 다리에 집착하지 말고

두 팔, 두 눈, 두 귀 그리고 무엇보다도 훨씬 더 강건해진 머리와

훨씬 더 따뜻해지고 맑아진 가슴을 갖게 된 것에 감사하게 하소서.

뭇 짐승으로 태어나 적자생존의 먹이사슬 속에서

강자에게 잡아먹히는 약자가 되지 않고

인간으로 태어나 오히려 강자로부터

위로받고 보호받을 수 있다는 것에 감사하게 하여 주소서.

생각 없이 앞만 보고 달리다가

이제 생각하면서 좌우도 돌아볼 수 있는

여유를 갖게 된 감사함을 깨닫게 하여 주소서.

내 눈으로 보고 내 귀로 들은 것이라고 다 믿게 하지 마시고

다시 한번 생각하고 돌아볼 수 있는 여유를 가지게 하소서.

안일한 불의와 비굴한 안전보다

험난한 정의와 떳떳한 장애를 오히려 다행으로 생각하고

사람답게 살아가도록 한 것에 대하여 감사하게 해 주소서.

비굴하고 부정해서 잘되는 것을 부러워하지 말고

떳떳하고 진실해서 잘못되는 것을 부끄럽게 여기지 말며

오로지 당신이 알고 있다는 것을 즐겨 믿게 하소서.

돈과 명예와 건강을 가졌다고 만족하기보다

남을 위해 섬길 수 있는 것에 즐거움을 가질 수 있도록 하여 주소서.

대접받기를 바라면서 대접하지 않게 해 주시고

오직 당신의 대접만을 바라고 기뻐하게 하소서.

제 4 부

세 번째 지뢰 현장에 들어오다

"정치, 어떻게 생각하세요? 함께 일할 수 있겠습니까?"

진한 생귤차 향기가 몸에 금방 밸 것 같은 카페 창가 자리에 막 자리잡고 앉는데 휴대폰이 부르르 떨렸다. 만난 적도 본 적도 없지만, 연일 총선관련 관심의 초점이 되는 9시 뉴스에 조금이라도 관심이 있는 사람이라면 누구나 쉽게 알아들을 수 있는, 특유의 귀에 익은 목소리가 휴대폰 저편에서 뉴스에서와는 달리 부드럽게 들려왔다.

전역할 때 즈음 되어서야 오랜 세월동안 나의 두 다리가 되어 준 아내에게 *"지금까지 여유 없이 너무 힘들고 고생했으니까 1년 정도는 여행도 다니며 좀 쉬자."*라고 약속했었다. 하지만 전역 전에는 이 것저것 전직관련 교육, 전역 후에는 뜻있는 몇몇 동료들과 '이종명리더십사관학교' 창립 등으로 그 약속을 한참동안 지키지 못했다. 그러다가 아내의 반쯤 원망 섞인 말을 듣고서야 화들짝 놀라 급작스레 떠난 4박 5일 제주도 여행 중 돌아오기 하루 전날, 우연히 들른 중문지역 한라산 중턱에 자리한 어느 교회 카페에서 받은 전화였다.

37년의 군 생활을 마친 후, 그동안 받은 성원과 사랑을 갚아드려야겠다는 생각은 늘 해 왔지만, 그 길이 국회의원일 거라고는 꿈에도 생각지 않았다. 오히려 나는 우리 사회가 장애인에 대해 너무 소홀하다는 생각으로 지난 1년 동안 사이버과정으로 사회복지사 자격증을 취득하고, 대한민국 미래의 젊은 세대들을 위해 청소년들에게 희망과 꿈을 심어 주기 위해 재능기부 등 봉사활동을 더 열심히 해 보려하던 참이었다.

생각할 시간을 좀 달라 하고 전화를 끊었다. 내가 생각한 정치는 갈등을 해소하고 국민들을 행복하게 하는 것이었다. 그러나 그동안 언론을 통해 바라본 정치 행태는 그리 바람직해 보이지 않았다. 내가 정치에 잘 어울리는 사람인지에 관한 생각이 꼬리를 물었다. 2015년 9월, 전역이 임박했을 때 모 야당의 핵심당직자 보좌관이 찾아왔을 때에도 그랬고, 그 후에도 끈질기게 수차례 권유를 받기도 했지만 '나는 당신들과 생각이 다르다.'고 거절했다.

그러던 가운데 고향마을 어귀에 옆으로 휘어져 두 개의 석축 축대를 받쳐 둔 몇 아름드리 소나무, 용송龍松이 생각났다. 어릴 적 친구들과 그 나무 위에서 놀기도 하고, 나무그늘 아래에서 쉬기도 했다. 이 소나무는 조선시대 3도 수군통제사를 지낸 이운룡 장군이 심은 것이다. *이운룡 장군은 임진왜란 초기, 원균 장군을 설득하고 이순신 장군을 도와 최초의 승전인 옥포대첩과 한산대첩에서 큰 공헌을 하며 소통과 화합의 리더십을 보여주신 분이다. 또한, 전장에서 용맹을 떨쳐 위기에 처한 조선을 구하는 데 결정적인 역할을 한 분이기도 하다.* 이순신 장군을 있게 한 데에 지대한 역할을 한 분이다. 그분을 생각하면서 나의 조국 대한민국의 발전을 위해 조금이나마 도움이 될 수 있다면, 이 또한 큰 명예라는 생각이 들었다.

지뢰 사고 후 깨어났을 당시 *"내가 해야 할 또 다른 일이 있다."*라는 생각으로 몸과 마음의 역경을 이겨내 왔다. 국회의원이라는 새로운 역할은 17년 전 사고 현장에서 발휘한 애국심과 희생정신을 국민들이 인정해 주시고, 사고 이후 15년간 지팡이를 짚은 1호 장애군인으로 헌신한 점을 높이 평가해 주신 결과라는 생각이 들었다. 그동안 국가, 군, 그리고 국민들로부터 내가 받은 사랑과 성원에 보답할 수 있는 기회로 여기고, 이운룡 장군의 정신을 잇기로 결심했다. 그리고 아내에게 얘기를 했다. 아내는 "우연히 교회에 들르게 되고, 이런 전화를 받았으니 이것은 하나님의 뜻이지 않을까."라며 내 마음을 읽기라도 하듯 나에게 힘을 북돋아 주었다. 후에 *큰 아들도 "아버지께서 나라를 위해 더 큰 일을 했으면 좋겠어요."라고 한 말도 내게 큰 용기를 불어넣어 주었다.*

내가 다시 최일선에서 일하기로 마음먹은 것은 나의 꿈과 희망 때문이다. 국가를 위해 희생한 영웅들이 제대로 평가받을 수 있는 나라, 국민들에게 사랑받고 임무를 완벽히 수행하는 군을 만드는 데 기여하고 싶었다. 또한, 지팡이를 짚고 현역 군인으로 쉽지 않은 길을 걸어온 그 심정으로 나와 같은 장애인들의 어려움과 삶의 무게를 덜어드리고 싶었다.

나는 세 번째 지뢰 현장에 들어간다는 마음으로 국회의원 배지를 달았다. 첫 번째 지뢰폭발 때는 부하들의 안전을 위해 "위험하니 내가 간다!"라고 했고, 두 번째 지뢰폭발 때는 "위험하니 오지 마라. 내가 나간다!"라고 했다. 언제든지 국가와 국민들을 위해 내가 의미 있게 쓰일 수 있다면 주저 없이 현장으로 달려갈 것이다. 참으로 고맙고 감사한 새로운 역할을 주셨다. 이렇게 세 번째 지뢰 현장에서의 인생이 시작되었다.

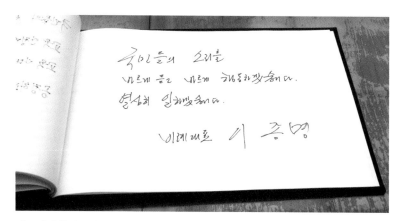

제20대 국회에 임하는 각오 2016. 4. 21

· ○ ·

지금도 우리는 전쟁 중이다

[뉴스 속보], 속보라는 글만 봐도 가슴이 철렁 내려앉는다. 우리 나라 뉴스 속보의 대부분은 '5차 핵실험', '미사일 발사' 등 북한의 도발이기 때문이다. 북한은 이처럼 지속적으로 한반도의 평화를 위협하고 있다. 그동안 국제사회와 함께 정권에 따라 대북 강경책, 유화책 등 구사하며 북한의 핵개발을 저지하려 했으나, *결국 북한은 핵개발 성공, 전력화, 실전 배치를* 눈앞에 두고 있다. 전쟁의 폐허 속에서도 반세기 만에 세계가 부러워할 만한 성장을 거둔 대한민국이 또다시 핵 한 발로 잿더미가 될 수도 있는 안보 위기에 직면했다. 이런 안보 환경의 악화라는 엄중한 현실 앞에서, 가끔은 우리가 보여주는 안보불감증이라는 내부의 적이 더 두려울 때가 많다. 도대체 얼마나 더 많은 희생자가 발생해야 국가 안보의 소중함을 느끼려 하는가?

이러한 생각은 국회의원이 되고 더욱 확고해졌다. 개원을 앞두고 희망 상임위를 조사해 보니 국방위원회를 하겠다고 나서는 국회의원이 거의 없었다. 나는 불과 1년 전까지만 해도 *육군 병과 별 최고 직위인 병과장의 계급을 단 군복을 입은 자랑스러운 대한민국 군인 이었다.* 오늘 이 순간도 전쟁을 하고 있다는 마음으로 국정에 임해야 할 국회의원들에게 국방위원회가 이토록 외면 받고 있다는 것은 개탄스러운 일이 아닐 수 없었다.

6사단 GOP대대 방문 2016. 8. 17

국회의원이 된 후, 첫 안보 이슈는 사드 배치 논란이었다. 국방위원회에서도 사드 배치에 대한 찬반 논란이 거세게 일었다. 사드는 북한의 고도화되는 북핵미사일 위협 아래 대한민국을 지키기 위한 '선택'이 아닌, '필수'적인 주권적, 자위권적 방어조치이다. 기존 패트리어트는 최대 40㎞ 이내의 저고도에서 방어가 가능하고 패트리어트 Ⅲ의 방어율도 50-70% 사이에 불과해 완벽한 핵미사일 방어가 불가능하다. 반면 사드는 40-150㎞ 고고도에서까지 요격이 가능하니 요격의 기회가 늘어나게 되는 것이다. *북한의 핵미사일 위협에 패트리어트에만 의존하는 것은 축구경기에서 기존 수비수에게 모든 수비를 맡기는 것과 같다. 사드 배치는 적의 중·장거리 슛 능력이 강화됨에 따라 기존의 수비수 앞에 추가 수비수를 중복 배치하여 대비하자는 것이다.*

그러자 반대하는 측에서는 국가 안보 이익이 아닌, 각자의 입맛에 맞게 해석해 각종 괴담과 오해, 불신을 조장했다. 특히 사드가 배치되면 성주는 '죽음의 땅'이 되고, 성주 참외가 '전자파 참외'가 된다는 식의 괴담 수준의 이야기들을 퍼트려 나가고 있었다. 이에 나는 2016년 7월 11일 국방위원회 사드 현안보고에서 괌 미군기지 현장을 방문해 우려를 불식시키자고 제안했고, 일주일 후 미군이 괌에서 운용하는 사드 포대를 한국 언론에 처음으로 공개하며 전자파 유해, 소음, 환경 피해 등의 위험이 전혀 근거가 없음을 입증했다. 정부가 보다 적극적으로 정확한 사실을 국민들에게 알리고 설득하는 노력을 해야 갈등을 줄일 수 있다는 것을 새삼 느꼈다.

유해성 논란이 잠잠해졌다고 사드 배치에 대한 반대가 수그러든 건 아니었다. 2016년 7월 13일 국방부가 사드 배치 지역을 성주로 최종발표를 하면서 갈등은 더욱 거세졌다. 사드 배치 지역 주민들의 반대 농성과 각 계층의 반대 여론으로 확산되었고, 중국은 노골적으로 경제보복 의지를 내비치며 남남갈등을 부추겼다. 대한민국은 자주독립주권국가로서 타국의 간섭을 받지 않고 자국의 안보를 위해 무기를 도입할 권리가 있다. 이에 반대하는 것은 명백한 내정간섭이다. 정치권에서 한 목소리로 대응해야 할 판에 오히려 중국의 입장을 옹호하는 듯한 발언이 쏟아지면서 중국에게 빌미를 제공하는 모양새가 되고 말았다. 게다가 북한이 가장 두려워하는 우리의 비대칭 전력인 '굳건한 한미동맹'을 뒤흔드는 위협을 가하고 있다.

이런 상황에서 2016년 7월 19일 본회의 사드 관련 긴급 현안 질의에 나섰다. 그리고 이렇게 말했다. "북한의 핵미사일 위협은 현실입니다. 이러한 위협 앞에 국가가 대비하지 않는다면 그것은 무책임한 것입니다. 안보불감증보다 더 무서운 것입니다. 국가 안위를 위한 일에 불신, 괴담, 갈등을 부추기는 일이 일어나서는 안 됩니다. 국가가 무너지면 지역도 없습니다. 국민이 없으면 국회의원도 없습니다."

안타깝게도 문재인 정부가 들어서면서 사드 배치 흔들기는 한층 더 심각해졌다. '보고 누락'과 '환경영향평가'라는 빌미를 잡아 사드 배치 문제를 쟁점화하는 꼼수는 대한민국을 심각한 위기의 소용돌이로 몰아가고 있었다.

이에 자유한국당은 문재인 정부의 안보 방치 행위에 강력한 대응을 하기로 했고, 그 대책으로 '사드대책위원회'를 발족했다. 간사를 맡은 나는 특위의 구체적인 운영 방안과 계획안의 밑그림을 그렸고, 이를 기반으로 관계자들과의 면담, 전문가 강연, 현장 방문 등을 통해 문재인 정부의 사드 선동 차단을 위해 적극적인 역할을 해왔다.

앞으로도 국가안보를 정략적으로 악용하는 망국적 행위 앞에서는 그 어떤 꼼수도 통하지 않음을 보여줄 것이다.

· ○ ○

과거, 현재, 그리고 미래

우리는 시간을 과거, 현재, 그리고 미래로 나누지만, 어쩌면 항상 시간은 현재인지도 모른다는 생각이 든다. 과거의 기억은 현재의 결정에 영향을 미치고, 현재의 결정은 미래를 결정한다. 그래서 현재의 결정은 늘 중요하다. 일본과 우리의 현재도 마찬가지이다. 과거의 뼈아픈 기억은 현재 우리에게도 생생하게 남아있다.

국회의원이 된 첫해인 2016년 8월 15일 광복절을 맞아 나는 독도 사랑본부와 동료 국회의원들과 함께 독도 땅을 직접 밟았다. 이름만 들어도 가슴 설레는 우리 땅 독도에 발을 딛자 가슴이 뭉클해졌다. 『韓國領한국령』이 선명하게 새겨진 동도의 바위벽을 보고 눈물이 날 뻔했다. 우리 바다, 우리 땅 독도, 검푸른 망망대해를 지키는 우리 경찰 용사들이 그렇게 자랑스럽고 믿음직스러울 수가 없었다.

국회독도방문단 독도방문 2016. 8. 15

　　현직 국회의원들이 독도를 찾은 것은 지난 2013년 8월 14일 이후 3년 만의 일이라고 했다. 정치인들의 독도 방문은 항상 한일 외교 관계에 상당히 민감한 이슈로 작용했다. 특히 지난 2012년 이명박 대통령이 독도를 깜짝 방문한 뒤 한일관계가 급속도로 냉각된 적도 있다. 아니나 다를까 우리의 방문에 일본 정부는 곧바로 강한 유감을 드러냈다. 그럴수록 우리 땅 독도를 반드시 지켜내야 한다는 뜨거운 피가 솟구쳤다.

　　독도를 방문하기 며칠 전인 8월 11일, 나는 국회에서 "동해! 일본해! 진실은 무엇인가?"라는 특별강연을 개최하기도 했다. 2017년 4월에 있을 모나코의 국제수로기구IHO에서 일본해 단독 표기냐? 혹은 일본해와 동해를 함께 표기하느냐를 결정하게 된다. 이에 동해의 단독 표기가 정당하다는 역사적 근거를 많은 분들에게 알려 드리고 싶었다. 국가적으로 너무도 중요한 시점이지만, 국가적 대응은 미흡하고 국민들의 관심은 부족해 안타까웠다. 나는 앞으로도 '우리 땅 독도'는 더 이상 일본의 부당한 영유권 주장의 대상이 될 수 없음을 널리 알리고, 실효적 지배권을 보다 강화할 수 있는 모든 조치를 다하겠다는 결의를 다졌다.

일본과의 과거 청산 문제 역시 한 발치의 진전이 없다. 위안부 합의가 일부 이루어졌지만, 이는 오히려 더 극심한 갈등을 유발하고 있었다. 이런 상황에서 정부는 북한의 고조되는 핵미사일 도발에 대비하는 차원에서 2016년 11월 23일에 최종적으로 한일군사정보보호협정을 체결하고 발효시켰다. 정보보호협정은 국가 간 통상적 정보를 공유하는 가장 기본적인 수준의 협력 단계로 현재 우리나라는 총 32개국과 동 협정 및 약정을 체결하고 있다.

일본과는 1989년부터 우리 군의 필요에 의해 제의해 왔으나 오히려 일본이 부정적인 반응을 보여 추진하지 못하다가 2012년 6월 MB 정부에서 협정 체결을 추진했지만, 정치권의 반대로 무산된 바 있다. 반대 측은 즉각 대통령 탄핵이라는 초유의 사태로 혼란스러운 와중에 이루어진 '졸속 협정', '매국 협정'으로 비판하며 파기를 주장했다.

영토분쟁국이자 특수한 과거사를 가진 일본과 국가 정보를 직접 공유하는 것은 불가하다며, 이를 현대판 '을사늑약'이라고 폄하했다.

북핵, SLBM, ICBM 등 북한의 비대칭 위협의 실전 배치가 임박한 상황에서 한반도에 적 미사일이 단 한 발도 떨어지지 않을 대비태세 구축을 위해서는 신속하고 정밀한 탐지-추적-타격 체계의 구축이 시급하다. 하지만 우리 군의 Kill Chain과 KAMD는 빠르면 2022년에야 구축이 가능하고, 정보자산은 턱없이 부족해 기존의 방어망도 무용지물이 될 위험에 직면했다. 국가의 존망이 걸린 안보 문제만큼은 우리보다 우수한 일본의 정보 능력을 활용해야만 한다.

한일군사정보보호협정은 국가 간 외교적 사안이다. 한일관계 특수성, 국민정서 등을 자극하여 안보라는 '국가 핵심 이익'을 훼손하는 정치적 선동은 중단되어야 한다고 지속적으로 촉구해 왔다. 이에 2016년 11월 28일에는 대령연합회와 함께 국회 정론관에서 한일군사정보보호협정 체결을 환영하는 기자회견을 통해 강력한 의지를 더욱 널리 알리는 노력도 했다.

일본과의 과거 청산, 독도 수호에 대한 의지가 남보다 모자라서가 아니다. 국가의 존망이 걸린 안보 문제에서만큼은 실리적인 판단을 해야 한다고 생각하기 때문이다. 그것이 바로 국가와 국민을 위한 선택이라는데 주저함이 없다. 오늘의 선택은 미래를 결정짓는 지표이다.

계속되는 군인의 삶

전역을 하면서 나는 이렇게 말했다.

"군복은 벗었지만, 군의 예비전력으로서 늘 군인의 삶을 살겠다."

다만 지금은 나의 전장이 바뀌었다. 군이 보다 선진강군으로 나아

전역식 2015. 9. 24

갈 수 있도록 총칼 대신 군이 필요로 하는 지원은 강화하고 잘못은 바로잡는 활동으로 애국을 실천하게 된 것이다.

군인이 존경받는 사회를 꿈꾸며….

내가 꿈꾸는 나라 중의 하나가 군인이 존경받는 사회이다. 국가와 군을 위해 희생한 사람들이 정당한 평가를 받을 수 있는 사회를 만들고 싶다. 우리나라 군인들은 지구상의 유일한 분단국가를 지키고 있는 사람들이다. 그런데 옛날 정치군인에 대한 잘못된 인식 때문에 여전히 군인들이 사회에서 제대로 대우를 받지 못하고 있다. 물론 군인들이 존경받지 못하는 데에는 방산비리, 병역비리 등 눈살을 찌푸

국방위원회 전체회의 질의

리게 하는 사람들이 존재한다는 배경이 있다. 그러나 비리를 저지른 1%의 사람들 때문에 방위산업이 모두 비리의 소굴로 낙인 찍히고, 자기 임무를 성실히 수행하는 99%의 군인들이 비난받는 현실은 안타까울 따름이다. 당연히 방산비리, 병역비리 등 국민의 신뢰를 좀먹는 비리는 없어져야 한다.

군인은 녹색의 군복을 입는 순간부터 오직 국가를 위해 죽길 소망하고, 땀에 전 군복을 여미며 이 땅의 진정한 파수꾼이 되겠다고 맹세한다고 했다. 하지만 국가와 국민들을 위해 자신의 몸이 망가지는 희생에 주저하지 않았던 영웅들이 감내해야 하는 대가는 오히려 참담하다. 이에 국회의원이 되고 난 후 발의한 1호 법안은 「군인연금법 일부개정법률안」이었다. 현행법상 장애보상금은 그 공적은 전혀 고려되지 않고 부상정도만 판단해 일률적으로 지급되고 있다. 그래서 전투나 고도의 위험을 수반하는 직무를 수행하다 질병이나 부상을 얻어 심신장애 판정을 받는 경우, 장애보상금 지급액을 공무 외 사고 등 일반적인 심신장애 전역의 경우보다 상향하도록 규정했다.

군 복무 중 장애를 입은 전우들의 전역 후의 삶에 관한 나의 관심은 각별하다. 나 역시 지뢰 사고를 당한 당시에도 군인 이외에 다른 것은 생각해 본 적이 없었다. 당장 군인을 할 수 없게 된다면 너무도 눈앞이 막막한 일이었다. 열심히 재활에 구슬땀을 흘리는 동안 국민들의 성원과 군의 전향적인 인식의 전환 끝에, 나를 계기로 '군인사법 시행령'이 개정되어 군 복무 중 장애를 입은 군인들도 군에 남아 계속 국가를 위해 일할 수 있게 된 것은 너무도 큰 영광이다. 아니, *나의 영광이라고 하기보다 후배 장병들에게 훨씬 의미 있는 법 개정이다*. 그런데 17년이 지난 지금까지도 불의의 사고를 당한 병사들에 대한 배려는 거의 변함이 없다는 점은 놀라울 따름이다.

최근 7년간 2010년~2016년 지뢰사고를 당한 병사는 총 7명인데 이들에 대한 장애보상금은 6백만~8백만 원 사이에 불과하다. 병역 의무를 이행하다 입은 신체장애로 평생을 장애인으로 살아야 하는 당사자들에게는 너무도 가혹한 고난이 아닐 수 없다. 이에 국방부를 설득하고 함께 토론했다. 결국 국방부가 군 복무 중 신체장애를 입은 장병들을 부사관, 혹은 군무원으로 채용하기로 결정했다. 부사관 채용 근거는 국방부 군인사법 시행령 개정으로 가능했고, 군무원 채용 근거는 내가 「군무원인사법 일부개정법률안」을 발의하여 마련했다.

다음으로 내가 꼭 이루고자 하는 목표가 하나 더 있다. 현역들도 국가유공자로 예우 받고 불릴 수 있도록 하는 일이다. '참군인, 젊은 영웅' 김정원, 하재헌 하사는 작전 중 북한의 목함지뢰 도발에 다리를 잃었지만 현행법상 현역이라는 이유만으로 '국가유공자'가 될 수 없었다. 이들에게 금전적인 보상을 더 해달라는 것이 아니다. 나라를 지키다 다친 이들은 그 순간부터 국민들에게 명예롭게 기억되어야 한다. 이를 위해 현재 관계부처들과 부지런히 토론을 하고 있으며,

곧 좋은 성과를 반드시 이루고자 한다.

　군 복무 중 받은 심신 장애에 대한 국가의 예우는 너무도 당연한 것이지만, 현실에서는 늘 외면 받아 왔다. 아무도 이 영웅들의 공적, 그리고 삶에 관해 관심을 두지 않았기 때문이리라. 늦었지만, 지금이라도 그동안 외롭고 쓸쓸히 자신의 삶을 감당해 왔던 이들에게 힘이 될 수 있다는 사실만으로 두 다리가 한결 가벼이 느껴진다. 나에겐 너무도 큰 보람이자 성취이다.

　2017년 6월 12일 국회 의원회관에서 사진전을 열기도 했다. 많은 희생과 헌신을 하고 있는 군인들이 그만한 평가와 인정을 받고 있는지 돌아보고 싶었다. '국군을 보다'라는 주제와 '보이지 않는 곳에서 당신을 지키는 사람들'이라는 부제를 정해놓고 4개월여를 정성스레

「Remember 804」 1주년 행사 2016. 8. 4

준비했다. 우리가 누리는 일상은 군인들의 값진 희생으로 만들어진다. 군인들이 흘리는 땀과 눈물의 흔적이 많은 사람의 기억 속에서 오래도록 공유되길 바라본다.

첫 국감장에 서다

첫 국정감사에 임하는 나의 소명은 '든든한 국방, 따뜻한 복지'의 실현이었다. TV로만 보던 국정감사장의 차분하고 긴장감 도는 분위기는 큰 책임감을 느끼게 했다. 국정감사는 입법기관인 국회가 행정부를 감시하고 견제하는 수단으로써 그 의미가 대단히 중요하다. 정부가 법이 정한 바에 따라 일을 제대로 하는지, 혈세 낭비는 없는지, 추진하는 정책들이 목표한 성과를 이루어 내고 있는지 등을 집중적으로 파고들며, 진심어린 조언과 질책을 하는 과정이다.

물론 이 과정에서 *국민들이 보기에* 정쟁으로 번져 비방하는 국정감사의 모습이 비추어지기도 한다. 그래서 나는 국감에 임하며 생산적인 비판 의식은 갖추되 군의 모범되고 참된 모습도 널리 알려 국군의 위상을 높이고자 결심했다. 평소 군을 바라보는 국민, 국회, 언론들의 싸늘한 시선 속에서 정작 열악한 환경에서 묵묵히 군을 위해 노력하는 군인들의 노고는 제대로 평가받지 못하고 있는 현실이 너무도 안타깝기 때문이다. 이에 언제나 맡은 임무를 충실히 수행하고, 나아가 시민들의 생명을 지키기 위한 일에는 서슴지 않고 모범적인 행동을 보여주는 국군의 미담사례를 국정감사에서도 가장 먼저 소개해 군의 사기 진작에 기여하고자 했다.

사실 국회의원이 되고 난 이후, 나는 군의 미담사례를 하나도 빼놓지 않고 챙기려 노력해 왔다. 국방위에서 미담을 소개하는 것에 그치지 않고, 모범을 보인 장병, 모범 기업, 부대 등에 직접 친필 편지를 보낸다. 편지를 받은 이들 또한 정성스러운 자필로 답장을 많이 보내주신다. 한결같이 당연한 일을 했는데 관심을 주셔서 감사하다고 한다. 또한 군인본분에 충실하여 참다운 군인이자 대한민국의 훌륭한 사회 일원이 되겠다고 각오를 밝혀 주신다.

한 자 한 자 그 정성을 읽다 보면, 이 분들이 곧 사회를 이끌 빛과 소금이자, 이분들의 날갯짓이 아름다운 세상을 만드는 밀알이 될 것이라는 믿음이 생긴다. 감사하다는 진심 어린 말을 전하고 싶어 시작했으나, 오히려 내가 더 큰 응원과 격려를 받고 있다. 앞으로도 이 분들에 대한 감사의 표현은 멈추지 않을 것이다.

국방위원회 국정감사에서 가장 큰 쟁점은 당연히 물 샐 틈 없는 군 전투력 유지와 대비태세 구축이었다. 북핵실험, SLBM을 비롯한 각종 미사일 발사 등 한반도 안보 환경을 뒤흔드는 김정은 정권의 도발이 이어지는 가운데 이루어진 국정감사였기에 더욱 그러했다. 막상 국정감사 준비를 해 보니 우려스러운 점들이 여럿 보였다. 대표적으로 북한의 무인기 침투 도발이 여러 번 있었지만, 이에 대해 제대로 대응하지 못해 대비태세 마련이 시급했다. 북측 사이버 선동도 월 1만 건으로 나날이 늘어가고 있는 상황에서 대북 사이버 감시 기능의 강화도 한시를 미룰 수 없는 일이었다.

또한, 우리 군의 첨단레이더, 장갑차 등을 생산하는 방위산업체들의 전산망은 이미 북한 해커들의 놀이터가 되어 있었다. 지난 3년간 방위산업체를 노린 해킹 시도가 1천억 건에 달하고 있는 상황으로, 종합적인 대책 마련이 필요했다. 나아가 북한의 추가적인 비대칭 전력에 대한 독자적이고 실효성 있는 대응 전력 구축을 촉구했다. 즉 북핵 미사일, 사드 등과 같은 최근의 쟁점뿐만 아니라, 장기적인 관점에서 위협 요소를 식별하여 전반적인 국군의 전쟁 억제력과 수행 능력 증강을 위한 의견을 제시했다.

본회의 'THAAD 관련 긴급현안 질의' 2016. 7. 19

군의 전투력을 저해하는 무기 도입 부실 및 지연도 문제가 있어 보여 조속한 해결을 요청했다. 세월호 사건 이후 큰 사회적 문제로 대두되었던 통영함 비리 사건은 정상화를 위해 엄청난 예산이 추가 투입되어야 하는 상황이었다. 군 피아식별기 교체는 적기를 놓쳐 향후 한미연합작전에 큰 차질이 발생할지도 모르는 상황에 처해 있었다. 또한 우리 군의 대공무기 '천마'는 표적기 업체의 부도로 3년째 실사격을 한 번도 하지 못하고 있었고, 비상상황에서 우리 장병들의 생명을 지켜 줄 골든타임을 확보하기 위한 의무후송헬기 역시 예산이 한 푼도 반영되지 못해 지연되고 있었다.

군의 무형전력 강화에도 많은 관심을 기울였다. 군 전투력 유지를 위한 장교·부사관들의 정년 연장 필요, 잦은 이동과 노후한 주거시설 등으로 인한 군인들의 주거 환경 개선 필요, 간호인력 정원 구조 개선으로 의료 서비스 질 개선 필요, 중기복무자들에 주어지는 전직 교육 강화 필요 등 그동안 군의 배려가 부족했던 분야에 대한 지적이 이어졌다.

부지런히 달려 최선을 다한 국정감사가 마무리되었지만, 내가 할 일이 끝난 게 아니었다. 국정감사가 국민들 눈에 '빈 수레 국감', '맹탕 국감'으로 비치는 이유는 '비판을 위한 비판'의 수준에 머물기 때문일 것이다. 반쪽 국감으로 끝내고 싶지 않았다. 이후 국감에서 제기된 문제점과 대안을 중심으로 입법 발의 등 후속 대책을 지체 없이 추진했다.

우선 직업군인들의 정년을 계급별로 1-3년 연장하는 「군인사법 일부개정법률안」을 제출했다. 일반 공무원의 경우 지난 2008년 「국가공무원법」 개정으로 정년이 60세로 연장되었지만, 직업군인은 1993년 정년연장 이후 당시의 짧은 정년이 지금까지 유지되고 있는 실정이다. 그로 인해 숙련된 인력들이 계급별 정년에 걸려 조기에 유출되고 있다. 특히 군 전투력의 핵심이라 할 수 있는 대위, 소령 계급의 군인은 37-45세의 젊은 나이에 전역함으로써 군 전투력 약화는 물론 개인의 직업안정성 차원에서도 문제가 심각한 상황으로 더 이상 미룰 일이 아니라 생각했기 때문이다.

전역 후 취업을 원하는 장병들을 위한 전직 지원도 확대했다. 현행법상 제대군인에 대한 전직 지원은 중·장기 복무자로 한정되어 있다. 반면 병사들을 비롯한 단기 복무자들에 대해서는 전직 지원에 대한 법적 근거가 전무하다. 전역 직전까지 군 복무에 전념하다 보면 개인 취업 준비는 거의 할 수가 없다. 이러한 현실을 감안해 단기 복무자에 대해서도 전직 지원을 할 수 있도록 하는 「제대군인지원에 관한 법률 일부개정법률안」을 발의했다.

반면 중기복무자들에 대한 전직 교육 확대를 추진하는 과정은 그리 순탄하지만은 않았다. 국정감사를 통해 중기복무자들에게 주어진 진로교육1박 2일, 전직 기본교육4박 5일 등의 교육 이수율이 50% 미만인 상황을 지적했다. 이후 국방부는 그동안 10년 이상 복무한 장기복무자들을 위주로 이루어지던 전직 교육 대상을 확대하여, 5년 이상 10년 미만 중기복무자에게도 최장 3개월까지 전직 기간을 지원하겠다고 밝혔다. 너무도 반가운 결정이었다.

그런데 자세히 살펴보니 문제가 있었다. 현행 「군인사법」에 의해 의무복무기간을 다 채우지 못한 인원들과 군장학금을 받거나 위탁교육을 받은 경험이 있는 인원들은 지원에서 제외된다는 것이었다. 그대로 두고 볼 수는 없었다. 군에 5년 이상 몸을 담았지만 본인의 의사와는 상관없이 장기복무에 선발되지 않아 사회로 복귀를 해야 하는 군인들에게 이렇게 매정해서는 안 된다고 생각했다. 국가에 충성한 제대군인이 사회에 안정적으로 복귀할 수 있도록 도와주는 것이야 말로 국가의 기본적인 도리라고 생각했기 때문이다.

국방부의 마음도 기본적으로는 나와 같았다. 다만 법적 근거를 개정하는 데 시간이 걸려 차후에 대상을 확대할 계획이라고 했다. 그렇다면 하루 빨리 서둘러 'Anti 군인'을 만들어서는 안 된다고 설득했다. 결국 나의 진심이 통했다. 마지막까지 국가는 제대군인의 헌신에 정당한 보상을 해야만 한다. 제대군인은 그 누구보다 사회 발전을 이끌 귀한 인재가 될 것이기 때문이다.

방위산업의 발전을 이끈 민군 협력을 확대하기 위한 「방위사업법 일부개정법률안」도 발의했다. 국정감사를 통해 확인해 보니 국방과

학연구소ADD의 연구 장비에 대한 민간부분과의 공동 활용 비율이 너무 낮았다. 총 1만 291개 중 공동 활용하고 있는 장비는 전체의 11.2%에 불과했다. 반면 2015년 7월 한국 법제연구원이 「국가연구시설 장비 운영 및 공동 활용 촉진에 관한 법률 연구」를 통해 조사한 결과, 타 기관 국가 연구시설의 경우 전체의 71.1%를 민간과 공동 활용하고 있는 것과 큰 차이를 보였다.

현실적으로 새로운 무기 및 장비개발에 참여하고자 하는 민간 업체들은 시험평가와 관련된 비용 과다, 기술력 부족 등에 대한 고충을 겪고 있었다. 이에 개정안은 무기체계의 연구개발에 있어 필요성이 인정될 때에는 방위산업체, 일반 업체, 그리고 일반연구기관 등에 시험평가 시설, 설비, 정보 등의 지원을 확대할 수 있도록 하는 것을 주제로 했다. 방위산업은 미래의 신성장 동력이라고 평가되고 있다. 이런 작은 노력이지만, 우리나라 방위 산업의 기반이 더욱 튼튼해지는 데 기여할 수 있기를 기대해본다.

마지막으로 우리나라에서 가장 엄격한 공정성을 요구하는 분야 중 하나가 바로 병역이행이다. 병무청 국정감사를 통해서도 정치인, 고위공직자, 예술체육인 등의 병역회피나 면탈 사례는 사회적 위화감과 상대적 박탈감을 초래하여 큰 사회적 갈등 원인으로 작용하고 있다는 것이 지적되었다. 이에 나 역시 병역 기피자에 대한 실효성을 제고하는 방안을 마련했다. 현행 「병역법」은 병역판정검사 징병검사

기피, 징집 기피, 복무 이탈 등 병역 기피자에 대한 제재를 위해 취업, 창업 등의 경제활동을 하지 못하도록 제한하고 있다.

그런데 구직자에 대해서는 병무청이 직접 고용보험, 건강보험 등을 통해 취업 여부를 확인할 수 있는 반면, 창업, 특허 등 행정정보는 시군구 지자체에 일일이 의뢰하는 비효율적인 과정을 거치고 있는 현실이다. 이에 병무청이 병역 기피자들의 사업자 등록 여부에 대해서도 국세청을 통해 일괄 조회할 수 있도록 근거를 마련하는 「병역법 일부개정법률안」을 발의했다.

이처럼 가시적 성과를 이룬 것에 보람을 느끼며 국정감사를 마무리했지만, 여전히 산재되어 있는 많은 문제점들을 생각하면 다소 아

2016 국정감사

쉬움이 남는다. 나는 이 감정을 소중하게 간직하고자 한다. 이는 다음 국정감사에 임하는 훌륭한 자양분이 될 것이기 때문이다.

호국보훈의 달 기념 특별 사진展 〈국군을 보다〉 전시작 2017. 6. 12

나의 소명을 다하자

국가, 그리고 군을 위해 필요한 법안을 발의하는 일도 게을리 하지 않고 있다. 이것이야말로 국민들과 한 정치인 이종명의 약속이자, 국민을 위한 소명이기 때문이다.

2016 국정감사

북핵 위협에 대비태세를 구축해야 하는 국방 분야 발전에 가장 큰 걸림돌은 단연 국방예산의 부족이다. 많은 국민들이 이런 주장에 대해 대체 그 많은 국방예산을 어디에 썼기에 이제 와서 우리 감시 능력 자산이 없다고 말하느냐 되물을 수 있다. 그러나 국방예산의 현실을 들여다보면 쉽게 이해된다. 국방예산은 국민들의 생각과 달리 넉넉하지 않다. 2017년 기준으로 국방예산 40조 3천억의 42.5%는 장병들의 급여, 급식, 피복 등 병력운영비에 쓰인다. 또한 지난 11년 동안 방위력 개선비 확보 실태를 보면 계획대비 최대 81% 확보에 그쳐 주요 전력 사업들이 줄줄이 지연되고 있는 실정이라 더욱 그러하다. 이에 「국방개혁에 관한 법률 일부개정법률안」을 발의해 국방개혁에 소요되는 재원을 반드시 확보하도록 했다. 예산부족으로 국방개혁에 차질이 발생하는 것은 국가 안보의 큰 위협이기 때문이다.

또한 북한의 도발 위협, 수해, 지진 등 국가 위기 발생 시 국민들의 안전을 도모하고 국가 위기관리 능력을 강화하기 위해 비상대비업무 담당자를 확대하도록 하는 「비상대비자원 관리법 일부개정법률안」도 국회에 제출했다. 현행법은 국가 주요 기관과 정부 부처, 광역 지자체에만 비상대비업무를 전담할 인력을 두도록 의무화하고 있을 뿐, 정작 비상사태 시 가장 직접적인 피해를 입는 시군구지역에는 전담조직과 인력이 부재하여 주민들의 생명과 안전이 위협받고 있다. 이에 시군구지역에도 비상대비업무를 전담할 인력을 두도록 하여 국가위기관리를 위한 인력체계를 완비하도록 했다.

항상 충실히 전선을 지켜내고 있는 군인들의 사기 진작과 복지 증진을 위한 제도 개선도 놓치지 않고자 노력했다. 우선적으로 육아휴직 기회를 확대했다. 현행 「군인사법」에는 육아 휴직을 할 수 있는 대상을 여전히 '여군'으로만 한정하고 있었다. 군은 이미 1999년, 육아휴직 제도를 도입해 육아휴직을 활용하고 있는 인원의 17%가 남군임에도 불구하고 여전히 법률 개정이 이루어지지 않고 있었다. 또한 2015년 3월, 정부가 출산율을 제고하고 '일-가정' 양립을 지원하는 정책의 일환으로 남성공무원의 육아 휴직 기간을 기존 1년에서 3년, 그리고 육아휴직 대상 자녀 기준도 완화한 내용의 「국가공무원법」을 개정한 것에 따라, 국가 공무원과 같은 수준으로 육아 휴직 요건을 완화하는 「군인사법 일부개정법률안」을 국회에 제출했고, 이미 국회 본회의를 통과하여 시행되고 있어 큰 보람을 느끼고 있다.

군인들의 안정적인 주택 공급을 위한 제도 개선 방안도 마련했다. 우선 현행법상 군인에 대한 주택 우선 공급은 10년 이상 복무한 군인 중 무주택세대주에게 주어지도록 하고 있어 '무주택세대구성원'인 군인은 제외되고 있었다. 이에 주택 우선 공급 신청의 요건을 '무주택세대구성원'으로 「군인복지기본법 일부개정법률안」을 개정하여 보다 많은 군인이 주거복지 혜택을 누릴 수 있도록 했다. 현역 이외 보훈보상대상자들에 대한 제도적 미비점 보완도 병행했다. 보훈보상대상자들은 과거 「국가유공자 등 예우 및 지원에 관한 법률」을 적용받아 주택의 우선공급이 가능했지만, 오히려 「보훈보상대상자 지원에 관한 일부개정법률안」이 제정되고 난 이후에는 해당 규정이 없어 지원에서 제외되고 있는 현실이라 이를 바로 잡았다. 정책을 입안하며 차마 세심하게 배려하지 못한 결과로 불이익을 감수해야만 하는 대상들이 발생한다. 앞으로도 이러한 불합리한 제도를 발굴해 보다 올바른 정책이 구현될 수 있도록 노력하고자 한다.

현실의 변화를 제대로 반영하지 못한 법안들도 생각보다 꽤 많다. 2016년 5월 디지털시대의 흐름에 발맞추어 이메일, 컴퓨터 문서 파일 등도 증거로서 인정되도록 하는 「형사소송법」이 개정되었다. 그럼에도 불구하고 여전히 군사재판에서는 범행 사실을 자백한 이메일, 문서파일 등이 발견되어도 피고인이 법정에서 "내가 안 썼다"라고 하면 증거를 쓸 수 없는 실정이었다. 이에 형사소송법과 같이 디지털 증거 능력을 인정하도록 「군사법원법 일부개정법률안」을 발의해 다양한 범죄에 신속하게 대응하기 위한 기반을 마련했다. 또한 그동안 장교의 임용에 있어서는 선발 이전의 모든 범죄·수사 경력을 조회하고 있는데, 준·부사관 및 군무원의 경우 만 19세 이전에 발생한 사건에 대해서는 조회할 수 있는 근거가 없었다. 대다수가 20대 초반에 임관하는 부사관의 경우, 특히 자질과 품행을 검증할 수 있는 기간이 제한적이다. 군 간부의 자질 결함으로 인한 각종 사고는 단순히 개인을 넘어 군 전체의 사와 전투력에 악영향을 미친다는 점에서 군 간부 및 군무원 자질 검증을 강화하는 「형의 실효 등에 관한 법률 일부개정법률안」도 마련했다.

한편 최근 사회 전반에 널리 퍼진 SNS 활동은 군의 입장에서는 큰 골칫거리일 때가 많다. 실제로 2015년 9월 해병대 소속 A중위는 군의 전술체계망ATCIS 화면 사진을 외부로 유출했고, 2015년 11월 육군 B대위는 북한군 동향, 잠수함발사탄도미사일SLBM 수중 사출시험 정보 등을 누설해 군 정보당국의 첩보 수집 활동이 제한되는 등 국익을 저해하는 행위들이 벌어지고 있다. 군사기밀의 유출은 그 행위의 의도는 크지 않았더라도 그로 인한 결과는 실로 엄청나다. 이에 군사기밀을 불특정 다수에게 누설하는 사람에 대한 처벌을 강화하는 「군사기밀보호법 일부개정법률안」을 발의했다.

병무청은 2023년부터는 인구절벽 시대가 도래하여 병역자원이 부족할 것으로 예상하고 있다. 이에 미래 병력 확보를 위한 준비가 보다 적극적으로 검토되어야 할 때이다. 이런 차원에서 국가 안보를 위해 군에 가고 싶어도 가지 못하는 젊은이들을 위한 입대 길을 여는 「병역법 일부개정법률안」 2건을 발의했다. 그 첫 번째는 탈북민들도 원할 경우, 군대에 입대할 수 있도록 하는 법적 근거 마련이다. 탈북민들은 현행법상 군 입대 면제가 가능토록 되어 있고, 대부분 하나원에서 한국 정착 교육을 받을 때 병역 면제 처분 동의서에 서명을 한다. 대부분 막연한 한국 사회에 대한 불안감 때문이다.

그런데 한국 사회 적응 이후 떳떳한 대한민국 국민으로 살고자 병역 이행을 희망하더라도 한 번 신청한 병역 면제에 대해서는 변경이 불가능한 실정이라 병역면제 처분을 변경할 수 있는 근거를 만들었다. 두 번째는 시력·체중 등의 사유로 4, 5급 판정을 받은 사람 중 질병을 치료하고서라도 군에 입대하고 싶다는 젊은이들을 위한 길이다. 병무청은 얼마 전부터 질병 치료 후 병역자진이행을 희망하는 사람들을 안과병원, 헬스장 등 자발적 후원기관과 연계하여 무료 치료를 지원하고 있고, 이는 사회적으로 좋은 귀감이 되고 있다. 이에 자진 입대를 희망하는 젊은이들에게는 국가가 치료비를 지원하여 병역이행 문화 확대에 기여하고자 한다.

  국회의원이 되고 이름을 알리려 노력하기 보다는 군이 잘하고 있는 일은 충분히 국민들에게 알리고, 바로잡을 일에는 그 누구보다 단호하고자 한다. 그런 나의 진심을 많은 분들이 알아주셨다. 감사하게도 바른사회의정모니터단에서 선정한 '대학생이 뽑은 20대 국회의원', 대

바른사회의정모니터단 선정 '대학생들이 뽑은 20대 국회의원' 수상 2016. 7. 26

한민국 충효대상 '의정활동공로부문', 새누리당 '국정감사 우수위원', 그리고 '국회의원 아름다운 말 선플상', 국회사무처에서 선정하는 '2016 입법 및 정책개발 우수 국회의원' 부문 최우수상을 수상하는 영광을 안았다.

제4회 국회의원 아름다운 말 선플상 수상 2016. 11. 7

앞으로도 해야 할 일들이 너무 많다. 북한의 위협에 대비하기 위해서는 군의 전투력은 보다 획기적으로 보강되어야 한다. 그리고 군이 국민들의 신뢰를 받지 못하고, 현역 장병들이 군 생활에 만족하지 못하는 현실을 개선하기 위해서는 나를 비롯한 정치권이 더 많은 정성을 쏟아야 한다.

제61회 현충일 추념식 참배 2016. 6. 6

지팡이로 중심을 잡는 국회의원의 약속

전역하고 나서 군 아파트를 내 주고 세종시로 이사하면서 12층에 살았는데, 하루 종일 집에 있는 날이 많아졌다. 그날도 아내는 볼일 보러 나갔고, 그사이 갑자기 화재경보가 울리기 시작했다. 물론 나중에 오작동으로 밝혀졌지만, 그 당시에는 매우 긴급한 상황이었다. *나는 집에서 휠체어를 타고 있는데 혼자서 12층에서 탈출할 방법이 없어서 무척 당황스러웠다.* 재난상황에서 대처능력이 취약할 수밖에 없는 장애인들에게 재난과 위험에 대한 대비는 생명과 직결되는 것이다. 서울소방본부의 2014년 통계만 보아도 화재로 인한 사상자 및 사망자 비율은 장애인이 비장애인보다 2배 이상 높은 실정이다.

국회의원 되고 난 직후 바로 이런 경험들을 의정활동에 녹여냈다. 개원 후 2016년 7월 12일 나의 첫 토론회는 '장애인이 안전해야 모두가 안전하다'였다. 이 토론회는 재난취약계층의 재난안전관리 개선을 위한 것이었다. 재난상황에서 대처 능력이 특히나 취약할 수밖에 없는 장애인들에게 재난과 위험에 대한 대비는 생명과 직결되는 것이다. 이 자리에 나온 귀한 의견들을 모아 7월 15일 「재난 및 안전관리 기본법 일부개정법률안」을 발의했다.

재난에 취약한 장애인, 노인, 어린이를 안전취약계층으로 지정하고, 국가로 하여금 이들에 대한 맞춤형 안전관리 기준과 대책을 마련하도록 하는 것이다. 이 법안은 2016년 12월 29일, 그해 마지막 본회의에서 통과되어 작은 성과를 얻었다. 이로써 많은 장애인들이 화재경보 앞에서도 꼼짝달싹 할 수 없었던 나와 같은 경험을 하지 않기를 바라는 마음이다.

갑자기 국회로 들어오면서 세종시 집을 두고 출퇴근이 가능한 위례신도시로 급하게 전세를 얻어 들어갔다. 그런데 휠체어를 타고 화장실에 세수를 하러 들어가려는데, 문이 너무 좁아서 휠체어가 들어가지 않았다. 거동이 불편해 집에서 휠체어를 타는 장애인이나 노인들의 생활상 불편도 걱정이 되었고, 예전에 화재경보가 울렸던 순간을 기억하니 더욱 아찔한 생각이 들었다. 이에 건물 내 출입문, 화장실문 등을 휠체어가 통과할 수 있도록 바꾸어야 한다는 생각이 들었다. 이에 선진국들의 입법 사례들을 조사했다.

영국은 이미 1990년대 주거전문가 등이 노인과 장애인등이 불편함 없이 거주할 수 있도록 하는 평생주택기준$^{Lifetime\ home\ Standards}$을 개발하여 2013년부터는 모든 주택에 적용하고 있었다. 약자에 대한 이들의 세심한 배려가 부럽기만 했다. 이를 근거로 건축 기준을 조정하는 「건축법 일부개정법률안」과 「주택법 일부개정법률안」을 발의했다.

또한, 좋은 취지의 제도에도 불구하고 현실을 제대로 반영하지 못한 부분을 발견해 보완한 일도 있다. 활동이 불편한 장애인들이 차량을 구입하면 세금 혜택을 주는 「지방세특례법」이 그것이다. 현행법상 1급-3급의 장애인 본인이나 그 가족이 2,000cc 이하, 7인승 이상 10인승 이하인 승용차를 구입하면 취득세와 자동차세를 전액 면제하도록 되어 있다. 그런데 일반 보행이 불편한 중증장애인 등이 휠체어 탑승을 위해 차량을 개조하면 차량이 7인승 이하로 변경되어 감면 대상에서 제외되고 있었다. 휠체어를 사용해야 하는 장애인들은 주로 지체장애인과 뇌병변장애인이다. 이에 휠체어 탑승을 위해 차량을 개조했을 때에도 기존의 세금 혜택이 주어지도록 법안을 개정했다.

매서운 바람이 겨울을 알리고 있던 지난겨울 어느 날, 중증장애인 시설인 '동천'을 방문한 일이 있다. 그곳에서 중증장애인들이 숙련된 기술로 우수한 품질의 모자를 만들어 내고 있는 모습은 참으로 뭉클했다. 내가 바라고 꿈꿨던 장애인의 자립은 바로 이런 것이었다. 스스로 일어나 소득을 창출하고 그 소득을 기반으로 가정을 꾸리고, 자산을 쌓아가는 보통의 삶을 살기를 바란다.

장애인기본법 제정방향과 비전에 관한 토론회 2016. 11. 25

  그런데 안타깝게도 이 꿈은 국가의 적극적인 관심과 지원 없이는 이루기 어렵다. 정부도 중증장애인 우선 구매 제도를 마련해 공공기관이 의무적으로 중증장애인생산품을 구매하도록 하고 있으나 여전히 공공기관의 관심부족으로 목표를 달성하지 못하고 있고, 일반인에게는 제대로 홍보도 되어 있지 않은 실정이다. 이에 현장의 목소리를 담아 중증장애인 우선 구매 제도의 실효성을 강화할 수 있는 「중증장애인생산품 우선구매 특별법 일부개정법률안」을 만들었다. 그리고 열악한 생산시설들에 대해 법인세, 혹은 소득세를 감면하여 실질적인 자립에 도움을 주고자 「조세특례제한법 일부개정법률안」을 마련했다.

이미 국정감사를 통해서도 방위사업청이 보훈·복지단체와 체결하는 수의계약 규모가 매년 줄어들고 있으며, 최저가 입찰단가 적용으로 중증장애인 생산시설의 수익성도 떨어지고 있는 것을 확인하여 개선을 촉구한 뒤였다. 현행 「국가를 당사자로 하는 계약에 관한 법률」에서는 국가유공자 및 장애인 단체들과 수의계약을 할 수 있도록 허용하고 있다. 국가가 법으로 이들 단체에 수의계약을 허용한 것은 사회적 약자가 생산 활동에 참여할 수 있도록 하기 위한 것인데, 실제로는 경쟁계약을 추진하는 비율이 높아지면서 사회적 약자를 생산 활동에서 배제시키는 결과를 초래하고 있는 것이다.

지난 2006년 12월 13일, 유엔총회에서는 '장애인의 권리에 관한 협약Convention on the Rights of Persons with Disabilities, 이하 '장애인권리협약''이 만장일치로 통과되었고, 우리나라에서는 2008년 12월 2일 국회 비준을 거쳐 2009년 1월 10일부터 발효되기 시작했다. 유엔 장애인권리협약은 헌법 제6조 제1항의 국제법 존중주의 원칙에 따라 국내법과 동일한 효력을 가지게 되지만, 그 협약의 내용을 국내법에 명시함으로써 각 의무 주체들의 책임을 명확히 하고, 국내 상황에 맞게 실효성을 높일 필요가 있다는 의견이 그동안 지속적으로 제기되어 왔다.

또한, 전 세계적으로 '시혜와 동정에 기반한 패러다임'으로부터 '권리에 기반한 패러다임'으로 장애 패러다임이 전환되고 있으며, 장애인을 바라보는 관점은 장애인을 치료와 재활의 대상으로 '대상화'

시키는 의료적 관점에서, 사회와 제도를 바꾸는 데에서 해결책을 찾고자 하는 사회적 관점으로 바뀌고 있다. 그러나 아직 우리나라의 장애인 관련 법률들은 '시혜와 동정에 기반한 패러다임'과 의료적 관점의 접근 방식을 벗어나지 못하고 있다는 비판을 받아왔다.

그간 장애인 관련 기본법이 없다 보니, 장애인의 '복지' 문제에 관한 법률인 「장애인복지법」에 새로운 내용을 계속 추가하게 됨으로써, 기본법에 있어야 할 내용이 복지 관련법에 함께 뒤섞이게 되는 혼란스러움이 발생되어 왔다. 더구나 현재 시행 중인 장애인과 관련된 18개의 법률은, 그때그때 개별적 욕구들을 반영하며 제·개정되다 보니 기본적으로 추구해야 할 철학과 이념을 반영하지 못했을 뿐만 아니라, 법률 간의 체계성도 없이 시행되고 있는 형편이다.

이에 유엔 장애인권리협약의 이념과 그 내용을 국내법에 명시하고, 장애인에 대한 의료적 관점을 사회적 관점으로 전환시키는 내용을 담아내면서, 기본법과 개별법의 법률체계를 정비하고자 「장애인기본법 제정안」을 지난 '17년 5월 24일 대표 발의했다.

장애계의 숙원이었던 「장애인기본법 제정안」은 장애인정책의 근간이며 장애인 관련 법령의 상위법적인 성격을 갖기 때문에 보다 깊이 있고 내실 있게 법안을 준비해야 했다. 한국장애인단체총연합회, 한국장애인연맹, 한국장애인자립생활센터총연합회, 한국지체장애인협회 등 총 20개 장애인단체로 구성된 '장애인기본법제정추진연대' 와 머리를 맞대고 지난 1년간 많은 준비를 했다. 세 번의 토론회, 여덟 차례의 장애인기본법제정추진연대회의, 십여 차례의 전문가 간담회 등 오랜 숙성과정을 거쳤기에 내실 있는 제정안을 마련할 수 있었다고 감히 자부한다.

「장애인기본법 제정안」이 하루빨리 통과되어 장애인 관련 법률들의 체계를 잡아나가는 데 기여함으로써, 장애인의 인권증진과 장애인복지정책의 질을 한층 더 높이는 계기가 되길 바란다.

4.13 총선 결과, 여야를 막론하고 장애인 비례대표는 나 혼자였다. 나 스스로도 각 정당들이 비례대표로 장성급 사람들을 많이 선발해 왔기에 군인대표, 그리고 군사전문가보다는 장애인을 위한 일에 앞장서 달라는 의미로 받아들였다. 그런데 여러 가지 상황에 의해 국방위원회를 선택한 이후, 장애인 단체를 직접 찾아가 국방위원회로 갈 수밖에 없는 이유를 설명하고 장애인을 위한 활동을 열심히 하겠다고 약속했다. *한동안 나도 모르는 사이에 본의 아니게 장애인단체로부터 오해도 받고 원망도 들었지만, 직접 찾아간 이후로 오히려 전화위복이 되어 더욱 가까워지는 계기가 되었다.* 나는 지팡이가 있어야 중심을 잡을 수 있는 사람이다. 장애인들을 위한 삶을 살아야 장애인 비례대표의 이름값을 다하는 길이라는 것을 잘 알고 있다. 아직 부족한 것이 많지만, 하나씩 장애인들을 위한 일을 추진하면서 한없는 기쁨을 느낀다. 좋은 결실로 내가 한 약속은 반드시 지켜낼 것이다.

호국보훈의 달 기념 특별 사진展 〈국군을 보다〉 전시작 2017. 6. 12

호국보훈의 달 기념 특별 사진展 〈국군을 보다〉 전시작 2017. 6. 12

● ○ ●

현장에 답이 있다

'무노동 무임금' 국회의원들을 비판하는 가장 대표적인 표현 중 하나이다. 예전에는 나 역시 그렇게 생각했었다. 그러나 막상 국회에 들어와서 보니 대부분의 국회의원들은 눈코 뜰 새 없이 바쁜 나날들을 보내고 있다. 나는 지역구 국회의원이 아니다 보니 오히려 나의 전문분야에서 왕성한 활동을 하고자 노력한다. 군인이면서 장애인인 두 가지 분야의 일을 잘 병행하겠다는 약속을 지키는 것이 쉬운 일은 아니다.

하지만 국민들이 나를 '한계를 극복하고 국민에게 감동을 줄 수 있는 스토리가 있는 비례대표'로 선택해 주신 데에는 내가 이루어 내야 할 가치가 있는 것이라 믿는다. 기본적인 상임위 활동을 비롯해 토론회, 간담회, 현장방문을 하고 많은 사람들을 만나 다양한 의견을 듣고 있다. 이런 과정을 통해야만 올바른 정책 방향을 설정하고 현장의 목소리를 담을 수 있기 때문이다.

나와 의지를 함께하는 국방위원회 소속 국민의당 김중로 의원, 정의당 김종대 의원과 2016년 9월 21일, '미래안보포럼'을 공동으로 출범했다. 안보에는 여야가 따로 있을 수 없다. 튼튼한 안보와 국방 없이는 평화도 번영도 없다는 확고한 신념 아래, 북한의 핵미사일 도발, 미국의 트럼프 대통령 당선 등 급변하는 안보 정세에 대해 시의적절하게 상황을 진단하고, 대응 전략을 논의해 이를 적극적으로 의정활동에 반영해 나가고 있다. 2016년 10월 26일에는 1차 간담회 '한반도 핵문제, 그 해법과 과제'를 시작으로, 2차 간담회11월 9일 '미 대선 이후, 한반도 안보전략', 3차 간담회11월 30일 '북한의 NLL도발 방지 대책/사이버안보와 한국군의 사이버작전 강화방안'을 개최했다.

각종 토론회와 세미나도 적극적으로 참여한다. '군 인적자원의 사회 활용성 강화 방안 토론회2016년 10월 26일'를 개최해 제대군인을 위한 실질적인 전직 지원정책을 마련하고자 했다. 또한, 선진강군을 만들기 위해 군 장병 정신건강을 강화하는 방안을 모색하기 위한 '군 장병 정신건강과 군사회복지사의 역할 및 과제2017년 5월 19일'을 통해 다양한 개선방안을 논의하기도 했다. 이 외에도 제대군인 취업지원을 위한 민관군 세미나2016년 7월 21일, 여성 성범죄 근절을 위한 여군 인권보호 간담회2016년 10월 13일, 2016 軍 예비전력 발전 세미나2016년 11월 22일, ICT 융합 기반의 항공 우주력 발전 세미나2016년 11월 24일 등 외부에서 정성스럽게 마련한 귀한 자리를 통해 탁상공론이 아닌 현장의 목소리와 소통하고자 노력한다.

직접 두 발로 현장도 많이 누비고 있다. 국회 입성 후 한 달에 한 번 이상 현장방문을 해 오고 있다. 지뢰사고를 직접 당하고 재활하는 과정에서 응급 후송과 의료지원 체계 구축으로 병사들의 생명을 보호하는 것이야말로 선진강군이 나아가야 할 길이라고 생각해 왔다. 이에 국군의무사령부, 중앙보훈병원 등을 찾아 군인과 보훈가족들의 건강을 책임지는 의료기관의 발전을 위한 대책을 논의했다.

또한, 국방부 유해발굴감식단을 방문하여 국가를 위해 희생하고 유골로 조국과 가족의 품으로 돌아오는 *호국영령에 대한 적절한 예*

해군 2함대 사령부 방문 2016. 9. 13

우 방안에 대해서도 함께 고민을 나누었다. 이 외에도 *공군작전사령부, 한미연합사단*, 육군 6사단, UFG 연습 현장, 해군 제2함대, 백령도, 1사단 수색대대, *국방과학연구소*ADD 등을 정기적으로 방문하여 현장의 목소리를 더 많이 보고 들으려 노력해 왔다. 또한 대령연합

국방부 유해발굴감식단 방문 2016. 9. 19

1사단 수색대대 방문 2016. 12. 26

회, 예비역 부사관총연합회, 특수임무유공자회, 월남전참전자회 등 다양한 안보 및 보훈 단체들과 자주 만나고 2016 서울안보대화, 제66 주년 인천상륙작전 전승행사, 파독간호 50주년 기념 모국 방문 만찬회 등을 방문해 안보현장의 숨결도 그대로 느끼고자 하고 있다.

주변에는 여전히 관심 밖으로 밀려나 정당한 지원을 받지 못한 사각지대가 너무도 많다. 현실에서 보다 나은 정책이 실현될 수 있도록 끊임없이 현장으로 달려갈 것이다.

호국보훈의 달 기념 특별 사진展 〈국군을 보다〉 전시작 2017. 6. 12

살아남은 그리고 살아갈 이유

나는 그 위험천만한 지뢰 현장에서도 살아남을 수 있었던 이유를 다음의 세 가지라 생각한다. 첫 번째 이유는 '줄탁동시啐啄同時'이다. 닭이 알을 깔 때에 알 속의 병아리가 밖으로 나오기 위해 껍질 안에서 쪼는 것을 줄啐이라 하고 어미 닭이 밖에서 쪼아 깨뜨리는 것을 탁啄이라 한다. 이 두 가지가 동시에 행해져 알에서 병아리가 나오게 된다. 즉, 상하관계의 일체가 이루어졌을 때 위대한 탄생이 일어나는 것이다. 당시 지뢰 현장에서는 부하들의 안전을 생각한 지휘관으로서의 나의 자세와 바로 수술해도 될 정도로 현장에서 응급조치를 잘해준 부하들 덕분에 인명 피해를 최소화할 수 있었다.

두 번째 이유는 '깨어 있어라.'는 것이다. 나는 초등학교 때부터 내 혈액형을 B형으로 알고 있었다. 그러다 전방 소대장 시절 헌혈을 하려고 하니 내 혈액형이 사실은 A형이라고 했다. 군인이 그러면 안 되지만, '설마 나에게 무슨 일이 일어나겠나'라는 마음으로 군번줄을 바꾸지 않아 사고 당시 내 군번줄에는 혈액형이 B형으로 되어 있었다. 사고 직후 정신이 혼미한 상태에서 간호장교가 혈액형이 무엇이냐고 물었고, 나는 A형이라고 답을 했다. 만약 당시에 간호장교가 혈액형을 묻지 않았다면, 내가 정신을 잃고 A형이라고 대답하지 않았다면 나는 살아남지 못했을 수도 있다. 아무리 고통스러워도 몸과 마음이 깨어 있어야만 살아남을 수 있다는 것을 깨달았다.

마지막 세 번째 이유는 '고운자식, 매 한 대 더!'이다. 첫 지뢰 폭발 때 나도 함께 사고를 당했다면, 두 번째 지뢰 폭발 때 우리 부대원들이 우르르 몰려들었다면, 더 큰 사상 피해를 입었을 것이다. 만약 그랬더라면 부하들을 사지에 몰아넣고 나만 살아남은 무능력하고 몰염치한 대대장으로 찍혀 이 자리에 있을 수 없었을 것이다. 그렇게 내가 다치고 부하들 중에 더 이상의 사상자가 생기지 않았기 때문에 현재의 내가 있는 것이다.

나는 그렇게 보이지 않는 신, 하나님의 사랑에 의해 장애를 가지기는 했지만, 당당하고 떳떳하게 살 수 있는 힘을 얻은 것이라 생각한다. 보국훈장, 참군인대상, 올해의 육사인상, 자랑스러운 육사인상, '위험하니 내가 간다'라는 육군 10대 군가, 파주 문산 통일공원의 살신성인탑, 뮤지컬 '마인' 제작과 전국 주요 6개 도시 순회공연 및 앙코르 공연…. 나는 실로 엄청 고운 자식이었음에 틀림없다.

보국훈장 삼일장 수훈

지뢰 현장에서 포복해서 기어 나오며 죽음의 문턱을 넘어 왔다. 그날 이후로 늘 낮은 자세로 사회적 약자 편에 서야겠다고 결심했다. 내가 살아남을 수 있었던 이유를 잊지 않고 정치라는 전장에서도 안보위기를 극복하고, 국민들의 행복을 위해 끝까지 살아남을 것이다.

감사한 삶이다. 나는 왼쪽 다리는 무릎 아래, 오른쪽 다리는 무릎 위에서 절단된 지체1급 장애인이다. 무릎 관절이 없는 오른쪽 다리 때문에 계단을 자유롭게 다닐 수 없어서 한동안 심란해했던 적이 있다. 그러다가 왼쪽 무릎이 남아 있어서 계단을 하나씩 하나씩이라도 올라갈 수 있다는 대발견을 하고 얼마나 감사하게 생각한지 모른다.

잃은 것에 대한 실망보다 가진 것에 대한 감사함이 얼마나 새로운 세계를 발견하게 해주었는가. 어려운 상황에 처한 사람들을 돕는 것은 거창해야만 하는 것이 아니라는 것을 나는 누구보다 잘 안다. 그들에게도 왼쪽 무릎을 발견하게 해 주고 싶다. 그들이 다시 일어나 걸을 수 있는 용기를 주고 싶다.

1사단 수색대대 이종명관 앞에서 2016. 12. 26

6사단 GOP대대 방문 2016. 8. 17

제20대 국회의원 등록 2016. 4. 21

· EPILOGUE ·

아내의 말

6월 27일은 남편이 다시 태어난 날로, 우리 가족은 올해도 남편의 17번째 생일을 기념하였습니다. 벌써 17년이 지났습니다. 사고 이후 남편은 '1년만 간호해주면 앞으로 평생 잘해주겠다.'라고 했습니다. 그 몸으로 뭘 어떻게 잘해주리라 믿을 수 있을까요. 나는 그 약속, 꼭 지키라고 하였습니다. 그러려면 빨리 상처를 회복하고 재활운동을 열심히 해서 정상적인 생활을 하여야 그 약속을 지킬 수 있다고 수시로 그 말을 상기시키곤 하였습니다. 하지만 그 말은 내 생각대로 그냥 말뿐이었습니다. 그 후 집안 대소사와 명절, 부모님 생신, 힘든 집안일들이 다 나의 몫이 되고 말았습니다.

남편의 위관시절, 박봉과 전방생활에 홀로 아이들을 키우느라 정신없이 30대를 보내고, 이제는 적당히 운동도 하면서 좀 여유를 부려볼까 하는 순간, 41살 젊은 나이에 나의 삶은 정말 상상도 못 해 본 생활로 변해버렸습니다. 그때 나는 직감했습니다. 앞으로 나의 삶은 없을 것이라고…. 증명이라도 하듯 26개월 동안의 병원생활은 정말 내 눈에 눈물이 마르지 않는 연속의 나날이었습니다. 몽당연필처럼 변해버린 남편을 몇 달 동안 병실 의자에서 잠을 자며 간호하며 대소변과 목욕을 챙겼습니다. 군 병원 밥을 줄 수 없어 한밤중에 마트에서 장을 봐서 아침에 아이들 식사와 도시락 준비를 해놓고 병원으로 달려 갔습니다. 준비해간 따끈한 아침식사를 챙겨주고 이어서 침대 위에서 몸을 닦아주다 보면 내 얼굴에서 땀이 뚝뚝 떨어집니다. 그 모습을 안쓰럽게 쳐다보며 '힘들지?' 하고 미안해하던 무뚝뚝한 남자가 내 남편 이종명이었습니다.

몇 달이 지난 후, 집에서 출퇴근하면서 아침은 병원 밥으로, 점심과 저녁은 손수 만들어서 퇴원할 때까지 26개월 동안 극진히 정성을 다했습니다. 정말 지금 생각하면 어떻게 내가 그런 일을 해낼 수 있었을까? 어디서 그런 힘과 의지가 생겼을까? 하는 생각만 듭니다. 나도 모르겠습니다. 그땐 내가 무너지고 흔들리면 남편도, 나의 보물인 두 아들도 불안해하는 눈빛을 보였기 때문

에 강해져야만 했던 것 아니었을까 생각합니다. 17년이 지난 지금도 너무 힘들어서 이불을 뒤집어쓰고 펑펑 울었던 기억이 눈물짓게 합니다. 아이들이 들을까 한밤중 이불 속에서 울었던 날들이 얼마나 많았던지 모르겠습니다. 그땐 불구의 몸이 되었지만 살아있어서 정말 고마웠고, 그래도 대화를 나눌 수 있는 남편이 있다는 것에 감사했습니다.

남편의 대대장 40여 개월 동안은 차로 20분 거리밖에 안 되었음에도 부대 특성상 주말부부로 떨어져 살아야만 했습니다. 남편이 대대장 생활 39개월 동안 혼자 생활하면서 부댓밥을 먹다 사고가 났는데 또다시 군부대인 군 병원 식사가 이어져서 마음이 너무 아팠습니다. 그래서 집에서 먹는 것처럼 그릇까지 집에서 가져다가 한 끼에 반찬을 8첩이 넘게 극진히 식사를 챙겼던 극성…. 그 대가로 어깨 짓눌림과 허리 통증이라는 고통을 십수 년간 치르게 되었습니다. 환자 보호자 차는 병원 입구에 주차할 수 없다고 하여 그 먼 거리에 주차해 놓고 날마다 짐을 어깨에 메고 양손에 들고 다닌 일을 입구에 짐을 내려놓고 주차했으면 되었을 텐데 하며 그때의 미련함을 생각하곤 했습니다.

모태신앙인 남편은 26개월 병원생활을 끝내고 육군대학으로 현역복귀하면서 군 생활 못지않게 교회 신앙생활을 열심히 하였습니다. 육군대학으로 입교하는 기독 장교들에게 신앙교육을 해 전후방으로 파견하는 일이 자기의 사명이라고…. 그 덕분에 더 바빠지고 남편 계획에 따라 아버지 학교 간증, 창조과학 강사, 대학과 부대 강연으로 비가 오면 비 오는 대로 눈이 내리면 미끄러운 그대로 마음 졸이며 전국 방방곡곡 안 다녀 본 곳이 없을 정도로 운전하고 돌아다녔습니다. 그것이 때론 짜증으로, 때론 감사와 은혜로 다가오기도 했습니다. 기쁨의 눈물도 있었지만 힘겨움에 지쳐 몸서리치면서 15년을 눈물로 보낸 기억들…. 전역 후 남편이 정말 잘 해주리라 바보스럽게 또 믿었습니다.

전역을 전후한 1년간은 30년 넘게 한 군 생활보다 더 바쁜 생활이 되었습니다. 그때도 남편은 직보반 1년간 정말 할 일이 너무 많다고 배울 것이 너무 많아서 자기를 좀 이해해주라고 하였습니다. 전역 후에는 여행도 다니며 여유롭게 지내자고 했었습니다. 그러나 그 시기, 나는 갱년기 우울증으로 자신과 싸우고 있었습니다. 세종시에 6개월 사는 동안 무기력 상태에서 몇 번이나 세종시 수변 산책로를 눈물을 흘리며 걸었던 기억을 잊을 수 없습니다. 4~5시간을 걷다가 호수공원 벤치에 앉아 눈물 젖은 컵라면을 먹었던 그 힘들었던 기억…. 차츰 말이 없어지는 스스로를 위로하고자 생일에 맞추어 여행을 계획해 남편과 함께 제주도로 떠났습니다. 둘이서 한 주간 정말 다녀보지 않았던 시골길로 느린 여행을 다니다가 계획에 없던 방주고회로 향했습니다. 교회를 둘러보고 교회카페로 가서 청귤차 한잔을 시켜놓고 마시려는 순간, 전화 한 통을 받게 되었습니다. 지금 국회의원이 된, 상상에도 계획에도 없었던 일의 시작이었습니다.

성경 말씀에 "사람이 마음으로 자기의 길을 계획할지라도 그의 걸음을 인도하시는 이는 여호와시니라."라고 했습니다. 남편은 전역한 뒤를 생각하여 오래전부터 계획하고 준비한 일이 있었습니다. 하지만 하나님은 국회의원이라는 계획에 없던 길로 인도해주셨습니다. 사람들은 국회의원 사모님 되었으니 부럽다고 합니다. 난 평생을 출근시키고 청소하고 빨래하고 군복 다리며 살았는데, 이제는 와이셔츠를 세탁하고 다리며 어김없이 6시가 넘으면 '집밥 먹으러 갑니다.' 하고 카톡이 오는 반복된 생활이 계속됩니다. 국회의원은 저녁 외식도 없느냐고 푸념도 해 봤지만 오늘도 남편은 집밥입니다. 카톡은 1년 넘게 계속 이어졌습니다. 국회의원 사모님 되었으니 모임과 행사로 바쁜 생활일 거라고 나에게 전화도 걸어주지 않는 사람들이 야속하기까지 했습니다. 그러나 나는 화려하지도 바쁘지도 않은, 날마다 밥하고 빨래하고 다림질하는 평범한 주부입니다.

외로워서 혼자 울고 혼자 땀 흘리며 운동해도 날마다 밤을 하얗게 지새우는 나날이 이어졌습니다. 결국 어느 날 갑자기 귀에서 매미 소리가 들리더니, 어지럼증으로 병원 다니는 신세가 되었습니다. 메니에르란 병을 얻게 되었다고 합니다. 안 그래도 잠이 없어서 고생을 했는데 이제는 귀에서 소리까지 나니 더 괴로운 밤이 되고 말았습니다. 그래도 지금은 어지럼증이 사라져 매미 소리는 감사하게 들립니다. 평생 고질병이라고 합니다.

내 남편은 경상도 남자입니다. 무뚝뚝한 사람이지만 글로 모든 것을 잘 표현합니다. 병원생활을 하면서 그날그날 글을 써보라고 했습니다. 울고 싶어도, 죽을 듯한 통증이 와도, 누굴 원망조차 할 수 없는 내 남편. 난 그 심정을 이해할 수 있었습니다. 뜨거운 피가 자기 몸에서 흐르는 것을 보았고, 이러다 죽는 것은 아닐까 하는 공포도 느꼈을 것입니다. 옆에 쓰러져 있는 후임 대대장님과 중대장님을 바라보며 가슴 아팠을 것이며 첩첩산중에서 장비도 없이 빠져나갈 방법을 찾는 절박함, 목숨이 위태로운 상황에서 맞이하는 두려움과 공포…. 얼마나 무서웠을지 상상조차 할 수 없습니다. 하지만 소중하고 충성스러운 부하들 덕분에 지금까지 살아 있게 됨을 감사, 또 감사할 따름입니다.

그 아픔을 이겨내게 한 글들, 힘들고 외로울 때 도움이 된 동기분들, 그리고 살면서 다 갚을 수 없을 정도로 위로해주고 도움주신 많은 분께 감사드립니다. 덕분에 열심히 살았으며, 앞으로도 기대에 어긋나지 않게 열심히 살겠습니다. 계획보다 늦은 감이 있지만 남편의 글을 이번에 출판함을 진심으로 축하합니다!

살면서 내 눈에서 제일 많이 눈물 나게 하고 지금도 눈물 나게 만드는 남편, 지금도 속고 있고 앞으로도 더 속으며 살겠지만 날 행복하게 해주고 잘해주겠단 말 기억하며 살게요.

한 가지 일을 하게 되면 옆을 보지도 생각하지도 못하는 당신, 1년간 생소한 일을 한다고 고생 많았어요. 이제는 예전처럼 예쁘지도 날씬하지도 않지만, 옆에서 당신을 늘 해바라기처럼 바라보며 지키고 있는 나를 한 번씩 둘러보며 관심 좀 가져주세요.

그리고 옆에서 친구같이 건강하게 오래도록 내 말벗이 되어주세요.
난 당신의 해바라기입니다.

진정 나라를 생각하는 우국충정의 마음으로
이 땅을 지키는 군인 여러분과 모든 국민들에게
행복과 긍정의 에너지가
팡팡팡 샘솟으시기를 기원드립니다!

권선복
도서출판 행복에너지 대표이사
영상고등학교 운영위원장

　1950년 6월 25일 이후 우리나라는 67년째 북한과 치열하고 살벌한 대립체제를 이루고 있습니다. 6·25 전쟁에서 이 땅을 지켰던 영웅들이 없었다면 현재 대한민국의 빛나는 업적은 없었을 것입니다.

　그 뒤로 지금까지 이 땅을 지키는 모든 군인, 특히 온갖 위험을 무릅쓰고 최전방에 있는 군인들이 우리의 소중한 평화를 수호하고 있습니다. 그러므로 우리는 희생하는 군인들에게 감사하며 그들을 예우해야 할 것입니다.

책 『들어오지 마! 내가 나갈게!』는 전방에서 부하를 위해 희생한 한 장애군인의 장애 극복기이자 국회의원이라는 새로운 인생의 도전기이며, 불타는 사명감으로 무장한 의정 활동기입니다. 2000년, DMZ에서 수색작전을 펼치던 중 지뢰에 부상당한 부하를 구하려던 저자는 함께 부상을 당하고 맙니다. 이후 병원에서의 지난하고 힘겨운 치료, 평생 의족을 하고 살아야 하는 불편함, 그런 장애를 딛고도 일어서서 현장에 복귀해 장애군인으로서 끝까지 자신의 사명을 다합니다.

전역 후에도 조국을 위해, 국민을 위해, 자신과 같은 장애인들을 위해 국회의원이라는 위치에서 의정활동이라는 새로운 임무를 수행하는 일련의 과정은 마치 한 편의 다큐멘터리를 보는 것 같습니다. 저자가 이겨낸 역경을 함께 따라가다 보면 누구나 마음속에 피어나는 뜨거운 감정을 느낄 수 있을 것입니다.

대한민국 영토를 지키는 고귀한 사명을 지고 최전방 수색대대장으로, 육군대학 교관으로, 만기 전역 후 국회의원으로 그 무거운 임무를 성실히 수행하고 있는 저자 이종명 의원님께 큰 응원의 박수를 보내며, 모든 유공신체장애군인들이 명예롭게 기억되기를 바랍니다.

또한 저자의 선한 기운이 이 책을 읽는 분들의 삶에 널리 퍼져 모든 분들의 삶에 행복과 긍정의 에너지가 팡팡팡 샘솟으시기를 기원드립니다.

초판 1쇄 발행 2017년 10월 10일

지 은 이   이종명
발 행 인   권선복
편   집   심현우
교   정   김병민
디 자 인   이세영
마 케 팅   권보송
전 자 책   천훈민
발 행 처   도서출판 행복에너지
출판등록   제315-2011-000035호
주   소   (157-010) 서울특별시 강서구 화곡로 232
전   화   0505-613-6133
팩   스   0303-0799-1560
홈페이지   www.happybook.or.kr
이 메 일   ksbdata@daum.net

값 15,000원

ISBN 979-11-5602-514-6   03810

Copyright ⓒ 이종명, 2017

도서출판 행복에너지는 독자 여러분의 아이디어와 원고 투고를 기다립니다. 책으로 만들기를 원하는 콘텐츠가 있으신 분은 이메일이나 홈페이지를 통해 간단한 기획서와 기획의도, 연락처 등을 보내주십시오. 행복에너지의 문은 언제나 활짝 열려 있습니다.